NINA OHLANDT

Friesische Wintermorde

Weitere Titel der Autorin:

Küstenmorde
Möwenschrei
Nebeltod
Sturmläuten
Eisige Flut
Dünengeister
Schweigende See

Friesische Morde

Titel auch als E-Book erhältlich

Über die Autorin:

Nina Ohlandt wurde in Wuppertal geboren, wuchs in Karlsruhe auf und machte in Paris eine Ausbildung zur Sprachlehrerin, daneben schrieb sie ihr erstes Kinderbuch. Später war sie als Übersetzerin, Sprachlehrerin und Marktforscherin tätig, bis sie zu ihrer wahren Berufung zurückfand: dem Krimischreiben im Land zwischen den Meeren, dem Land ihrer Vorfahren. Nina Ohlandt starb im Dezember 2020.

Nina Ohlandt

Friesische Wintermorde

Zwei Fälle für John Benthien in einem Band

lübbe

Dieser Titel ist auch als Hörbuch und E-Book erschienen

MIX
Papier aus verantwortungsvollen Quellen
FSC® C014496

Titelillustration: © Pawel Kazmierczak/shutterstock; mahey/shutterstock; MemoryMan/shutterstock; yevgeniy11/shutterstock
Umschlaggestaltung: Christin Wilhelm, www.grafic4u.de
Satz: hanseatenSatz-bremen, Bremen
Gesetzt aus der Sabon LT Std
Druck und Verarbeitung: GGP Media GmbH, Pößneck
Printed in Germany
ISBN 978-3-404-18404-0

2 4 5 3

Sie finden uns im Internet unter
www.luebbe.de
Bitte beachten Sie auch: www.lesejury.de

Nina Ohlandt

Schlaf in tödlicher Ruh

Nordsee-Krimi

Hinweis für die Leser:
Die Kurzromane um John Benthien und sein Team
sind zeitlich vor den Romanen angesiedelt!

Notruf

Heide in Holstein, 30. November, 10:14 Uhr.

Die schrille, angstvoll verzerrte Stimme stach Inken ins Ohr wie ein scharfkantiges Messer. »Schnell, kommen Sie, um Gottes willen«, rief die Frau voller Panik – zumindest nahm Inken an, dass es sich um eine Frau handelte –, »er hat sie niedergestochen, ich glaube, sie ist tot … Hier ist so viel Blut … und es kommt immer noch mehr und mehr, und ich kann ihr nicht helfen … dann ist auch noch der Wärter da, und ich …« Die Stimme der Anruferin endete in einem Weinkrampf.

Inken Ingwersen, die seit zwei Stunden Dienst in der Notrufzentrale in Heide tat, vierzig Kilometer südlich von Husum, reagierte ruhig, souverän und unaufgeregt, wie man es ihr beigebracht hatte. Sie erfragte die Adresse des Einsatzortes, den Namen der Anruferin, meldete der Leitstelle zwei Schwerverletzte, veranlasste, dass Polizei und Notarztwagen in die Stettiner Straße fuhren, und sprach weiterhin beruhigend auf die Anruferin ein.

»Er war da«, schluchzte die Frau, »und es gab sofort einen Riesenstreit, ich habe ihn durch die Wand schreien gehört. Ich wohne nebenan und kenne Eva seit Jahren. Wir sind befreundet. Sie wusste nicht, dass ihr Sohn kommen wollte. Auf einmal war er da, klingelte Sturm und trat wie ein Verrückter mit den Füßen gegen die Tür. Eva hat immer Angst vor Luca gehabt, wissen Sie.«

Sie weinte, und Inken erlaubte sich den Gedanken, dass Eva Meinhardt wohl besser sofort die Polizei gerufen hätte, statt ihrem Sohn die Tür zu öffnen. Die Geschichte von Luca Meinhardt, 42, war ihr, wie fast jedem in der Region, bekannt. Er war ein gefährlicher Gewalttäter, der sich jahrelang der Justiz entziehen konnte, nun aber seit acht Jahren wegen verschiedener Delikte in der JVA Itzehoe einsaß, unter anderem wegen Körperverletzung mit Todesfolge und einer Vergewaltigung mit Strangulation. Dass die Frau überlebt hatte, grenzte an ein Wunder. In der Lokalpresse war Meinhardt immer wieder ein Thema gewesen.

Die Tatsache, dass er sich während der Haft zu einem Bilderbuchhäftling gewandelt, sogar eine Lehre zum Bäcker gemacht und abgeschlossen hatte, hatte ihm einige Vergünstigungen eingebracht, zum Beispiel, wie offenbar heute, einen eintägigen Hafturlaub. Den hatte er anscheinend bei seiner Mutter verbringen wollen, dabei war es zu der Bluttat gekommen. Tragisch, fand Inken, aber durchaus vorhersehbar. Warum fielen Psychiater nur immer wieder auf scheinbar friedliche und geläuterte Häftlinge herein und merkten nicht, wie sie manipuliert wurden?

»Wir wollten heute Abend ins Kino gehen, Eva und ich«, schluchzte die Anruferin, »und vorher wollten wir beim Griechen essen. Und jetzt liegt sie da in ihrem Blut …«

Inken beschloss, auch noch einen Psychologen anzufordern.

Itzehoe, 13:14 Uhr.

Drei Stunden später war Eva Meinhardt notoperiert worden, die Ärzte meinten, es sei zweifelhaft, ob sie durchkäme. Die Begleitperson von Luca Meinhardt, ein Aufseher aus der JVA Itzehoe, war mit einem Messerstich in den Hals getötet worden. Trotz der sofort eingeleiteten Fahndung war der Flüchtige wie vom Erdboden verschwunden.

Itzehoe, 2. Dezember, 17:05 Uhr.

Nach einem Fahndungsaufruf im Radio und in den regionalen Fernsehnachrichten ging in der Polizeidirektion Itzehoe die Meldung ein, Luca Meinhardt sei von mehreren Personen in Westerland auf Sylt gesehen worden. Was nicht so unwahrscheinlich war, denn laut Aussage eines Zellengenossen sollte er dort Bekannte haben. Hauptkommissar Cord Andresen von der Kriminalpolizei Itzehoe verständigte die Kollegen in Westerland. Man beschloss, auch in den Abendnachrichten, in der *Sylter Rundschau* und anderen Presseorganen der Region einen Fahndungsaufruf zu bringen. Darin warnte man die Bevölkerung allerdings dringend, sich dem Mann zu nähern. Es könne nicht ausgeschlossen werden, dass Meinhardt inzwischen bewaffnet sei.

Nebel

Drei Wochen später, 21. Dezember

Die alte Frau hinter dem Dünenausläufer sah, wie der Mann fiel. Erst hatte er noch ein paar unsichere Schritte getan, dann schlug sein Kopf auf dem Stein auf, der so tückisch unter dem Dünengras verborgen lag. Fast schien es ihr, als hörte sie die Knochen splittern, so fein und leicht wie die Schale eines Frühstückseis. Der weiße Bart war verrutscht und hing ihm schief im Gesicht …

Der Weihnachtsmann war tot.

Annelie stopfte sich die behandschuhte Hand in den Mund, um nicht zu schreien. Ihre Augen saugten sich entsetzt an dem jämmerlichen Etwas fest, das etwa zehn Meter von ihr entfernt lag und bis vor kurzem noch ein lebender Mensch gewesen war. Nun lag es traurig wie ein Bündel alter roter Stofffetzen im nassen Sand der Sylter Dünen.

Was sollte sie jetzt tun?

Was *konnte* sie tun?

Ein Handy hatte sie nicht dabei.

Ein leiser, fast erstickter Jammerlaut erklang neben ihr, als sich ein Mann hinter dem Toten langsam aus dem Nebel schälte. Er beugte sich über den Weihnachtsmann, richtete sich auf und blickte um sich.

Annelie begriff, dass sie selbst es war, die den Jammerlaut hervorgebracht hatte. Ihr Herz setzte für ein paar Schläge aus, bevor es ihr aus der Kehle zu springen drohte. Sie zwang sich, langsam und geduckt rückwärtszugehen. Langsam, damit der Mann nicht durch die Bewegung auf sie aufmerksam wurde. Rückwärts, damit sie ihn im Auge behalten konnte, wenn auch nur als Umriss im Nebel. Fast wäre sie über ein Büschel Heidekraut gestolpert. Auf Knien kroch sie weiter durch die harten Riedgräser, bis der Ausläufer einer hohen Graudüne sie den Blicken des Mannes entzog.

Aber – hatte er sie gesehen? Wie dicht war der Nebel, wie weit konnte man blicken? Sie hatte den grauen Star und sah sowieso nicht mehr gut, schon gar nicht im Nebel, aber bei dem Mann mochte es anders sein. Sie musste weg hier, daher rannte sie, so schnell ihre alten Füße sie trugen, hinein in den Nebel, in die Dünen. Doch die Richtung war falsch. Ihr bescheidenes kleines Haus lag auf der östlichen Seite, nur war ihr da der Mann im Weg – sie konnte einzig und allein nach Westen fliehen, in Richtung Strand, in Richtung Meer.

Sie keuchte und schnappte nach Luft. Das Atmen wurde ihr schwer, und in der Seite begann es zu stechen. Ausgerechnet jetzt fiel ihr der Häftling ein, Meinhardt, den sie immer noch nicht geschnappt hatten. Ob er noch auf Sylt war? Aber wie absurd, zu denken, dass er nun hier in den Dünen herumspazierte und ein altes Frauchen jagte … er, der an jungen Mädchen interessiert war …

Trotzdem weiter, immer weiter! So viele Dünen, Senken, Hügel, Ansammlungen von Strandhafer, Heidekrautbüschel und hin und wieder tiefer Sand, in dem ihre Füße bis zu den Knöcheln versanken … nein, das war zu viel, sie konnte nicht mehr. Sie blieb stehen, der Brustkorb und die Seite taten ihr zu weh. So gerannt war sie seit mindestens zwanzig oder dreißig Jahren nicht mehr, sie war völlig aus der Übung.

Obwohl ein übler Seewind blies und der Nebel ihr mit kalten Fingern in den Kragen kroch, glühte sie, vielleicht hatte sie sogar Fieber. Ihr Herz schlug wie ein Gong, überall spürte sie sein Echo, im Kopf, im Bauch, in den Füßen, aber vor allem in den Ohren.

Sie ließ sich mit zitternden Knien auf einem kleinen Sandhügel nieder, der im Schatten einer hohen Düne lag. Traute sich nicht, sich umzudrehen. Hatte er sie überhaupt gesehen? Oder hatte er nur Augen für den Toten gehabt? Vielleicht war auch er geflohen, vor Angst, vor Entsetzen oder Scham? War bereits weit weg, in Kampen oder Westerland?

Sie drehte sich um. Der Nebel war inzwischen so dicht, dass sie nur ein paar Meter weit sehen konnte. Das war gut so, denn dann würde auch ihr Verfolger sie nicht so leicht entdecken können. Auf der anderen Seite verlief man sich in dem kilometerweiten Gewirr von Dünen sehr leicht, und bei Nebel war es richtig gefährlich, da konnte man stundenlang im Kreis gehen, ohne es zu merken. Damals, als Georg noch bei ihr war, in einer anderen, schöneren Zeit, waren sie oft über die Bohlenwege gewandert. Ach, Georg … mit ihm wäre all das nicht passiert.

Jetzt nur nicht sentimental werden, du Heulsuse, ermahnte sich Annelie, sie musste sehen, dass sie ans Meer kam. Allmählich setzte die Dämmerung ein, und nur vom Strand aus würde sie sich einigermaßen zuverlässig orientieren können.

Als sie sich eine der letzten hohen Stranddünen hinaufgequält hatte und plötzlich ein Nebelloch entstand, entdeckte sie voller Schrecken, dass die ominöse Gestalt, aus Dunst und Nebel geboren, ihr unbemerkt wieder ganz nahe gekommen war. Sie stand auf der Nachbardüne, ein Stück weiter nördlich. Hatte er sie gesehen? Auch er schien bemüht, den Strand zu erreichen.

Vor Entsetzen ließ sich Annelie in eine Dünenmulde fallen. Sie schloss die Augen, denn *wer nichts sieht, wird nicht gesehen* … Ach, so ein Quatsch! Als Kind hatte sie daran geglaubt, doch nun war sie alt und auf der Flucht vor einem Menschen, der wesentlich jünger und sportlicher war als sie selbst. Zumindest schien es ihr so.

Sie rappelte sich wieder auf, lief geduckt durch die Mulde nach Süden, jetzt nicht mehr in Richtung Meer. Auf dem leeren Strand wäre sie sofort zu sehen gewesen, wie auf einem Präsentierteller.

Sie lief kreuz und quer wie ein Hase durch die Dünen, durch den Nebel, der Gespinste um jede kleine Krüppelkiefer, jede Silberbirke wob. Zweige peitschten ihr ins Gesicht, als sie blindlings durch ein Wäldchen lief, hin und wieder trat sie in ein Kaninchenloch in der Heide und fiel auf die Knie. Dann bildete sie sich jedes Mal ein, den pfeifenden Atem ihres Verfolgers zu hören, seine Hand zu spüren, die sie an der Schulter streifte.

Schluchzend rappelte sie sich auf und lief weiter, immer weiter. Irgendwann, dachte sie voller Panik, würde er sie einholen. Meinhardt, oder wer immer es auch sonst war.

Fieber

3 Tage vorher, 18. Dezember

»Junge, Junge, du siehst aus wie ausgespuckt.«

John Benthien, Erster Hauptkommissar bei der Flensburger Kripo, derzeit bettlägerig mit einem fiebrigen Infekt, nahm seinen Vater nur wie durch einen Schleier wahr.

»Danke«, krächzte er, wobei er versuchte, das Stechen in seinen Bronchien zu ignorieren, »vielen Dank für deine aufmunternden Worte!«

»Da nicht für.« Benthien senior, trotz seiner 77 Jahre munter wie ein Fisch in der Nordsee, die nicht weit entfernt von dem alten Kapitänshaus an die Sylter Ostküste brandete, ließ sich auf den Bettrand fallen und zückte seinen Notizblock. »Da du dir ja unbedingt eine Grippe einfangen musstest – du isst zu wenig Vitamine, Junge! –, werde ich unsere Weihnachtseinkäufe wohl allein erledigen müssen.«

»Glaub mir, ich hab's nicht mit Absicht getan«, murmelte John kratzbürstig. »Und hör auf, mich ständig zu bevormunden. Ich bin kein kleines Kind mehr!«

Er fühlte das Fieber schon wieder steigen. Die Energie seines Vaters ließ ihn sich noch kränker vorkommen, als er ohnehin schon war. Benthien angelte unter dem Kopfkissen nach einem Taschentuch, fand aber nur fünf feuchte Papierkugeln, die er angeekelt auf den Boden fegte. Seine Bemühungen, sich ein neues Päckchen Papiertaschentücher vom Nachttisch zu angeln, waren nicht von Erfolg gekrönt. Das Päckchen fiel herunter.

»Könntest du vielleicht mal …?«

Ben sprang behände auf, reichte seinem Sohn die Taschentücher und ließ sich erneut auf die Bettkante plumpsen. Auf nervtötende Weise klickte er mit dem Kugelschreiber. »Dann lass uns mal überlegen, was wir an Weihnachten essen wollen. Also. Wir sind zu dritt – oder kommt Tommy Fitzen auch? – na egal, ich werde ein bisschen auf Vorrat einkaufen …«

»Wieso sind wir zu dritt?«, krächzte John und kratzte sich wild mit allen zehn Fingern in seinem dichten braunen Haarschopf, weil es ihn überall kribbelte, juckte und brannte. Das Fieber natürlich. Er fühlte sich durch und durch heiß an.

Sein Vater guckte unschuldig drein. »Habe ich dir nicht gesagt, dass Thyra uns an Weihnachten besucht? Sie kommt an Heiligabend oder am ersten Weihnachtsfeiertag. Sie ist ja auch allein, genau wie wir.«

»Was? Thyra? Warum weiß ich davon nichts? Vater! Hast du schon wieder irgendein Techtelmechtel im Sinn? Seit wann trefft ihr euch denn?« John, angetrieben von einem heftigen Adrenalinschub, der ihm kurzfristig ungeahnte Kräfte verlieh, hatte sich abrupt aufgerichtet. Der Effekt war, dass sich sein trockener Husten in Gang setzte, der alle weiteren Vorhaltungen erstickte. In der Brust und im Hals brannte es wie Feuer. Ben nutzte derweil die Gunst des Augenblicks. »Du weißt genau, dass ich Thyra gut kenne, sie war ja eine Freundin deiner Mutter. Und auch wenn sie Oberstaatsanwältin und in gewissem Sinn deine Vorgesetzte ist, seid ihr ja irgendwie befreundet, jedenfalls lädt sie dich regelmäßig jedes Jahr zu ihrer Weihnachtsparty ein. Was also hast du gegen Thyra?«

»Gar nichts«, sagte John und kratzte sich erneut am Kopf, auf den Armen, im Nacken. »Ich bin nur überrascht, dass du dich jetzt auch noch für Thyra interessierst. Hast du nicht schon genug Freundinnen?«

Ben beobachtete John etwas genauer. »Sag mal, hast du Läuse? Weil du dich überall kratzt.«

»Ich habe Fieber, falls du es noch nicht bemerkt haben solltest!«

Ben legte die Hand auf die Stirn seines Sohnes, doch John wischte sie augenblicklich weg.

»Du bist ganz rot im Gesicht, Junge. Soll ich dir ein paar Wadenwickel machen?«

»Untersteh dich!«

»Als Kind haben wir dir immer …«

»Ich bin kein Kind mehr! Ich nehme lieber Tabletten gegen das Fieber. Und nenn mich nicht immer Junge!« Mühsam angelte John nach seinen Aspirin-Tabletten auf dem Nachttisch, legte sich eine auf die Zunge und trank einen Schluck Wasser. Er hatte das Gefühl, als wäre sein Hals innen in der Kehle zu einem kleinen entzündeten Hügel angeschwollen, an dessen Fuß die Tablette strandete wie ein Schiff auf der Sandbank. Er trank das Glas aus und konnte sie endlich herunterspülen, was ihn wiederum zum Husten reizte.

Gleichzeitig wurde ihm klar – er war zwar krank, aber deswegen nicht blöd –, dass sein Vater ihn erfolgreich vom Thema Thyra abgelenkt hatte. Doch er fühlte sich zu heiß und zu elend, um noch einmal darauf zurückzukommen.

»Äpfel«, zählte sein Vater auf, der sich einen herumliegenden Bildband als Unterlage für seinen Schreibblock geschnappt und ihn auf seine Knie gelegt hatte. »Mandarinen, Weintrauben, Rotkohl, Lachs, Knusperschmalz, Oliven, Beifuß, Gebäck – oder soll ich selber backen, John? Könnte ich ja mal versuchen … aber weiter: Preiselbeeren, Lebkuchen, Oblaten, Christbaum sowie einen Christbaumständer …«

»Vater! Wir haben mindestens drei davon im Keller!«

»Das weiß ich, und die geraten mir auch das ganze Jahr über, wenn ich im Keller etwas suche, ständig zwischen die Füße, nur an Weihnachten, da verkriechen sie sich. Das ist jedes Jahr dasselbe. Und ehe ich das ganze Haus auf den Kopf stelle …«

»In fünf Jahren werden wir neun Stück haben«, murmelte John leise vor sich hin. Er freute sich, dass er trotz des Fiebers doch noch so weit rechnen konnte.

»… Knoblauch, einen Topf Basilikum, was brauchen wir noch? Gänsekeulen, saure und süße Sahne, Hefe …«

»Du willst doch die Keulen nicht etwa selbst machen? Wir könnten eine fertige Gans bestellen … oh Gott, ich kann nicht an Essen denken, davon wird mir augenblicklich schlecht!«

»Graupen«, zählte Ben weiter auf, ohne Rücksicht auf die Befindlichkeiten seines Sohnes zu nehmen. »Ich könnte dir ein schönes Graupensüppchen kochen!«

»Ben! Willst du mich umbringen? Du weißt genau, dass ich Graupen hasse! Schon beim Gedanken daran kommt's mir hoch.«

»Irgendwie bist du heute auf Krawall gebürstet«, stellte Ben fest.

John legte sich bequemer hin, schloss die Augen und blendete die Stimme seines Vaters aus. Bunte Kreise und ein Rauschen in den Ohren wiegten ihn in einen fiebrigen Dämmerschlaf.

Als er erwachte, war der Nachmittag ein Stück weiter fortgeschritten. Im Haus war alles still. Sein Vater war offensichtlich noch beim Einkaufen. Eine milde, kalte Wintersonne lugte ab und zu zwischen den Wolken hervor, umwoben von grauen Schleiern, die Nebel versprachen.

Die Hitze und das Fieber waren verschwunden, dafür war das Bett sehr ungemütlich geworden, heiß und klebrig vom Schwitzen. John stellte sich kurz unter die Dusche, hüllte sich in einen frischen Pyjama und einen dicken Bademantel und bezog das Kopfkissen neu. Das Laken zu wechseln war ihm zu mühsam, ihm schwindelte schon wieder von der Anstrengung des Duschens. Sein Vater hatte ihm eine Kanne Pfefferminztee hingestellt, den er jetzt gierig trank.

Nachdem John sich wieder eine Weile ins Bett gelegt hatte, beschloss er, nach unten ins Wohnzimmer umzuziehen. Dort fühlte er sich weniger ausgeschlossen, irgendwie näher am Leben. Anscheinend ging es ihm doch schon ein wenig besser. Er zog zwei T-Shirts und eine Jogginghose über den Pyjama, nahm sein Kissen und eine Decke und machte es sich auf dem Sofa mit dem karamellfarbenen Leder bequem, das im Lauf von Jahrzehnten butterweich geworden war. Nur das Feuer im Kamin, das sein Vater vorausschauend entzündet hatte, erhellte den Raum in der anbrechenden Winterdämmerung.

Auf der kleinen Dünenterrasse bogen sich die Hecken der Kamtschatka-Rosen im Wind, und hinter den Dünen rauschte eintönig das graue Dezembermeer. Es rauschte John erneut in den Schlaf.

»… irgendjemand *muss* etwas tun!«, rief eine körperlose Stimme so dicht neben Benthien, dass er erschrocken erwachte.

Er wusste nicht, wie lange er geschlafen hatte. Die Holzscheite im Kamin glühten noch, und draußen herrschte diffuses Zwielicht.

Vor ihm im Zimmer stand eine fremde Frau.

John, erhitzt und verschlafen, fuhr hoch; hastig überlegte er, wo und wer er war und welche Tageszeit gerade herrschte:

graute schon wieder ein neuer Morgen? Oder ging der alte Tag zu Ende? Und wieso lag er auf dem Sofa?

Er blinzelte, aber die Frau war immer noch da. »Irgendjemand muss etwas tun!«, wiederholte sie, nachdem sie ihn eine Weile angestarrt hatte.

Benthien dämmerte es langsam, dass mit »irgendjemand« er gemeint war. Inzwischen kam sie ihm auch vage bekannt vor. Zumindest kannte er sie vom Sehen, wenn er auch noch nicht mit ihr gesprochen hatte. Die grauweiß melierten Haare standen ziemlich zerzaust von ihrem Kopf ab, als hätte sie verzweifelt darin gewühlt. Ihr Gesicht glühte rosig im Schein des Feuers. Was ihn seltsam berührte, waren ihre Augen: Sie wirkten wie die einer Blinden, mit einer ganz hellen, fast weißen Iris. Ansonsten war sie ziemlich alt, sicherlich an die siebzig oder darüber, aber, wie es schien, noch gut beieinander und vernünftig bekleidet mit einer karierten Flanellhose, einem Fleecepulli und einer dicken Wolljacke, in der sie fast ertrank.

Er wunderte sich, dass sie bei der Kälte keinen Mantel trug. Und wie war sie überhaupt ins Haus gekommen? Und wo war sein Vater?

Benthien fuhr sich übers Gesicht und durch die Haare, sodass sie in alle Richtungen abstanden. »Entschuldigung, aber … kenne ich Sie?«

Geisterstunde

»Der Weihnachtsmann liegt in der Badewanne, und die Turbanfrau ist weg!« Die alte Frau stach mit dem Zeigefinger nach ihm, wie um ihre Worte zu unterstreichen, und sah ihn mit ihren seltsam hellen Augen eindringlich an. »Verstehen Sie das? Irgendjemand will mich in den Wahnsinn treiben!«

Benthien versuchte, sich zu sammeln. Hatte sie das eben wirklich gesagt? Und wer war der ominöse »irgendjemand«, von dem sie dauernd sprach? Sie hatte sich inzwischen auf den niedrigen Wohnzimmertisch gesetzt, ihm gegenüber, viel zu nah, fast berührte sie ihn. Sie hörte nicht auf, ihn anzustarren.

»Welche Turbanfrau?«, stotterte er.

Die Frau seufzte. »Ich bin Annelie Jansen, Ihre neue Nachbarin. Ihren Vater habe ich schon kennengelernt. Er erzählte mir, dass Sie bei der Polizei sind.«

Das glaubte John sofort. Sein Vater erzählte immer allen, dass er bei der Polizei war. Darauf war er stolz. Und natürlich hatte Ben die neue Nachbarin bereits kennengelernt, wer, wenn nicht er! Einer, der bei Wattwanderungen mitlief, um – allerdings harmlose – Frauenbekanntschaften zu machen, hatte keine Berührungsängste.

»Eine sympathische Frau«, hatte Ben ihm erzählt. »Wohnt seit ein paar Wochen im Häuschen schräg gegenüber. Ihr Mann ist tot. Sie ist von irgendwo aus Süddeutschland ans

Meer gezogen, weil sie als Kind ihre Ferien hier verbracht hat. Pure Nostalgie, sage ich dir. Wenn das mal gutgeht und sie nicht zu viel erwartet. Wahrscheinlich ist sie ziemlich einsam. Wir könnten sie einmal zum Kaffee einladen, was meinst du?«

Doch dazu war es, soweit John wusste, bisher nicht gekommen. Er hatte in den letzten Wochen vor Weihnachten selten die Zeit gefunden, in sein Haus auf Sylt zu fahren, in dem schon einige Generationen der Familie Benthien aufgewachsen waren. Unter der Woche teilte er sich neuerdings mit seinem Vater eine Wohnung in Flensburg, seitdem seine Lebensgefährtin Karin nach sechs Jahren behauptet hatte, sie brauche eine Auszeit, und er ihr die Wohnung überlassen hatte. Über Weihnachten besuchte sie für einige Wochen ihre Schwester in Amerika. John, der fühlte, wie er sich innerlich längst von ihr getrennt hatte, war es egal gewesen. Über die Feiertage hatte er keinen Dienst, da wollte er in aller Ruhe die Zeit genießen, ein paar Bücher lesen, sich den Nordseewind um die Ohren wehen lassen, gut essen und trinken und lange schlafen. Die Grippe hatte er nicht eingeplant. Und eine unbekannte Nachbarin, die einfach bei ihm hereinschneite und von verschwundenen Weihnachtsmännern und Turbanfrauen faselte, auch nicht.

»Jansen, Annelie!«, wiederholte die Frau in einer Lautstärke, als wäre er taub oder begriffsstutzig. »Können Sie nicht vielleicht mit mir rübergehen und sich das mal ansehen? Es ist beängstigend, richtig unheimlich! Allein trau ich mich nicht mehr ins Haus. Sie sind doch die Polizei, oder?«

Benthien versuchte, sich zu sammeln und zu sortieren. Erst einmal Ordnung und Struktur in die Geschichte zu bringen. Und das bedeutete, ganz von vorne anzufangen.

»Entschuldigung, aber wie sind Sie eigentlich hier reingekommen?«

»Spielt das eine Rolle? Die Seitentür war nicht abgeschlossen.« Sie warf ihm einen Blick zu. »Ihr Herr Vater ist zu vertrauensselig. Er sollte die Türen abschließen, wenn er aus dem Haus geht! Erst recht, wenn ein entflohener Straftäter hier herumstrolcht.«

Das fand Benthien allerdings auch. Aber das war kein Thema, das er jetzt mit Frau Jansen diskutieren wollte. »Wer ist die Turbanfrau? Und wieso ist sie weg? Und warum schwimmt der Weihnachtsmann in der Badewanne?«

Frau Jansen seufzte. »Können Sie sich nicht was überziehen und mitkommen? Irgendjemand war bei mir im Haus ...«

»Der Weihnachtsmann?«

»Sie nehmen mich nicht ernst.« Eindringlich blickten ihre hellen Augen ihn an. *Augen hell wie Bergkristalle* ... die Zeile eines alten Schlagers ging ihm durch den Sinn. »Aber ich habe Angst, verstehen Sie das nicht?«, wiederholte sie leise.

So langsam wurde John richtig wach. Er sah, dass die Frau wirklich verängstigt war. Ihre seltsamen Augen, starr wie Puppenaugen, ließen ihn nicht los. Panik, Entsetzen, eine Art Grauen konnte er darin lesen. Zweifellos glaubte diese Frau Jansen, was sie ihm erzählte, und wenn er feststellen wollte, was an ihrer Geschichte dran war, musste er wohl oder übel mit ihr rübergehen, Grippe hin oder her.

»Na gut. Ich zieh mir Schuhe an und hol meine Jacke, dann komme ich mit Ihnen.« Sie erstrahlte und seufzte vor Erleichterung.

»Das ist so lieb von Ihnen!«

Im Hexenhaus

Sie nahmen den Weg über die Terrasse der Benthiens, die der Seeseite zugewandt war. Von hier aus war das kleine Nachbarhaus bereits zu sehen. Ein Trampelpfad durch die Dünen, den John als Kind oft gegangen war, führte zur Hintertür von Frau Jansens Haus. Hier oben im Listland, im Ostteil der Insel, war fast jede Düne von einem Friesenhaus gekrönt; wie ein wogendes graues Meer, mit den Reetdächern als Wellenkämme, brandeten sie gegen jenes andere, weit gefährlichere Meer, das zwischen Sylt und der dänischen Küste lag, an. An diesem stillen Nachmittag schickte es jedoch nur kleine, harmlose Wellen an den Strand.

Frau Jansens Haus auf der Nachbardüne war alt und winzig und hatte Benthien als Kind mit seinem tiefgezogenen Reetdach an ein Hexenhäuschen erinnert. Als kleiner Junge war er ein paarmal im Haus gewesen, als noch andere Leute dort gewohnt und er mit den Nachbarskindern gespielt hatte.

Damals erklangen immer Lärm und Lachen aus dem Haus, doch als sie es nun betraten, war es totenstill – bis auf eine alte Standuhr, die in der engen Diele tickte.

Die beiden Räume im Erdgeschoss waren liebevoll und gemütlich nach der Art älterer Damen eingerichtet; mit dicken Perserteppichen auf den Böden, bezogenen Lampenschirmen, Ölbildern an den Wänden und einem bisschen Kram und

Nippes auf den blankpolierten Möbeln. Auf dem Tisch stand ein Adventskranz, und nach Wald duftende, frische Tannenzweige waren im Zimmer auf Vasen verteilt und mit goldenem und rotem Weihnachtsschmuck liebevoll dekoriert worden. Am Fenster hing ein großer gelber Weihnachtsstern, und auf einem Weihnachtsteller warteten selbst gemachte Zimtsterne, Vanillekipferl, Walnusskugeln und Spekulatius auf eine Schar fröhlicher Naschkatzen.

Ein paar Bücher, in denen sie wohl gerade las, lagen auf kleinen Tischchen herum. In der blitzblanken Küche stand ein prächtiger, noch nicht ganz erkalteter Schokoladenkuchen auf einem Kuchenteller mit weiß-blauem Friesenmuster. Es duftete nach warmer Milch, Backpulver, Vanille und Zimt.

Neben der Küche lag das Badezimmer. Die Badewanne war bis kurz vorm Rand mit Wasser und Schaum gefüllt, und unter dem Schaum schimmerte etwas Rotes. Benthien langte hinein und holte den ertrunkenen Weihnachtsmann herauf, eine ziemlich schlappe Figur, ungefähr 60 Zentimeter groß, mit Mütze, Bart, rotem Rock und einem Geschenkesack auf dem Rücken. Solche Weihnachtsmänner sah man in der Weihnachtszeit oft an Balkonen oder Hausfassaden hochklettern. In eine Badewanne gehörte er mit Sicherheit nicht.

»Ich hänge ihn jedes Jahr an Weihnachten zur Dekoration an mein Bücherregal«, sagte Frau Jansen bekümmert. Sie lächelte ihn schüchtern an. »Dann merke ich wenigstens, dass Weihnachten ist.«

Benthien versuchte, das rote Gewand ein bisschen auszudrücken, dabei fiel sein Blick auf den Spiegel. Die alte Frau, die seinem Blick gefolgt war, keuchte entsetzt. Auf dem Spiegel stand in großen roten Buchstaben: *Stille Nacht, tödliche Nacht, liebe Annelie*. Daneben ein Kreuz, wie man es in Todesanzeigen oft abgedruckt sieht.

Benthiens erster Gedanke war, ob hier nicht jemand »Versteckte Kamera« mit ihm spielte. Tommy Fitzen vielleicht? Zu dessen abstrusem Sinn für Humor würde eine solche Inszenierung durchaus passen. Sein zweiter Gedanke war, dass so was höchstens in Büchern vorkam oder in einem Fernsehkrimi, aber nicht im wirklichen Leben.

»Wer tut so etwas?«, fragte die alte Frau mit zitternden Lippen, und Benthien begriff, dass sie die Sache nicht als einen üblen Scherz aufnahm und sich tatsächlich fürchtete. Sie war bleich vor Angst.

»Darf ich mich in Ihrem Haus ein bisschen umsehen?«

»Ja, bitte, tun Sie das«, flüsterte Annelie. »Aber ich komme mit. Ich will hier unten nicht allein bleiben.«

Sie stiegen die Treppen hinauf ins obere Stockwerk, in dem es zwei kleine Schlafzimmer und eine Toilette gab. Auch hier war alles liebevoll weihnachtlich geschmückt, und ein Duft nach Harz und Tannennadeln zog durch die Räume. Ansonsten schien nichts ungewöhnlich zu sein, was die alte Dame auch bestätigte. Dennoch schaute sie ängstlich um sich und hielt sich dicht hinter Benthien, der sie um eineinhalb Köpfe überragte und hinter dessen sportlichem Rücken sie sich offenbar sicher fühlte.

»Haben Sie eigentlich eine Waffe dabei?«

Benthien drehte sich um und lächelte. »Nein. Die ist in Flensburg, sicher verwahrt im Büro. Aber eine Waffe brauchen wir nicht, Frau Jansen. Machen Sie sich keine Sorgen.«

Was rede ich hier für einen Blödsinn, dachte er gleich darauf ärgerlich. Jemand *war* schließlich im Haus gewesen und hatte nicht nur den Weihnachtsmann ertränkt, sondern auch eine Art Drohung an den Spiegel geschmiert. Wahrscheinlich nur ein Dummejungenstreich, aber die Sorgen der alten Frau sollte er wohl doch etwas ernster nehmen.

»Könnten Sie nicht einfach Annelie zu mir sagen?«, fragte sie mit ihrem schüchternen Lächeln. »Wir sind doch Nachbarn, und ...«

»Aber gern. Ich heiße John. Wird zwar geschrieben wie der amerikanische Westernheld, aber *Joon* gesprochen.«

»Ich weiß.« Sie schüttelten einander feierlich die Hand und lächelten sich an.

Benthien griff nach einem Foto, das gerahmt auf dem Nachttisch neben ihrem Bett stand. »Ihre Tochter?« Er betrachtete das etwas unschöne Gesicht mit dem fliehenden Kinn, den schmalen Lippen und der großen Nase und dachte, dass es wenig Ähnlichkeit mit der zierlichen Frau Jansen hatte, der man auch jetzt noch ansah, wie hübsch sie früher einmal gewesen war.

Über Annelies Gesicht fiel ein Schatten. »Das ist Lydia, meine Nichte und Patenkind. Meine Schwester ist vor einigen Jahren gestorben. Außer Lydia habe ich keine Angehörigen mehr. Wollen wir nicht in die Küche gehen und den Kuchen anschneiden? Und ein paar Weihnachtsplätzchen essen? Ich habe, aus alter Gewohnheit, viel zu viel gebacken.«

John war klar, dass die alte Frau nicht gern allein im Haus bleiben wollte und Gesellschaft suchte. Wenn er an den leckeren Schokoladenkuchen und die Vanillekipferl dachte ... offenbar schien es seinem Infekt schon wieder besser zu gehen, denn er verspürte Hunger.

Als sie nach unten kamen, stand Ben vor dem Küchenfenster, die Hände seitlich an den Kopf gelegt, um besser sehen zu können, und guckte angestrengt in die Küche. Sein Gesicht hellte sich auf, als er seinen Sohn bemerkte.

Frau Jansen schloss die Küchentür auf, die auf eine schmale Dünenplattform führte, auf der sauber verstaut die Müllbehälter standen.

»Ich habe mich schon gefragt, wo mein grippekranker Sohn eigentlich abgeblieben ist«, sagte Ben und trat ein.

Wie auf Kommando fing John an zu niesen und konnte gar nicht mehr aufhören. Frau Jansen – Annelie – streckte ihm ein Päckchen Papiertaschentücher entgegen, die sie aus einer Küchenschublade genommen hatte.

»Du gehörst ins Bett!«, sagte Ben, und John nahm auf einmal wieder seine Bronchien wahr, die sich anfühlten, als stünden sie in Flammen. Und jedes Schlucken war wie eine Messerklinge, die ihm jemand durch die Kehle zog. Das Adrenalin, das durch seine Adern gerauscht war, solange er sich bei der Nachbarin aufgehalten hatte, war verpufft. Gerade, als er verkünden wollte, dass er sich wieder ins Bett legen würde, nachdem er die Westerländer Kollegen wegen des Einbruchs benachrichtigt hätte, fiel ihm die Turbanfrau ein.

»Annelie, Sie sagten vorhin, die Turbanfrau ist weg? Was hat es damit auf sich? Wer ist die Turbanfrau?«

»Sie stand hier, im Flur.« Frau Jansen zeigte durch die offene Küchentür auf einen stabilen Hocker, der neben dem Treppenaufgang stand und wohl als Podest gedient hatte. »Sie war aus Ton, siebzig Zentimeter hoch. Mein Patenkind hat Modell dafür gestanden und mir die Skulptur geschenkt. Damals lebte mein Mann noch. Eine Freundin von ihr, die solche Tonfiguren macht, hatte sie dazu überredet, Modell zu stehen.«

»Seit wann ist sie weg? Ist denn bei Ihnen eingebrochen worden?«, wunderte sich Ben. Und, an seinen Sohn gewandt: »Bist du deshalb hier?«

Darauf hin erzählte ihm Frau Jansen die ganze Geschichte, einschließlich des ertränkten Weihnachtsmannes und der Schrift auf dem Spiegel. Ben war entsetzt. Vor allem darüber, dass so etwas in dieser ruhigen Gegend, auf dieser normalerweise so friedlichen Insel, passieren konnte. Hier gab es vor allem Ferienhäuser, die bald, an den Feiertagen, wieder voller Leben sein würden. In der Zwischensaison waren sie nur spärlich belegt. Kriminalität kannte man hier kaum, erst recht keine Schwerverbrechen.

»Ich geh rüber und leg mich wieder hin«, sagte John erschöpft, der fühlte, wie sein Fieber wieder anstieg.

»Darf ich Ihnen ein paar Kuchenstücke und Plätzchen mitgeben? Und vielleicht einen Kaffee kochen?«, fragte Frau Jansen sehnsüchtig. »Sie haben mir so sehr geholfen, John. Jetzt fühle ich mich schon wesentlich besser.«

»Kommen Sie doch mit zu uns rüber, Annelie«, sagte Ben herzlich. »Ich bin für den Kaffee zuständig, und Sie bringen den Kuchen mit. Einverstanden?«

»Ich geh dann schon mal«, sagte John, als ihn ein Schrei zurückhielt.

»Da liegt sie ja, die Turbanfrau!«, sagte Annelie mit weißen Lippen und deutete aus dem zweiten Küchenfenster, das zur Seeseite hin lag. Von hier aus hatte man einen Blick auf die kleine gepflasterte Terrasse, die eingemummelt war von einer wild wuchernden Hecke von Kamtschatka-Rosen. Im Sommer war dies ein sonniges und windgeschütztes Plätzchen inmitten pinkfarbener Blüten, jetzt lagen weiße Scherben auf der Terrasse und ein abgetrennter Kopf, der einmal auf den Schultern der Turbanfrau gesessen hatte. Benthien meinte sogar, in dem leicht grimmigen Gesicht eine Ähnlichkeit mit Annelies Nichte wiederzuerkennen.

»Jemand muss die Turbanfrau nach draußen getragen und ihr den Kopf abgeschlagen haben«, sagte Ben mit leisem Erstaunen. »Jetzt ist sie nur noch ein Trümmerfeld.«

Ein Mysterium

»Fangen Sie einfach ganz von vorne an, Frau Jansen«, sagte Hinnerk Petering, der junge sommersprossige Polizeioberkommissar von der Polizeidienststelle Westerland, den John Benthien herbeitelefoniert hatte. Annelie war er auf Anhieb sympathisch gewesen. Er hatte ein verschmitztes Lächeln und ließ ihr Zeit, sich zu sammeln. »Wann haben Sie den Einbruch bemerkt?«

Annelie drückte sich tiefer in den bequemen Sessel im Wohnzimmer der Benthiens, das jetzt nur noch vom Feuer und ein paar Kerzen erhellt wurde.

»Als ich heute Nachmittag von meinem Spaziergang zurückkam. Ich bin in Morsum gewesen, am Kliff.«

»Und als Sie das Haus verlassen haben, da war noch alles in Ordnung?«

»Natürlich.«

»Aber wir haben keine Einbruchspuren gefunden.«

Annelie runzelte die Stirn. »Das verstehe ich nicht. Vielleicht hatte der Einbrecher einen Dietrich dabei? Oder er hat beruflich mit Schlössern zu tun?« Aufgeregt beugte sie sich nach vorn. »Möglicherweise hat er Fingerabdrücke hinterlassen ...«

Hinnerk Petering lächelte sie beruhigend an. »Das überprüfen wir gerade. Sind Sie sicher, dass nicht mehr weggekommen ist als die Skulptur?«

»Mein Schmuck ist noch da, aber er ist auch nicht besonders wertvoll. Und Geld war keins im Haus.« Sie sah ihn ängstlich an. »Was halten Sie von der Schrift auf dem Spiegel? Und wieso lässt der Einbrecher Wasser in die Badewanne ein und ertränkt darin den Weihnachtsmann? Glauben Sie, das ist … ist so eine Art Botschaft für mich, eine Warnung oder so was?«

»Haben Sie denn Feinde?«

Annelie starrte ihn an. »Sehe ich aus wie jemand, der Feinde hat? Ich kenne hier kaum einen Menschen. Mein Mann hat das Häuschen von einer Tante geerbt. Wir waren ein-, zweimal hier, dann wurde er krank. Nach seinem Tod habe ich beschlossen, in Heidelberg alles aufzugeben und hierher zu ziehen. Seit einem Monat bin ich jetzt auf Sylt. Ich habe das Meer schon als Kind geliebt.« Ihre Stimme geriet ins Stocken. »Aber anscheinend gibt es jemanden, der mich hier nicht haben will.«

»Das ist doch Unsinn!«, protestierte Ben, und dafür war ihm Annelie sehr dankbar.

Es klopfte an der Terrassentür. Hinnerk ließ seine beiden Kollegen herein, die in Annelies Häuschen nach Spuren gesucht hatten. »Nichts«, sagte der dünne Blonde. »Wir haben nur Fingerabdrücke von Frau Jansen gefunden, keine Einbruchspuren, keine Fußabdrücke. Das ist alles sehr seltsam.«

»Sieht aus, als wäre er durch den Schornstein gekommen«, scherzte der andere, der einen kugelrunden Bauch hatte, passend zu seinem Gesicht. »Vielleicht ein Weihnachtsengel, der im Weihnachtsmann einen Konkurrenten sah und ihn deshalb ersäuft hat.«

»Rede doch nicht so blöd daher, Eike!«, fuhr ihn Benthien an, der sich wieder aufs Sofa gelegt hatte und leise vor sich hin hustete.

Ich hätte ihn nicht mit der Sache behelligen sollen, dachte Annelie, nicht mit seiner starken Erkältung.

Wenig später waren alle drei Beamten gegangen. Sie wollten, erklärte Hinnerk, sich in der Nachbarschaft umhören, ob jemandem etwas aufgefallen war. »Du hast ja nichts gehört, John, oder?«

»Ich habe geschlafen«, erwiderte Benthien. »Ich bin erst wach geworden, als Frau Jansen mit mir sprach.«

Er begleitete Petering zur Tür. »Weißt du, dass Meinhardt zwischen zwei Knastaufenthalten bei einem Schlüsseldienst gearbeitet hat?«, fragte er leise.

»Weiß ich nicht, werden wir aber überprüfen«, gab Hinnerk ebenso leise zurück. »Ist aber nicht sicher, ob der überhaupt noch auf der Insel ist – wenn er es denn je war. Tatsächlich gesehen hat ihn hier niemand. Bis demnächst, und gute Besserung! Ich lass von mir hören.«

Annelie beobachtete John ängstlich, als er wieder ins Zimmer kam. Was hatte er draußen mit dem Polizisten geflüstert, was sie offenbar nicht hören durfte? War es etwas Ernstes gewesen? Doch John sagte nichts; er legte sich sofort wieder aufs Sofa, offenbar fühlte er sich ziemlich erschöpft nach all der Aufregung. Eine angenehme Stille senkte sich über den Raum. Benthien senior war in die Küche gegangen, um frischen Kaffee zu brühen. Vorher hatte er noch drei weitere Kerzen auf einem Sideboard angezündet. Obwohl es im Zimmer warm war, zog Annelie die Wolljacke enger um ihre zierliche Figur und kuschelte sich tiefer in den gemütlichen Sessel mit den dicken Armlehnen. Das Feuer prasselte fröhlich vor sich hin, und draußen, über den Dünen, funkelten die ersten Sterne am Himmel. Im Zimmer duftete es nach Bienenwachskerzen, nach Kaffee und frischem Tannengrün. Die

Kerzen bildeten stimmungsvolle Inseln des Lichts, ansonsten krochen aus allen Ecken Schatten. Aber Annelie fürchtete sich nicht in dem stillen, gemütlich-warmen Haus. Sie hatte sich schon lange nicht mehr so wohl gefühlt wie hier, und sie hatte, so fand sie, schon lange nicht mehr so nette Nachbarn gehabt wie die Benthiens. Schon als sie Ben mit seiner wilden weißen Mark-Twain-Mähne das erste Mal gesehen hatte, war sofort ein Gefühl der Verbundenheit bei ihr aufgekommen, als würde sie ihn schon lange kennen. Sein Sohn ähnelte ihm in der Statur. Beide waren groß, schlank und wirkten freundlich und offen. Und nun war sie ihnen unendlich dankbar, dass sie sich um sie kümmerten und sie nicht allein ihrem Schicksal überließen.

»Annelie, haben Sie jemanden, bei dem Sie heute übernachten können? Oder jemand, der zu Ihnen kommen kann? Ich würde Sie ungern allein drüben im Haus wissen.«

»Hier auf Sylt kenne ich niemanden. Ich bin ja noch ganz neu hier. Und in meinem Alter sterben einem die Leute weg wie die Fliegen, wissen Sie.«

Ben kam mit einer Kanne frischen Kaffees wieder ins Zimmer, wunderte sich, dass es so dunkel war, und wollte Licht machen, doch sein Sohn protestierte. »Meine Augen brennen, als hätte jemand Salz reingestreut. Du wirst doch sicher deinen Mund auch noch im Halbdunkeln finden?«

»Ich finde Kerzenlicht sehr romantisch, besonders jetzt in der Weihnachtszeit«, sprang ihm Annelie bei. »Möchte noch jemand Kuchen? Oder Plätzchen?«

John hatte zwar den Eindruck, dass die Krümel seinen Hals verstopften, aber der Kuchen mit der dicken Schokoladenglasur schmeckte so gut, dass er noch ein Stück nahm und es mit viel Milchkaffee herunterspülte. Sein Vater befriedigte indessen seine Neugier, indem er Annelie nach ihrem Leben ausfragte.

Eine relativ erfolglose Schauspielerin sei sie gewesen, erzählte die alte Frau, mit kleinen Nebenrollen im Film und am Theater; Kurtisanen habe sie gespielt, Dienstmädchen, Zofen, beste Freundin, und irgendwann waren auch diese Rollen ausgeblieben. »Ehe ich dann auf der Besetzungscouch gelandet wäre«, sagte sie mit einem ironischen Lächeln, »habe ich eine Ausbildung zur Finanzbeamtin gemacht, das war dann was Solides. Als ich schon dachte, ich hätte vom Leben nichts mehr zu erwarten, ist mir Georg über den Weg gelaufen. Wir haben geheiratet und waren sehr glücklich zusammen, bis er vor zwei Jahren, nach langer Krankheit, gestorben ist.«

»Das muss schlimm für Sie gewesen sein«, sagte Ben mitfühlend. »Ich kenne das, meine Frau war auch sehr krank, bevor sie starb. Es ist schwer, Abschied zu nehmen, besonders nach einer langen, guten Ehe.«

»Sie haben Glück. Sie haben einen Sohn«, sagte Annelie leise. »Ich habe nur noch mein Patenkind.«

»Kann es sein, dass ich Ihre Nichte hier schon einmal gesehen habe?«, fragte Ben.

Annelie seufzte. »Lydia hat bis vor kurzem bei mir gewohnt. Sie ist Witwe, wissen Sie, auch nicht mehr die Jüngste und ein wenig eigenbrötlerisch. Schüchtern, könnte man auch sagen, und eigentlich hatten wir vor, hier zusammen alt zu werden. Sie hat sich so gefreut, auf Sylt leben und arbeiten zu können – sie betreut für eine Firma die Webseiten ihrer Kunden und kann praktisch von jedem Ort aus arbeiten.«

»Das klingt so nach Vergangenheit«, fragte Ben behutsam. »Was ist passiert?«

»Sie ist aufs Festland gezogen, nachdem sie jemanden kennengelernt hat«, sagte Annelie leichthin. Offenbar wollte sie sich nicht anmerken lassen, wie nahe ihr das ging.

John, der auf dem Sofa still vor sich hin litt – das Fieber hatte ihn wieder gepackt –, war ganz froh über die Ablenkung. Außerdem machte er sich Gedanken, um nicht zu sagen Sorgen. Die Schrift auf dem Spiegel beschäftigte ihn. Seiner Erfahrung nach ging das weit über einen normalen Einbruch und auch über einen Streich hinaus. Jemand wollte Annelie eins auswischen, sie vielleicht von hier vertreiben. Aber wer? Und warum? Auch die zerbrochene Skulptur und der ertränkte Weihnachtsmann deuteten auf ein sehr persönliches Motiv hin. Auf eine Person, die Annelie jetzt, kurz vor Weihnachten, in Angst und Schrecken versetzen wollte. Da steckten entweder verletzte Gefühle dahinter, oder es ging um handfeste finanzielle Interessen, die vielleicht mit dem Haus zusammenhingen. In beiden Fällen, so fürchtete er, war das erst der Anfang des Schreckens.

»Können Sie sich vorstellen, Annelie, dass Ihnen jemand etwas Böses will?«

»Sie glauben nicht an einen normalen Einbruch? Ich dachte, die Skulptur hat er vielleicht aus Wut zerbrochen, weil er bei mir nichts Wertvolles gefunden hat. Und mit dem Weihnachtsmann wollte er mich ärgern. Vielleicht«, setzte sie hoffnungsvoll hinzu, »war es ja doch nur ein Dummejungenstreich.«

Jetzt musste John aufpassen, was er sagte. Er wollte ihr nicht noch mehr Angst einjagen. Andererseits brauchte er ein paar Auskünfte. Denn dass die Sylter Kollegen weiterkommen würden, glaubte John nicht.

Deshalb suchte er nach einer vorsichtigen Formulierung: »Das kann durchaus sein. Gibt es hier Leute, mit denen Sie irgendwann mal aneinandergeraten sind, Annelie? Mit denen Sie Ärger hatten?«

»Ganz gewiss nicht. Ich kenne ja niemanden auf der Insel. Und in den Häusern hier herum wohnen kaum Einheimische. Es sind alles Ferienwohnungen. Man ist manchmal ganz schön einsam hier«, sagte sie leise.

Offenbar, dachte Benthien, hatte sie sich das Leben auf ihrer Trauminsel doch anders vorgestellt. Und dann war auch noch diese Lydia ausgezogen, die offenbar eine wichtige Rolle in Annelies Leben spielte.

»Auf jeden Fall«, sagte Ben, »kannst du ... wollen wir nicht du sagen? Als Nachbarn?«

»Sehr gern«, sagte Annelie und strahlte.

Ben erhob seine Tasse Kaffee. »Was ich sagen wollte, auf jeden Fall kannst du mit uns rechnen. John, können wir Annelie nicht heute Nacht bei uns im Gästezimmer unterbringen? Und morgen besorgen wir ihr ein paar stabile Türriegel.«

Sie stießen mit den Kaffeetassen an, und Ben lud Annelie gleich noch zum Abendessen ein. Und John, der den Wunsch verspürte, sich nur noch in sein Bett zu verziehen, verschob sämtliche Überlegungen auf den nächsten Tag.

Tod in den Dünen

21. Dezember

»… irgendjemand *muss* etwas tun! Um Gottes willen, John, wach auf!«

Die Dinge wiederholen sich, dachte John verwirrt, als er so unsanft aus dem Schlaf gerissen wurde. Wieder lag er, wie vor vier Tagen, unten im Wohnzimmer auf dem Sofa. Der Nachmittag ging zur Neige, das Zimmer war vom Kaminfeuer nur schwach beleuchtet; wieder war er offenbar allein zuhause, und wieder stand eine Frau neben dem Sofa und wiederholte immer dieselben Worte. »Jemand muss etwas tun!«

Mit einem Ruck fuhr er hoch und setzte sich auf. Annelie, eingehüllt in eine dicke Winterjacke, stand neben dem Sofa und wirkte völlig aufgelöst. Ihr Atem ging schwer, und ihre Hände zitterten.

John fuhr sich übers Gesicht und durch die Haare. »Was ist los? Ist bei dir wieder eingebrochen worden?«

»Der Weihnachtsmann … in den Dünen … er ist tot. Und jemand … irgendein Kerl … ist hinter mir her!« Sie keuchte und war völlig außer Atem, als wäre sie lange und schnell gelaufen.

John starrte Annelie an. Versuchte zu verstehen, was sie ihm gerade gesagt hatte. Aber er bekam den Sinn nicht richtig zusammen – vielmehr, das, was Annelie geäußert hatte, ergab für ihn keinen Sinn.

»Zieh erst mal deine Jacke aus, setz dich hin, und dann erzähl ganz langsam von vorn«, sagte er beruhigend. Ohne zu fragen, stand er auf, holte den Kaffee und eine Tasse aus der Küche und schenkte ihr ein. »Du brauchst unbedingt was Warmes.«

Annelie trank dankbar ein paar Schlucke. Dann begann sie zu erzählen, erst stockend und langsam, dann immer hastiger. Wie der Mann im Weihnachtskostüm in den Dünen am Boden lag. Wie sie versucht hatte, sich zu verstecken, als sie den zweiten Mann über den Toten gebeugt stehen sah. »Ich weiß natürlich nicht, ob er wirklich tot war«, sagte sie schaudernd. »Aber er hat sich nicht mehr gerührt. Und da habe ich gemacht, dass ich wegkam. Zum Glück war es sehr neblig. Jedenfalls hat mich der Mann nicht erwischt. Ich bin einfach kreuz und quer durch die Dünen gelaufen.« Ihre Hand zitterte so sehr, dass sie die Tasse mit beiden Händen festhalten musste.

»Hat er dich gesehen?«

»Ich weiß es nicht genau. Aber er hat in meine Richtung geguckt.«

»Hast du schon die Polizei benachrichtigt?«

»Nein. Ich hatte kein Handy bei mir.« Mit einem Taschentuch wischte sie sich die Tränen ab. »John, warum passiert das alles, kaum dass ich hier auf der Insel bin? In Heidelberg ist mir in den ganzen Jahren nie etwas Ungewöhnliches untergekommen.«

Das fragte sich Benthien auch. Warum jetzt, warum ausgerechnet hier? Warum ausgerechnet diese einsame, bescheidene Frau, die nichts anderes wollte, als hier auf Sylt einen friedlichen Lebensabend zu verbringen?

In der Einbruchsache waren die Kollegen aus Westerland, wie erwartet, nicht weitergekommen. Spuren oder Fingerabdrücke waren nicht zu finden gewesen, und die Nachbarschaft – soweit überhaupt vorhanden – hatte nichts gesehen. Annelie war ziemlich verzweifelt gewesen, hatte aber doch versucht, die Situation mit Galgenhumor zu nehmen. »*Zumindest ist mein Stalker, oder was immer er ist, originell und kreativ, das muss man anerkennen!*« Und sie hatte darauf bestanden, wenigstens tagsüber die meiste Zeit bei sich zuhause zu verbringen. Aus Angst, vermutete John, dass sie ihnen auf die Nerven gehen könnte. Am Nachmittag war sie rübergekommen, und die Nächte hatte sie im Gästezimmer der Benthiens verbracht. Dafür hatte sie sich erkenntlich gezeigt, indem sie jeden Morgen ein opulentes Frühstück zubereitete und nachmittags Kuchen und Plätzchen backte und Ben Hilfe für seine Gänsekeulen zusagte. Da blieb es natürlich nicht aus, dass Ben sie für die Weihnachtstage einlud, denn man konnte Annelie schlecht allein drüben in ihrem Häuschen sitzen lassen, das zwar jetzt über ein paar stabile Riegel verfügte, in dem sie sich aber immer noch fürchtete, auch wenn sie das nicht offen zugeben mochte.

John war es recht. Er war immer noch nicht so richtig auf der Höhe, sein Husten hatte sich sogar verschlimmert. Mittlerweile nahm er ein Antibiotikum.

Jetzt griff er zum Telefonhörer. »Weißt du denn in etwa, wo du den Toten gesehen hast?«, fragte er, ehe er die Nummer der Westerländer Kripo eingab.

»Unten, an der Wanderdüne«, sagte Annelie zögerlich.

»Unten?«

»Am südlichen Rand.«

»In List gibt es drei Wanderdünen. Welche meinst du?«

»Ich weiß es nicht, John. Ich kann es beim besten Willen nicht sagen«, erwiderte Annelie unglücklich. »Ich kann die Dünen nicht auseinanderhalten. Außerdem wurde es immer nebliger. Irgendwann sah alles für mich gleich aus. Ich hatte schon Angst, dass ich den Weg nach Hause nicht mehr finde.«

Benthien warf einen Blick nach draußen. Außer einer grauen Wand aus Dunst und Wassertropfen war tatsächlich nichts zu sehen, sogar Annelies Haus war vom Nebel verschluckt worden. Eine entfernte Laterne, umwoben von einer milchigen Aura, warf ein gespenstisches Licht auf die wehenden Gräser der Dünen. Außer dem eintönigen Geräusch sanft fallender Tropfen war nichts zu hören. Wie eine dicke Decke erstickte der Nebel alle Geräusche.

Wird schwierig werden, dachte Benthien, den Toten bei den widrigen Wetterverhältnissen und kurz vor Einbruch der Nacht zu finden. Er nahm den Hörer und rief Arndt Schäfer an, einen Kriminalhauptkommissar der Westerländer Kripo, den er flüchtig kannte.

Wie er es sich gedacht hatte, war Schäfer nicht gerade begeistert von der Aussicht, an diesem Winterabend in den Dünen nach einem Toten zu suchen. Er war ja selbst froh, dass der Kelch an ihm vorüberging.

»Ein Kollege kommt gleich hierher, Kriminalhauptkommissar Arndt Schäfer«, sagte er zu Annelie, »und wird dir ein paar Fragen stellen. Magst du dich nicht ein bisschen oben hinlegen? Du siehst völlig erledigt aus.«

Annelie lächelte ihn dankbar an. Sie schien ihm immer wieder von neuem erleichtert, aber auch verwundert zu sein, dass sie in seinem Haus eine so gastliche Aufnahme erfahren hatte.

Kurz darauf kam Ben zurück. In Johns unklarer Vorstellung – er schlief immer noch viel, um seine brennenden, kratzenden Bronchien wenigstens für kurze Zeit zu vergessen – war sein Vater pausenlos in der Absicht unterwegs, weiteren Weihnachtsschmuck, Tonnen an Nahrungsmitteln,

Lichterketten, Weihnachtssterne, Grünzeug und irgendwelche raffinierten Küchengeräte zu besorgen. Gerade jetzt schleppte er einen noch im Netz verpackten Baum durchs Zimmer, der John reichlich groß erschien. Er sprang auf, um tragen zu helfen, und gemeinsam schafften sie ihn auf die Terrasse.

»Vater, übernimm dich nicht so«, mahnte er. »Weihnachten dauert nur drei Tage, dann ist es vorbei. Man kann es auch übertreiben. Willst du einen Kaffee?«

»Für mich dauert Weihnachten bis ins neue Jahr«, brummte Ben. »Und ich möchte, dass wir es gemütlich haben.«

»Möglicherweise gibt es da ein, zwei Störfaktoren«, wandte John ein. Und dann erzählte er seinem Vater die ganze Geschichte, die Annelie gerade erlebt hatte.

Er war kaum am Ende angelangt, als es an der Tür klingelte. »Das wird Arndt Schäfer sein, er will Annelie befragen, bevor er sich dem Suchtrupp anschließt«, sagte John.

»Ich brauche einen Schnaps«, murmelte Ben und stiefelte los in Richtung Küche und Eingangstür.

John hörte Gemurmel und laute, fröhliche Rufe, und er erkannte natürlich die Stimme, die ganz bestimmt nicht Arndt Schäfer gehörte.

»Oh mein Gott, Fitzen! Ein weiterer Irrer für dieses Irrenhaus«, murmelte er vor sich hin. Jetzt brauchte auch er einen Schnaps.

Ängste

Annelie hatte sich oben unter die Dusche gestellt und ganz lange das heiße Wasser laufen lassen, weil das Frieren in ihrem Inneren gar nicht mehr aufhören wollte. Dann zog sie ihren warmen Hausanzug an, streifte Socken und dicke Hüttenschuhe über und streckte sich auf ihrem Bett aus. Vom Laufen tat ihr alles weh, auch das Herz, obwohl sie sich nicht sicher war, dass die Stiche in der Brust vom Laufen kamen. Sie nahm das gerahmte Foto vom Nachttisch, das sie aus ihrem Haus mitgebracht hatte, und sah es lange an. Und machte sich so ihre Gedanken. Dann rieb sie sich energisch die Augen, stellte es zurück und schaltete die kleine Nachttischlampe aus. Im Liegen blickte sie aus dem gardinenlosen Fenster. Der Nebel war nun weniger dicht; ein paar Krüppelkiefern auf den Dünenkämmen wurden ordentlich vom Wind gebeugt, und Wolken rasten am Himmel entlang, als hätten sie es eilig, irgendwohin zu kommen. Von ihrem Häuschen sah sie nur einen Teil des Daches und ein einsames Fenster. Dahinter lag Lydias ehemaliges Zimmer. Weiter weg stand ein größeres Haus mit Ferienwohnungen. Noch brannte dort nirgendwo Licht, aber es war mit einem Weihnachtskranz an der Eingangstür geschmückt, ein Zeichen dafür, dass Feriengäste erwartet wurden. Aus den Büschen im Vorgarten blitzten Lichtgirlanden hervor und ließen sie sehr zart und filigran wirken. Der ständige Nordseewind nahm darauf allerdings keine Rücksicht. Er zauste sie genauso derb und zerrte an ihnen wie an allem anderen, was hier wuchs, und an allen Menschen, die sich auf die Straße wagten.

Annelie war sich im Klaren darüber, dass sie ihren eigenen Gedanken aus dem Weg ging. Zum Beispiel der Frage, wer der Mann in den Dünen gewesen war. Hatte er sie gesehen, womöglich erkannt? Wusste er, wen er verfolgt hatte? Hatte er sie heimlich beobachtet? Wusste er, dass sie jetzt geborgen in dem gemütlichen alten Friesenhaus lag, oben im ersten Stock, warm eingehüllt in Decken auf einem bequemen Bett … und wartete er nur darauf, dass sie sich nach draußen wagte? Oder würde er nicht mal davor zurückschrecken, hier ins Haus einzudringen? Sie versuchte krampfhaft, nicht an den anderen Mann zu denken … das Geräusch, mit dem der Schädel barst, das Knacken, das Schwanken, den gespenstischen Anblick, wie lange der Riese noch stand, bis er kippte … wie ein gefällter Baum, dessen Kerbe sein Schicksal schon lange besiegelt hatte, der nur noch etwas Zeit brauchte, bis er aufgab und fiel.

Ihr wilder, würgender Herzschlag hatte sie vor sich her getrieben, bis sie sich hinter einem Dünenvorsprung, der gekrönt war von Büscheln von Heidekraut, verstecken konnte. Erst da hatte sie den zweiten Mann entdeckt. Und die große Frage – eine Frage, die ihr den Angstschweiß auf die Stirn trieb – war: Hatte er sie auch gesehen?

Aber wer war er? Und war es überhaupt ein Mann? Konnte es nicht auch eine Frau gewesen sein? Nicht ganz unmöglich; die Person hatte einen wadenlangen, dunklen Ölmantel getragen und auf dem Kopf die dazugehörige, spitz zulaufende Kapuze, darunter möglicherweise eine Mütze. Als der Mensch durch die Dünen lief, war der Wind unter den Regenmantel gefahren und hatte ihn aufgebläht, sodass weder

Größe noch Figur des geisterhaften Wesens zu erkennen oder zu bestimmen waren. Jeder hätte es sein können – der Bäcker, bei dem sie täglich einkaufte, die Vermieterin von nebenan, ein Feriengast, der Pfarrer, einer der Kellner oder Physiotherapeuten vom Wellness-Hotel, die Putzhilfe, der Apotheker. Vielleicht jemand, dem sie schon morgen wieder über den Weg lief. Vielleicht sogar der Kommissar, der gerade an die Tür klopfte und Auskünfte von ihr verlangte.

Die andere Frage, die sie beschäftigte, war: Hatte sich der Mann über einen Toten gebeugt, oder war das Opfer nur verletzt? Hatte man es bereits gefunden? Lag es jetzt vielleicht in der Nordseeklinik und würde es überleben? Das zu wissen hätte ihr die schicksalsschweren Stunden doch wesentlich erleichtert. Dann müsste sie sich keine Gedanken mehr darüber machen, dass sie nicht sofort die Polizei gerufen hatte, sondern nach Hause gelaufen war.

Er blieb verwirrt stehen, als er das dunkle Zimmer betrat, und fragte höflich, ob er Licht machen dürfe.

»Natürlich«, sagte Annelie und setzte sich auf dem Bettrand zurecht. Vergeblich versuchte sie, mit zitternden Händen ihr unordentliches Haar zu glätten.

Hauptkommissar Arndt Schäfer kam ihr vor wie einer der taffen Typen aus *Men's Health*, einem Magazin, das in der Lounge ihres Fitnessstudios auslag, das sie eine Zeit lang für eine Rückenschule hatte besuchen müssen.

Seine leicht angegrauten Haare waren militärisch kurz geschnitten, und unter dem dicken Pullover und der Lederjacke verbarg sich mit Sicherheit ein Waschbrettbauch. Er hätte ein FBI-Mann oder Bodyguard sein können. Sein routiniertes Begrüßungslächeln verschwand so schnell, wie es gekommen war.

Annelie wartete beklommen, was nun auf sie zukam. Wenn sie nur nicht mit ihm zusammen noch einmal in das große Dünengebiet am Weststrand gehen musste! Davor hatte sie Angst.

»Was ist? Haben Sie ihn schon gefunden?« Sie hätte die Worte am liebsten wieder zurückgenommen, aber nun war es zu spät.

Der Kommissar trat an das breite Bett, auf dem sie noch immer saß, und breitete eine Karte aus. »Nein, aber wir haben auch gerade erst angefangen zu suchen. Wenn Sie mal einen Blick auf die Karte werfen, können Sie uns vielleicht sagen, wo Sie das mutmaßliche Opfer entdeckt haben?«

Annelie konnte es nicht. Zumindest nicht genau. Trotzdem zeigte sie auf einen Punkt auf der Karte, von dem sie annahm, er könnte in etwa der Fundort sein. Schäfer zückte sein Handy und gab die Koordinaten an seine Kollegen vor Ort durch. Dann stellte er sein Mobiltelefon auf Aufnahme. »Und nun erzählen Sie mir mal alles ganz genau von Anfang an.«

Annelie seufzte unhörbar.

Ein neuer Gast

Sie musste kurz eingeschlafen sein, nachdem Schäfer fort war, denn als sie erwachte, hörte sie unten lebhafte Stimmen.

Jemand war gekommen.

Sie spürte, wie ihr Herz ins Stolpern geriet. Waren das schon wieder Polizeibeamte, die etwas von ihr wollten? Sie hatte doch bereits alles erzählt, was sie wusste. Oder war es ihr Verfolger? Kam er ins Haus unter dem Deckmantel irgendeines Vorwands, um zu überprüfen, ob sie hier war? Vielleicht war er ja ein Bekannter der Benthiens? Es konnte jeder sein … und sobald er einen Blick auf sie geworfen hatte, wusste er Bescheid, während sie noch immer im Dunkeln tappte.

Was immer ihr Verfolger dort in den Dünen gesucht hatte, er hatte den Tod des Weihnachtsmannes nicht gemeldet. Annelie war sich auf einmal sicher, dass dieser Mensch irgendetwas vorhatte, *etwas plante*. Dennoch weigerte sie sich zu glauben, dass sie hier nicht mehr sicher wäre.

Ihre Mundwinkel zitterten so sehr, dass sie sie mit beiden Händen festhielt. Um sich abzulenken, stand sie auf und sah nach draußen. War da ein Licht in ihrem Haus, oder bildete sie sich das nur ein? War sie schon ganz und gar paranoid? Ein verschwommener weißer Fleck war hinter dem Fenster von Lydias einstigem Zimmer zu sehen, ein Gesicht, ein Mensch, der dort stand und nach draußen starrte.

Nein, das konnte nicht sein! Lydia war weg, auf dem Festland, wo sie vielleicht gerade die letzten Bücher in ihrer neuen Wohnung ins Regal räumte, ihren Laptop auf den Schreibtisch stellte, sich in der Küche einen Tee machte oder schon den Baum schmückte. Annelies einzige Freundin, der Mensch, der ihr auf der Welt am nächsten stand, war weg. Das war eine Tatsache, an der es nichts zu rütteln gab.

Als Annelie das Fenster noch einmal genauer in Augenschein nahm, war der helle Fleck verschwunden. Einbildung, Paranoia oder Wunschdenken. Ihr Stern, ihr einziger, war fort.

»Macht es euch was aus, wenn ich für ein paar Tage bleibe? Über Weihnachten?«, fragte Fitzen hoffnungsvoll und lächelte sein Hundewelpenlächeln, mit dem er üblicherweise großen Erfolg hatte, besonders bei Frauen.

»Was hast du denn schon wieder angestellt?«

John betrachtete seinen alten Jugendfreund, Kollegen und Sargnagel skeptisch.

»Aber natürlich kann er bleiben!«, sagte Ben mit einem vorwurfsvollen Blick in Johns Richtung.

Tommy Fitzen, Oberkommissar bei der Flensburger Kripo, mit Ende dreißig zwei Jahre jünger als John, machte es sich auf dem Sessel neben dem Sofa bequem. Er richtete seine langen Jeansbeine in den Cowboystiefeln nach dem Feuer aus, entledigte sich seines modischen Troyers, der ihm zu warm geworden war, kratzte sich am Dreitagebart und beantwortete Bens obligatorische Frage, ob er einen Kaffee wolle, mit ja. »Drei Stück Zucker und Milch, wenn du welche da hast.«

»Vielleicht noch mit einem Schuss original Irish Cream?«, fragte John spöttisch.

»Könnte nicht schaden.« Fitzen nickte.

John lachte. »Los, sag schon. Was ist passiert? Hast du wieder Krach mit Ulli? Oder mit Katharina? Oder gibt's schon wieder eine Neue in deinem Leben?«

»Natürlich nicht!«, sagte Fitzen entrüstet. »Aber ich hab Zoff mit beiden. Und keine Lust zu Kreuze zu kriechen. Katharina hat sich ganz kurzfristig dazu entschlossen, mit Jenny über Weihnachten zu einer Freundin in die Schweiz zu fahren. Obwohl ich vorgehabt hatte, mit meiner Tochter Weihnachten zu feiern, wie du ja weißt! Stattdessen haut ihre Mutter einfach mit ihr ab. Und Ulli knatscht die ganze Zeit rum, dass ich mit Katharina Schluss machen soll. Dabei ist doch da gar nichts mehr zwischen uns. Sie kann doch nicht erwarten, dass ich auch mit meiner Tochter Schluss mache, verdammt noch mal! Sie ist doch erst fünf Jahre und braucht ihren Vater ebenso wie die Mutter.«

»Darf ich dich an die Halloween-Party erinnern? Und wie du danach bei Katharina versackt bist? Ich will nicht wissen, was da abgelaufen ist!«

Fitzen war empört. »Aber davon weiß Ulli doch nichts!«

»Frauen«, dozierte John, »haben einen sechsten Sinn. Vielleicht sogar einen siebten. So was kommt immer raus, das solltest du inzwischen wissen.«

»Was du zu wenig hast, hat Tommy entschieden zu viel«, stellte Ben fest.

Aber John hatte keine Lust, über sein Liebesleben – oder das irgendeines anderen im Raum – zu diskutieren. Deshalb erzählte er seinem Freund von Annelie, der Drohung am Spiegel und dem Toten in den Dünen. »Sie wird auch über Weihnachten bei uns sein, also stell dich schon mal darauf ein. Möglicherweise ist sie tatsächlich in Lebensgefahr.«

»Mann, bei euch geht's ja zu! Wer ist diese Annelie eigentlich?«

Ben erzählte es ihm. »Sie ist ein bisschen schüchtern und geniert sich, uns auf der Pelle zu sitzen«, fügte er hinzu. »Also sei nett zu ihr, Tommy. Sie soll sich bei uns wohl fühlen.« Er stand auf. »Und jetzt mache ich etwas zu essen. Graupensuppe.«

John und Tommy stöhnten und protestierten fast gleichzeitig, was Ben zum Lachen brachte. »War ein kleiner Scherz von mir. Ich habe einen Auflauf vorbereitet, den muss ich nur noch in den Ofen schieben. Macht einer von euch schon mal den Wein auf?«

Spiele

Der nächste Tag verging ereignislos, wenn man davon absah, dass Arndt Schäfer kurz vorbeischaute, um Benthien und Annelie zu erzählen, dass sie den Weihnachtsmann erst heute, nachdem es hell geworden war, in den Dünen gefunden hatten. »Tot. Er hat eine schwere Kopfverletzung, vermutlich ein Schädel-Hirn-Trauma. Vielleicht ist er daran gestorben, vielleicht aber auch erfroren. Das muss die Obduktion zeigen.«

Jemand seufzte.

»Oh mein Gott«, sagte Annelie und fuhr sich über die Augen.

Sie hätte es vielleicht auch erwischt, dachte Benthien, wenn ihr Verfolger sie gefunden hätte. Kein Wunder, dass sie geschockt ist.

»Wir wissen noch nicht, wer er ist«, fuhr Schäfer fort. »Möglicherweise ein Tourist. Einen Ausweis, Brieftasche oder Portemonnaie hatte er in seinem Kostüm natürlich nicht dabei. Seine Fingerabdrücke sind nicht polizeibekannt. Wir werden morgen sein Bild in der Zeitung bringen. Ich hoffe, jemand auf der Insel erkennt ihn wieder.«

»Und keine Spur von der Person, die mich verfolgt hat?«, fragte Annelie, die ganz bleich geworden war.

Schäfer schüttelte den Kopf. »In der Nacht hat es geregnet; alle Spuren, die eventuell vorhanden waren, sind jetzt weg.«

Benthien fand es gewagt, das Bild des Toten so bald zu veröffentlichen, noch bevor die Angehörigen verständigt waren. Andererseits – niemand wusste es besser als er – waren die ersten 48 Stunden nach Aufdeckung eines Gewaltverbrechens und Auswertung der Spuren die wichtigsten; je länger die Ermittlungen dauerten, desto geringer wurde die Chance, den Täter aufgrund der Spurenlage zu fassen.

Seit Schäfers Besuch ging Annelie nur höchst ungern in ihr Haus zurück, höchstens, um Wäsche und Kleidung zu holen. Fitzen, der zu ihr schnell ein freundschaftliches Verhältnis entwickelt hatte, begleitete sie dabei. »Sie erinnert mich an meine Oma«, hatte er John anvertraut.

John, der wusste, dass Tommys Oma im Betreuten Wohnen in Ladelund lebte und Fitzen sie dort öfters besuchte, wunderte sich, dass er Weihnachten nicht bei ihr verbringen wollte.

»Sie ist bei meiner Mutter«, sagte Fitzen düster. »Und dort werde ich ganz bestimmt nicht hingehen.«

John war mit Tommy auf Sylt aufgewachsen, sie hatten dieselbe Schule besucht, in der Johns Vater Lehrer gewesen war. John wusste, dass Tommy immer noch ein wenig darunter litt, dass seine Mutter den Mietvertrag des Hauses gekündigt hatte, nachdem sie mit ihrem zweiten Mann aufs Festland gezogen war. Da es auf der Insel fast unmöglich war, eine bezahlbare Wohnung zu finden, lebte auch Tommy inzwischen in Flensburg. Doch er war jedes Mal froh, auf die Insel zurückzukommen, und daher oft zu Gast bei den Benthiens.

Als er jetzt ins Zimmer trat, spielte Tommy mit Annelie »Mensch ärgere dich nicht«, dazu futterten sie Annelies Plätzchen, die sie heute Morgen wieder frisch gebacken hatte.

»Spielst du mit?«, bettelte Tommy. »Dann wird's interessanter.«

Benthien hatte das Spiel nicht mehr gespielt, seit er neun oder zehn Jahre alt war. Umso erstaunter war er, dass er Spaß daran hatte. Vor allem, weil man Fitzen andauernd am Schummeln hindern musste, weshalb sich John mit Annelie verbündete. Zwei gegen einen, nur so konnte man Fitzen beikommen. So simpel ein Spiel auch sein mochte, Fitzen wollte immer gewinnen und schmollte wie ein kleiner Junge, wenn ihm das nicht gelang.

»Wenn ihr wollt, können wir auch pokern«, schlug Annelie vor, was John und Tommy zum Staunen brachte.

»Du kannst pokern?«, fragte Fitzen verblüfft (Fitzen hatte die Angewohnheit jeden zu duzen, der ihm halbwegs sympathisch war). Annelie lachte, auf ihren Wangen glühten zwei rote Flecken. »Hat mir Georg beigebracht, mein Mann. Wir hatten einmal die Woche einen Pokerabend, und ich habe sie alle in die Tasche gesteckt. Also, go on, boys, wenn ich bitten darf!«

Fitzen verlor in Windeseile 600 Euro – zum Glück nur in Form von Monopoly-Spielgeld –, was ihn nicht daran hinderte, sehr viel Spaß dabei zu haben und Annelie Komplimente zu machen für ihr strategisches Vorgehen.

Zwischendurch kochte John Kaffee, dann spielten sie weiter, bis Ben aus dem Keller auftauchte – John hatte sich schon gefragt, wo er steckte – und darauf drang, dass der Baum aufgestellt werden müsse.

»Heute schon?«, fragte John.

»Morgen habe ich anderes zu tun, und wenn Thyra am vierundzwanzigsten kommt, muss er fertig sein. Also, Freiwillige vor.«

John, der gerade einen heftigen Hustenanfall hatte, keuchte: »Ich bin sicher, Tommy hilft dir gern dabei. Er hat bestimmt viel Spaß daran, den Baum zu schmücken.«

»Gut, dann gehe ich jetzt wieder in den Keller und suche die Weihnachtssachen.«

»Ich hasse Baumschmücken«, nörgelte Fitzen, sobald Ben verschwunden war.

John tätschelte ihm den Arm. »Du machst das schon.« Er wandte sich an Annelie. »Ich will jetzt gleich zur Polizeistation nach Westerland fahren, mal sehen, was es dort Neues gibt.«

Annelie stand auf und räumte fahrig die Spielkarten zusammen. »Und ich werde einen Kuchen backen oder zwei, wenn es euch recht ist.«

Fitzen lachte. »Erinnerst du dich, John, wie wir letztes Jahr bei mir Zimtsterne gebacken haben, mit denen du Karin und deinen Vater überraschen wolltest? Nach 15 Minuten sahen die immer noch so aus, wie sie in den Ofen gekommen waren, der Zuckerguss obendrauf war immer noch flüssig.« Er wandte sich an Annelie. »Da hat John dann entschieden, dass sie noch nicht gut sind und noch länger drin bleiben müssen. Nach 30 Minuten war der Guss immer noch flüssig, nach 40 Minuten auch, und nach 50 Minuten hat er sie endlich rausgenommen.«

»Wenn sie die entsprechende Form gehabt hätten«, sagte Benthien, der inzwischen recht schnell von seinem Hustenanfall genesen war, »hätte man sie als Munition für ein Jagdgewehr verwenden können.«

Annelie lachte. »Zimtsterne härten nach, wenn sie aus dem Ofen kommen.«

»Das hätte uns mal einer rechtzeitig sagen sollen«, beschwerte sich Fitzen. »Seitdem hat unser Johnny-Boy ein Backtrauma und keinen Teig mehr angerührt.«

»Genau, und ein Baumschmück-Trauma habe ich auch. Deswegen machst du das, Tommy. Mein Vater ist ein Lametta-Mensch. Früher hat er das Zeug ja noch ordentlich, Streifen für Streifen, im Baum verteilt, aber jetzt hat er dazu keine Geduld mehr. Er wirft es einfach büschelweise in den Baum.«

»Auch ich habe als Kind Lametta geliebt«, seufzte Fitzen. Es klang wie ein Zitat. »Aber Katharina hat es mir abgewöhnt.«

»Ja, und jetzt ist es deine Aufgabe, bei uns das Lametta zu verhindern. Lass Ben nicht aus den Augen, hörst du? Wenn es erst mal im Baum ist, ist es schwer wieder rauszukriegen. Du folgst ihm einfach auf Schritt und Tritt!«

»Das ist aber verdammt langweilig. Und dein Vater ist ja kein Dödel. Er wird irgendwann merken, dass ich immer hinter ihm herlaufe.«

»Fitzen, ich zähle auf dich. Wehe, ich sehe Lametta, wenn ich zurückkomme!«

»Und wie soll ich ihn davon abhalten, wenn er anfängt, das Zeug in den Baum zu schmeißen?«

»Mit Gewalt!«, knurrte John und verließ das Zimmer.

Neuigkeiten

»Wir wissen jetzt, wer unser ominöser Weihnachtsmann ist«, berichtete Schäfer, als Benthien in seinem Büro auf dem Polizeirevier in Westerland auftauchte. »Wir haben seinen Wagen gefunden, er hatte ihn ganz in der Nähe des Tatortes abgestellt. Der Mann heißt Olaf Hofmeister und ist erst vor drei Tagen auf die Insel gekommen. Er stammt aus Holzminden. Dort besitzt er ein Café und auf Mallorca eine Disco oder einen Club, also so eine Art Tanzschuppen. Scheint reichlich Kohle zu haben. Wo er hier wohnt, haben wir noch nicht rausbekommen. Angemeldet hat er sich jedenfalls nicht. Wollte wohl die Kurtaxe sparen. Je reicher die Leute sind, desto knauseriger sind sie auch oft.«

»Und warum trug er ein Kostüm?«, fragte John, ohne auf die letzte Bemerkung einzugehen.

Schäfer verdrehte die Augen. »Lass uns noch ein bisschen Zeit, Benthien! Im Wagen haben wir übrigens seinen Nikolaussack gefunden. Er war gefüllt mit einer Rute aus Hartgummi, einem Rohrstock und einer neunschwänzigen Katze, was eine mehrsträngige Peitsche ist, falls du das nicht weißt.«

Benthien unterdrückte die Bemerkung, dass ihm das bekannt sei. Stattdessen fragte er, was sonst noch im Auto gefunden wurde.

»Auf den ersten Blick nichts Besonderes. Es wird gerade untersucht. Möglicherweise hat sein Angreifer mit ihm im Wagen gesessen und Spuren hinterlassen. Obwohl, wenn man so dick vermummt ist wie bei der derzeitigen Kälte, dürfte es schwierig sein, welche zu finden.«

»Seltsam, diese Prügelinstrumente im Sack. Vielleicht hatte er irgendwelche Spielchen damit im Sinn.«

»Sexspielchen? Kann schon sein. Dann ist die Devise jetzt: ›cherchez la femme‹.« Schäfer grinste; er schien stolz auf seine französische Aussprache zu sein. »Ist alles gerade in Arbeit«, setzte er großspurig hinzu. »Vielleicht finden sich ja genetische Spuren an den Riemen und Peitschen.«

»Um eure Aufgabe beneide ich euch nicht.«

»Tja, ich hätte das auch nicht unbedingt vor Weihnachten haben müssen.«

»Was sagt der Rechtsmediziner?«

»Radke? Er tut das, was er immer tut: Er legt sich nicht fest. Niedergeschlagen wurde unser Opfer mit einem harten Gegenstand, wahrscheinlich einem Stein. Dazu hatte der Mensch das unsagbare Pech, auch noch mit dem Kopf auf einen im Sand verborgenen Findling zu stürzen. Und sollte er dann noch nicht tot gewesen sein, bliebe noch die Möglichkeit, dass er erfroren ist. Schließlich lag er die ganze Nacht draußen, bei minus drei Grad. Man könnte sagen: der reinste Overkill! Pech auf der ganzen Linie.«

Bevor er ging, schaute Benthien noch bei Hinnerk Petering rein, um zu erfahren, ob es Neuigkeiten zu dem Einbruch bei Annelie Jansen gäbe. Wie erwartet, war das Ergebnis gleich null.

»Habt ihr mal überprüft, ob es in letzter Zeit ähnliche sinnlose Einbrüche hier auf der Insel gegeben hat? Vielleicht von einem irregeleiteten Scherzkeks?«

»Haben wir, aber wenn ja, ist es uns nicht bekannt«, meinte Hinnerk nur achselzuckend.

»Und Meinhardt? Gibt's von dem eine Spur? Er soll ja hier auf Sylt gesehen worden sein.«

Doch Hinnerk schüttelte nur den Kopf.

Nachdem John in der Friedrichstraße Weihnachtspapier und ein kleines Geschenk, einen weichen Schal, für Annelie besorgt hatte, fuhr er zurück nach List. Obwohl es erst kurz nach vier war, schien bereits die Nacht hereingebrochen zu sein. Nur im Westen, über dem Meer, leuchtete der Himmel dramatisch rot-violett, bevor schwarze Wolken die Farbenpracht auslöschten. Es war deutlich zu sehen, dass der Verkehr auf den Sylter Straßen in den letzten Tagen zugenommen hatte. Die Weihnachtsgäste waren im Anmarsch. Ob auch Olaf Hofmeister Weihnachten hier hatte verbringen wollen? Sicher war er nicht allein gewesen, doch eine Vermisstenmeldung hatte es noch nicht gegeben. Schäfers Kollegen waren gerade dabei, alle Hotels und Pensionen abzutelefonieren.

Sehr seltsam war auch die Sache mit den Prügelinstrumenten in dem Nikolaussack. Was hatte Hofmeister damit bezweckt? Irgendwelche SM-Spielchen? Aber mit wem? Hing sein Tod vielleicht mit seinen speziellen Neigungen zusammen?

Ein Hustenanfall stoppte seine Überlegungen. John war einfach nur froh gewesen, ein paar Tage frei zu haben und weit weg von all den tragischen, traurigen, manchmal auch skurrilen, grausigen oder zutiefst bestürzenden Ereignissen zu sein, die sein Berufsleben im Morddezernat so mit sich brachte. Obwohl sie ihn hier fast wieder einzuholen drohten. Dennoch war es wichtig, die Distanz zu wahren, Emotionen nicht zu dicht an sich herankommen zu lassen, einen kühlen

Kopf zu bewahren. Sonst wurde man mitgezogen in einen Strudel von Gefühlen und erlitt gnadenlos Schiffbruch. Andererseits durfte man aber auch nicht abstumpfen oder gar zynisch werden. Es war eine ständige Gratwanderung, die ihm und seinen Kollegen sehr viel Energie, Konzentration und Fingerspitzengefühl abverlangte, ebenso wie die Kunst, abschalten zu können, vielleicht auch zu verdrängen.

Deshalb war er fest entschlossen, keinen Schatten auf die Weihnachtstage fallen zu lassen, sondern sie wie einen guten Wein mit stiller Freude zu genießen. Das Wetter verhieß gut zu werden, möglicherweise würde es sogar schneien. Aber auch ein Wintersturm war nicht ganz ausgeschlossen worden. John, der gerade an der Blidselbucht entlangfuhr, wo im Januar vor vielen Jahren der Blanke Hans die Straße überschwemmt und für kurze Zeit die Verbindung zum südlichen Teil der Insel abgeschnitten hatte, hoffte allerdings, dass sich solche Vorkommnisse nicht wiederholen würden. Dennoch musste man auf dieser Insel, die von der elementaren, tödlichen Schönheit der Nordsee umgeben war, ständig mit allen Widrigkeiten der Natur rechnen. Kein Wunder, dass sein Vater, der schon einige Sturmfluten miterlebt hatte, für die Feiertage einkaufte wie ein Weltmeister.

Kurz bevor er den Wagen am Fuß der Düne parkte, mit der sein altes Kapitänshaus seit über hundert Jahren verwachsen war wie ein kleiner Parasit mit seinem Wirt, rief Lilly an. Lilly Velasco, Johns Kollegin, mit der er seit einigen Jahren zusammenarbeitete und deren bernsteinfarbene Augen schon durch manche seiner Träume gegeistert waren. Aber auch das war etwas, das er immer wieder verdrängte. Erst musste er die Trennung von Karin verkraften.

»Wie geht's dir?«, fragte Lilly munter. »Immer noch erkältet?«

»Husten«, sagte John und bewies es sogleich, indem er einen Anfall bekam.

»Mein Vater hat auch einen Infekt«, sagte Lilly, die über Weihnachten zu ihrem verwitweten Vater in die Lüneburger Heide gefahren war. »Ich bin gerade zur rechten Zeit gekommen. Habe ihn mit Salzwasser gurgeln lassen, obwohl er sich mit Händen und Füßen dagegen gewehrt hat. Männer stellen sich immer so fürchterlich an.«

»Der arme Kerl«, sagte Benthien mitfühlend.

Sie plauderten noch eine Weile, bis sich Lilly nach seinen Plänen für die Festtage erkundigte. »Von wegen ruhige Weihnachten«, sagte Benthien. »Wir hatten einen Mord hier in den Dünen, und unsere Nachbarin, die irgendwie da hineingeraten ist und dem Täter nur aufgrund des Nebels entkommen konnte, wohnt jetzt bei uns im Gästezimmer. Für den Fall, dass er sie erkannt hat. Und vorher wurde bei ihr eingebrochen und eine Drohung an den Spiegel geschmiert.«

»Mann, bei euch geht's ja zu«, sagte Lilly, indem sie unbewusst Fitzens Worte wiederholte. Benthien glaubte eine Spur von Neid in ihrer Stimme zu hören.

»Fitzen ist übrigens auch hier. Hat mal wieder Zoff mit seinen Weibsleuten. Und übermorgen kommt Thyra.«

Lilly lachte. »Ein Mordfall und das halbe Morddezernat in deinem Haus. Da wird es dir ja nicht langweilig werden.«

»Ja, aber ich wollte, du wärst ebenfalls da«, klagte John.

Erinnerungen

Sein erster Blick, als er ins Zimmer trat, galt dem Baum, der im funkelnagelneuen Ständer in einer Ecke des Wohnzimmers thronte, vor dem Eckteil des Bücherschranks, an dessen Türschlüssel Benthien senior ihn sicherheitshalber festgebunden hatte. Die echten Kerzen waren verteilt, eine goldene Spitze aufgesetzt worden, doch außer ein paar Kugeln war er ziemlich kahl – aber, und das war das Wichtigste, er war lamettalos. Fitzen hatte gute Arbeit geleistet.

»Ich musste schwer kämpfen«, behauptete er, »beinah hätte es eine Prügelei gegeben. Dein Vater ist ein Dickkopf, wusstest du das? Muss er von dir haben. Jetzt habe ich das Lametta versteckt, und Ben ist sauer auf uns. Was hast du bei Schäfer erfahren?«

John musterte die Tanne. »Übertreib nicht so, Tommy. Warum ist der Baum so grün und so kahl?«

»Weil Ben den Baumschmuck nicht findet. Und den Jöölboom auch nicht. Er sagt, er überlässt jetzt alles dir. Sollst du dich doch damit rumärgern.« Er zuckte die Schultern. »Ich gebe nur weiter, was dein Vater gesagt hat.«

»Fitzen, was bitte ist ein Jöölboom? Und wieso kennst du ein Wort, das ich nicht kenne?«

»Alter, du kennst doch den Jöölboom! Das große runde Ding mit dem Holzrahmen. Mit Adam und Eva aus Salzteig,

Hahn, Hund und Pferd, mit den Äpfelchen und dem Buchsbaum. Deiner hat außerdem auch noch ein Segelschiff und steht seit Jahren an Weihnachten im Fenster …«

»Ach, und ich dachte, der hieße nur *das große runde Ding*«, sagte Benthien grinsend.

»Such es, aber subito! Sonst wird dein Vater noch miesepetriger. Er hat schon damit gedroht, uns tatsächlich Graupensuppe vorzusetzen!«

Annelie betrat das stille, dunkle Haus. Fitzen hatte sich erboten, sie zu begleiten, aber sie hatte abgelehnt. »Irgendwann«, hatte sie argumentiert, »muss ich ja wieder darin wohnen, da ist es nicht gut, wenn ich jetzt tagelang vermeide, es zu betreten.«

Fitzen hatte ihr eine große Weihnachtsglocke in die Hand gedrückt. »Okay, dann läute wenigstens, wenn dir irgendwas komisch vorkommt. Wir sind dann wie der Blitz bei dir!«

Zuerst schaute sie in den Briefkasten. Nichts. Noch nicht mal Werbung. Auch sonst hatte keiner geschrieben, kein Weihnachtsgruß, keine Karte. Aber wer sollte ihr auch schreiben? Lydia bestimmt nicht. Wahrscheinlich nahm sie ihr immer noch übel, dass sie sich in ihr Leben eingemischt hatte. Annelie hoffte, dass sich das irgendwann geben würde. Und ihr Schwager war dement und lebte weit weg im Pflegeheim. Sonst hatte sie niemanden, der zu ihr gehörte.

Sie stieg die Treppe hinauf in ihr Zimmer. Dort, in einem Wandschrank unter der Dachschräge, hatte sie den Weihnachtsschmuck verstaut, den sie nun mit hinübernehmen wollte, denn auch John hatte den Benthien'schen Baumschmuck nicht gefunden. Nun würde also ihr Schmuck den Christbaum der Nachbarn schmücken. Auch Bastelmaterial lagerte in einem der Kartons. Sie hatte es bereits im Oktober gekauft und von langen Winterabenden geträumt, an denen sie bei Punsch und Plätzchen zusammen Strohsterne, Stanniolketten und Weihnachtsengel basteln würden, während in der Dämmerung das Meer leise ans Ufer schlug.

Annelie seufzte und wischte sich verstohlen die Augen. Vorbei, er war vorbei, ihr Traum. Aber vielleicht war noch etwas zu retten. Leise, als könnte sie jemanden stören, öffnete sie die Tür zu Lydias ehemaligem Zimmer. Es war unbewohnt und kalt. Das Gesicht am Fenster hatte sie sich ja auch nur eingebildet. Sie setzte sich im Dunkeln in den Sessel und starrte nach draußen. Am Himmel hing ein halbrunder, fahler Mond, der immer wieder hinter den Wolken hervortrat und einen weißen Schimmer auf die vom Wind gebeutelten Büsche und Bäume warf. Unten, in den Dünen, bewegte sich ein Schatten, der aber vielleicht nur von einer schnell dahinziehenden Wolke kam. In ihrem Rücken – oder war es auf der Treppe? – knarrte Holz. Annelie blieb stocksteif sitzen, lauschend, und rührte sich nicht. Im selben Augenblick klingelte unten im Wohnzimmer das Telefon, ein zutiefst erschreckendes Geräusch in dem leeren Haus. Wenn ihr schon keiner schrieb, wer wählte dann ihre Nummer?

Annelie hielt den Atem an, sie hörte das Blut in ihren Ohren rauschen, bis das Klingeln abrupt verstummte. Unvermittelt fiel ihr ein, dass die Person gestern, die sich über den Verletzten gebeugt hatte, eine dicke Silberkette ums Handgelenk getragen hatte, deren Glanz ihr aufgefallen war. Eine Silberkette, die Annelie vertraut vorkam. Eine Erinnerung streifte sie … Vor ein paar Jahren, an einem Weihnachtsabend, war es gewesen … Die Kette hatte, in gründgoldenes Papier verpackt, unter einem Baum mit Engeln aus Watte, bunt bemalten Holznikoläusen und filigranen Vögeln mit silbernen Schnäbeln gelegen. Das Papier war aufgerissen worden, und eine Stimme hatte gesagt: »Oh wie schön! Das habe ich mir schon immer gewünscht.«

Nein, das konnte nicht sein. Sie war eine sentimentale alte Frau und sah Gespenster. Annelie schüttelte die Erinnerung ab und stand auf, nahm die beiden Kartons an sich und trug sie die steile Treppe hinunter. Unten holte sie noch einige Utensilien aus der Küche, dann schloss sie das Haus ab und ging zurück zu den Benthiens, die Kartons geschickt zwischen Händen und Kinn balancierend.

Dass im Wohnzimmer ein einzelner Handschuh auf dem Boden lag, der nicht ihr gehörte, bemerkte sie nicht.

Frost

Der nächste Morgen – es war der 23. Dezember – überraschte mit einer milden, gläsernen Sonne am Himmel, die eine frostweiße Dünenlandschaft und ein strahlend blaues Meer beschien. Benthien fröstelte bereits, als er aus dem Fenster blickte und spürte, wie das Glas eine eisige Kälte ausstrahlte. Er hatte den Eindruck, dass die Temperatur in der Nacht erheblich gefallen war.

Es war gegen 8:30 Uhr, als er zum Fernglas griff, um eine Motoryacht näher heranzuholen, die, wie er glaubte, Freunden von ihm gehörte. Doch es war nicht die *Avalon.* John hätte sich auch gewundert, wenn die Nickels so kurz vor Weihnachten hier auf Sylt aufgetaucht wären, wo sie doch ihr gemütliches Häuschen in Niebüll hatten. Er machte einen Schwenk mit dem Fernglas über die nächste Umgebung, betrachtete die Reetdachhäuser in ihren Talmulden und auf den Dünenkämmen, die niedrig gewachsenen Birken, das struppige braune Heidekraut, die silbrig glänzenden Sträucher und verblühten Kamtschatka-Rosen. Sein Glas blieb an einem Strandkorb hängen, der nicht, wie die meisten anderen, für den Winter unter einer Plane verstaut worden war, sondern frei auf der kleinen Terrasse eines Ferienhauses stand, dessen Besitzer er gut kannte. Das Paar besaß einen Schlüssel zu seinem Haus, und er einen zu ihrem. Er wusste, dass die beiden über Weihnachten zu ihrer Tochter nach Oldenswort gefahren waren, aber offensichtlich hatten sie eine ihrer Ferienwohnungen doch noch über Weihnachten vermieten können. Aber warum saß eine halbnackte Schaufensterpuppe in dem Strandkorb? Hatte sich da jemand einen Witz erlaubt? Er stellte das Glas genauer ein: Was, wenn es sich um keine Puppe handelte?

In Windeseile zog Benthien seine Schuhe an, wickelte sich einen dicken Schal um den Hals, schnappte sich seine Jacke und klopfte an Fitzens Tür, den sie mit einem zusammenklappbaren Gästebett in einer schmalen Abstellkammer untergebracht hatten, da Annelie ja im Gästezimmer schlief.

»Was tust du denn hier so früh am Morgen?«, begrüßte Fitzen, der sich gerade die Socken anzog, seinen Freund wenig begeistert.

»Beeil dich und komm mit!«, ordnete John an.

Ben rief irgendetwas hinter ihnen her, aber John beachtete ihn nicht. Über Schleichpfade rannten sie durch die Dünen, deren bereifte Gräser unter ihren Stiefeln knirschten. In Nebelwolken umwehte sie ihr Atem, und die kalte Luft stach in ihren Lungen wie Nadelstiche. Hier, von unten, war die Terrasse nicht zu sehen; erst, als sie sich dem Ferienhaus näherten und um das Haus herumliefen, gelangten sie durch eine kahle Stelle auf die von einer hohen Hecke eingefasste Veranda. Der Strandkorb – im weißen Geflecht und mit blauweiß gestreiftem Bezug an Sommerfreuden erinnernd – stand der Westseite zugewandt, und in ihm saß eine Frau. Sie saß dort, als hätte sie an einem heißen Sommertag ein Sonnenbad nehmen wollen; Füße, Beine und Oberkörper waren unbekleidet, ansonsten trug sie Schlafshorts. Das dazugehörige Oberteil lag neben ihr auf dem Boden.

»Oh mein Gott!«, stöhnte Fitzen. »Weißt du, wer das ist?«

»Woher soll ich das wissen?«

Benthien prüfte den Pulsschlag am Hals der Frau, doch er wusste bereits, bevor er sie berührte, dass das überflüssig war. Die Frau musste seit Stunden tot sein. Raureif bedeckte ihr rotbraunes Haar und die Beine.

Er betrachtete sie genauer. Vermutlich Anfang 40, sehr mager, fast sehnig, mit kindlich schmalen Schultern. An der rechten Hand trug sie einen schlichten goldenen Ehering. Auf der Brust und an den Armen hatten sich große Hämatome gebildet, und rund um ihren Hals verlief, wie eine schmucklose Kette, ein blauviolettes Band. Irgendjemand hatte sie in den letzten ein, zwei Tagen geschlagen und gewürgt.

Benthien tauschte mit Fitzen einen stummen Blick aus. Dann versuchte er, Arndt Schäfer zu benachrichtigen, konnte ihn aber nicht erreichen. Schließlich meldete er den Todesfall bei der Zentrale der Westerländer Polizei.

Am Kliff

Nach einem opulenten Frühstück, das mehr oder weniger schweigsam eingenommen worden war, nachdem Benthien von ihrer frühmorgendlichen Entdeckung berichtet hatte, zogen sich Ben und Annelie in die Küche zurück. John hatte bereits den starken Verdacht, dass er nach Weihnachten wohl kaum mehr in seinen Schreibtischstuhl passen würde.

»Wir hätten doch reingehen sollen«, überlegte Fitzen laut. »Wer sagt denn, dass sie alleine hier war? Schließlich war sie verheiratet. Was, wenn ihr Mann drinnen tot im Bett liegt? Oder hilflos, schwer verletzt?«

»Wir hatten keine Überschuhe dabei und hätten nur etwaige Spuren verwischt und neue hinterlassen«, beharrte Benthien. »Außerdem war es in der Wohnung totenstill, auch nachdem du geklopft hattest. Und die Kollegen waren sofort zur Stelle.«

»Was hältst du von der ganzen Sache?«

Benthien stand auf und legte ein weiteres Holzscheit in den Kamin. Seinen Schal hatte er immer noch um den Hals gewickelt. Sein Husten wurde einfach nicht besser. »Schwer zu sagen. Irgendjemand hat sie gewürgt, aber ob sie daran gestorben ist ... ich bezweifle es. Dazu schienen mir die Male nicht tief und intensiv genug.«

»Die Frage ist: Wer hat sie in den Strandkorb gesetzt? Und warum? Sie sich etwa selbst, weil sie Selbstmord durch Erfrieren begehen wollte? Oder nicht doch eher ihr Mörder, der vielleicht den Todeszeitpunkt verschleiern wollte, um sich ein Alibi zu verschaffen?«

»Keine schlechte Idee«, meinte Benthien. »Ich glaube allerdings, sie hat sich selbst in den Strandkorb gesetzt.«

»Und warum glaubst du das?«

»Hast du schon mal den Begriff ›Kälteidiotie‹ gehört?«

Fitzen nickte bedächtig. »Man nennt es auch ›paradoxes Entkleiden‹. Menschen, deren Körpertemperatur lebensgefährlich stark gesunken ist, empfinden plötzlich ein ungewöhnliches Wärmegefühl, das dazu führt, dass sie sich ausziehen.«

»Genau. Die Wissenschaft hat noch nicht herausgefunden, warum das so ist. Vielleicht irgendeine Fehlsteuerung im Gehirn in Bezug auf die Blutgefäße.«

»Du glaubst also, sie hat sich selbst ausgezogen?«

»Kann natürlich auch sein, dass ihr Mörder – so es denn einen gibt – das Erfrieren nur vorgetäuscht hat. Die Kollegen haben jetzt jedenfalls alle Hände voll zu tun. Jetzt müssen sie schon zwei Gewaltverbrechen aufklären, und das an Weihnachten.«

Ben erschien im Zimmer. »Sagt mal, könnt ihr zwei auch mal was Nützliches tun? Einkaufen zum Beispiel? Wir brauchen noch ein paar Sachen.«

»Was gibt's denn zu essen?«, fragte Fitzen begierig.

John stöhnte. »Rede mir nur nicht vom Essen. Ich brauche noch mindestens 24 Stunden, um die Frühstückswürstchen, die Eier, den Braten, den Lachs und den Obstsalat zu verdauen.«

»Es gibt auch nur Suppe«, sagte Ben knapp. »Wir haben keine Zeit zum Kochen … jedenfalls nicht heute.«

John und Tommy sahen sich an. »Graupensuppe?«, fragten sie gleichermaßen entsetzt.

Ben lächelte süffisant. »Wäre möglich!«

Doch so grausam war sein Vater nicht, stellte John fest, als er in der Küche in die Töpfe guckte. Ben hatte eine Kartoffel-Lauchsuppe vorbereitet, in die offenbar auch noch Fleischklößchen kamen. Jedenfalls bereitete Annelie, die seit der Geschichte mit der Frau im Strandkorb noch kaum ein Wort gesprochen hatte, eine große Schüssel mit Fleischklößchen vor. Als es an der Tür klingelte, lief sie hinaus, um aufzumachen. John hörte sie mit jemandem sprechen, bevor sie kreidebleich wieder in die Küche kam.

»Es ist … es ist irgendein Mann, den Namen habe ich vergessen«, murmelte sie verstört. »Er sagte was von Flaschen.«

»Ach, das wird Cornelis sein«, meinte Ben und ging hinaus. Kurz darauf kam er mit einem Mann in einem langen Ölmantel zurück, der eine große Tasche bei sich trug. »John, kannst du mal eben ein paar Flaschen zusammensuchen?«

Benthien beobachtete besorgt, wie Annelie mit gesenktem Kopf eilig die Küche verließ. Stirnrunzelnd suchte er etliche Pfandflaschen heraus, die er dem Flaschensammler in die Tasche legte.

»Wie geht's deiner Mutter, Cornelis?«, fragte Ben währenddessen.

Der Mann grinste. »Sie hat gerade ein Huhn geschlachtet und in den Topf gesteckt. Und was macht ihr so an Weihnachten?«

»Kann ich dir ein paar Plätzchen mitgeben?«, fragte Ben statt einer Antwort und füllte bereits eine kleine Dose. »Wir haben eine gute Fee zu Besuch, die ganz vorzüglich backen kann.«

»Die Frau eben? Ist sie eine Verwandte von euch? Ich habe sie hier noch nie gesehen.«

»So, ich glaube, das ist alles, was wir an Flaschen haben«, sagte John eilig und schob den Mann zur Tür hinaus, während er seinem Vater einen Blick zuwarf.

»Wer war das denn?«, fragte Fitzen verwundert.

»Er hat die Angewohnheit, im Ort an den Häusern zu klingeln und nach Pfandflaschen zu fragen«, antwortete Ben zerstreut. »Kommt alle paar Wochen vorbei. Wir kennen ihn schon lange. Er scheint etwas sonderbar zu sein. Wohnt noch bei seiner alten Mutter.«

John kam wieder herein. »Cornelis scheint Annelie erschreckt zu haben. Wo ist sie eigentlich?«

»Hier«, sagte Annelie und trat hinter ihm in die Küche.

»Ist dir irgendwas an ihm aufgefallen?«

»Er trug ein Armband, das ich so ähnlich schon mal gesehen habe«, sagte Annelie etwas rätselhaft.

Während sich John noch über die seltsame Antwort wunderte, fragte Fitzen, der die ganze Zeit über von der Suppe gekostet hatte, einschmeichelnd: »Woher kannst du nur so verdammt gut kochen, Ben?«, was Ben aber nur ein ironisches Lächeln abnötigte.

»Er hat es sich beigebracht, nachdem meine Mutter gestorben war«, erklärte John und nahm den nicht gerade kurzen Einkaufszettel seines Vaters entgegen. »Und er sieht massenhaft Kochsendungen, da darf ich ihm dann als Versuchskaninchen dienen ... da ich ja so sonderbar bin und auch noch bei meinem alten Vater wohne!«

»Macht, dass ihr wegkommt!«, knurrte Ben.

»Man kann ihm einfach nicht abgewöhnen, mich wie einen kleinen Jungen zu behandeln«, brummte Benthien, als sie ins Auto stiegen.

»Das haben Eltern so an sich«, pflichtete ihm Tommy bei. »Bei meiner Oma finde ich es allerdings ganz witzig, wenn sie meine Mutter abkanzelt.«

»Sie können sich nicht daran gewöhnen, dass man kein Kind mehr ist. Schon gar nicht an Weihnachten!«, knurrte John und startete den Motor mit großem Getöse.

Nachdem sie die Einkäufe fast alle erledigt hatten – Benthien wollte noch zu einem Bauern nach Morsum fahren, der besonders gutes Knusperschmalz verkaufte –, rief er kurz im Friesenhaus an, um zu erfahren, ob noch irgendwelche dringlichen Erledigungen zu machen waren. Als sein Vater sagte, seinetwegen könnten sie bis zum Abendessen wegbleiben, da würden sie wenigstens nicht im Wege stehen und in der Küche stören, beschlossen sie, an diesem schönen Tag einen Spaziergang am Kliff zu machen und sich eine Prise Nordseewind um die Nase wehen zu lassen.

Kurz bevor es losging, rief Fitzen noch Schäfer an und erfuhr die überraschende Neuigkeit, dass die Frau im Strandkorb Gunilla Hofmeister hieß und die Ehefrau von Olaf Hofmeister war. Er hatte ihr erst gestern die Todesnachricht überbracht und war sehr erstaunt gewesen, als die Kollegen ihm heute Morgen berichteten, dass sie nun auch tot sei. Wie genau sie gestorben war und wann, müsse die Obduktion ergeben.

Eine Zeit lang wanderten sie stumm am Fuß des Kliffs entlang; da Ebbe war, herrschte eine tiefe Stille, die nur von Vogellauten unterbrochen wurde. Austernfischer, Brandgänse und Rotschenkel durchsuchten den Schlick nach Nahrung. Die tief stehende Sonne ließ das zehn Millionen Jahre alte Kliff malerisch in allen Farben leuchten, von weiß über gelbrot bis violett. »Manchmal könnte man denken, man wäre in

Australien oder in einem amerikanischen Nationalpark, wenn man die uralten Erdschichten sieht«, sagte John, der den Blick nicht von der Farbenpracht des Kliffs wenden konnte.

»Im Winter finde ich es besonders schön«, sagte Tommy, »dann ist die Luft so klar, und die Farben sind so intensiv. Denkst du nicht auch, wie seltsam es ist, dass das Ehepaar Hofmeister so kurz hintereinander stirbt? Ich glaube ja, seine Frau, Gunilla, war für seinen Tod verantwortlich. Sie hatte doch Hämatome am Körper. Vielleicht haben sie einen Spaziergang gemacht ...«

»Er im Nikolauskostüm?«, fragte Benthien zweifelnd.

»... sie hat ihn niedergeschlagen, und später hat es ihr leidgetan und sie konnte damit nicht weiterleben. Erfrieren ist ja nun nicht gerade die schlimmste Todesart. Klingt das nicht plausibel?«

»Es könnte aber auch ganz anders gewesen sein: Derjenige, der Olaf Hofmeister getötet hat, könnte auch seine Ehefrau ermordet haben.«

»Aber warum hat er dann so lange gewartet? Der Mann wurde am einundzwanzigsten niedergeschlagen und getötet, seine Frau erst einige Zeit später. War sie vielleicht dabei gewesen? Hat sie mit dem Angreifer gemeinsame Sache gemacht? Oder ist sie ein Opfer wie ihr Mann auch?«

Sie diskutierten noch über den Fall, als sie durch die Heide oben am Kliff zurückgingen und die Sonne beobachteten, die sich wie ein tiefroter Feuerball in den Fenstern der Häuser von Keitum spiegelte.

Ein Winterabend

Es war dunkel, als sie auf dem Weihnachtsmarkt in der Süderstraße in Westerland eintrafen. John und Tommy genehmigten sich Punsch und Bratwurst, schließlich hatten sie seit dem Frühstück nichts mehr gegessen. Sie ließen sich von der Menge treiben; hörten zum hundertsten Mal »Winter Wonderland« und lauschten den vielen verschiedenen Dialekten der dick vermummten Touristen aus allen Teilen der Republik – sogar aus den verschneiten Schweizer Bergen hatten sie den weiten Weg an die Küste gefunden. An den Ständen drängelten sich die Leute, und die mit Lichttupfern oder Lichtgirlanden geschmückten Bäume funkelten um die Wette. Kinderspielzeug wurde angeboten, edelster Baumschmuck, Goldschmiedearbeiten, Porzellanfiguren, geschmackvolles Kunsthandwerk aus Nordfriesland. Ein Leierkastenmann spielte tapfer gegen »White Christmas« an. In der Luft lag ein seltsames Duftgemisch aus Gewürzen, Punsch, Bratwurst, Crêpes, gerösteten Mandeln und Lebkuchen. Es trotzte dem böigen Wind, der vom Meer rüberkam und so manchem die Augen tränen ließ. Ein Dreikäsehoch schlug wütend mit einer Nikolausrute um sich und vermöbelte Fitzens Knie, weil er keine dritte Runde auf dem Karussell fahren durfte. Ein anderer kleiner Unglücksrabe ließ seinen mit Schokolade überzogenen Bratapfel von seinem Pappteller fallen und musste fassungslos mitansehen, wie ein großer Hund ihn sich schnappte und einverleibte. Danach setzte sich das Tier vor den Kleinen in Positur, ließ die Zunge aus dem Maul hängen, was ihm das Aussehen eines freundlichen Wolfes gab, und wartete offenbar auf eine Zugabe.

Fitzen kraulte den Hund und gab ihm den Rest seines Lebkuchens. Dann kaufte er einen Plüschhasen für seine kleine Tochter.

»Den wird sie zu Weihnachten aber nicht mehr kriegen«, bemerkte John.

»Egal. Ich erzähl ihr am Telefon davon, dann kann sie sich darauf freuen. Ein Paket für sie habe ich Katharina sowieso schon mitgegeben.«

Gerade rechtzeitig zur Kartoffel-Lauchcremesuppe mit Klößchen waren sie wieder zuhause. Ben schien inzwischen in besserer Laune zu sein, denn er hatte den Jöölboom gefunden und an einem der Fenster aufgestellt. Ein unsichtbarer Windhauch ließ die Kerzen flackern. Nur der Christbaum sah immer noch allzu grün aus; Annelies Baumschmuck hatte nicht ganz ausgereicht.

»Wir hatten immer einen viel kleineren Baum«, sagte sie entschuldigend. »Aber ich habe schon angefangen, ein bisschen Schmuck zu basteln, Sterne aus Stroh oder Goldfolie, oder Ketten aus buntem Stanniol. Ich habe mir im Oktober einen reichlichen Vorrat zum Basteln gekauft.«

Und dein Weihnachten hast du dir ganz sicher auch anders vorgestellt, dachte John, als es bei fremden Leuten zu verbringen, immer mit der Angst im Nacken, dass dein unbekannter Verfolger dich aufspürt. Er fühlte jetzt selbst ein seltsames Kribbeln über den Rücken laufen. Da die Fenster, wie üblich in alten Friesenhäusern, weder Rollläden noch

Fensterläden besaßen, konnte jeder, der – verbotenerweise – durch die Dünen strolchte, einen hervorragenden Blick in die gute Stube werfen, wo sie jetzt alle um den großen Esstisch saßen. Der war beladen mit Goldfolie, glitzerndem Buntpapier, farbigen Pappen, Transparentpapier, nostalgischen Oblaten von Engeln und Nikoläusen, Scheren, Bändern, Schleifen, Kleister. Ben hatte eine CD mit klassischen Weihnachtsliedern aufgelegt und in den Fenstern Kerzen angezündet. Sein Vater, dachte John mit einer gewissen Rührung, war wie ein großer Schäferhund; je mehr Leute anwesend waren, desto mehr freute er sich, desto mehr achtete er darauf, dass keiner verlorenging.

Doch nun drohte einer verlorenzugehen, und Ben hatte keine Ahnung davon.

Während Annelie dem entsetzten Fitzen erklärte, wie er aus blau-goldener Metallfolie einen Kringel für den Baum fertigen konnte – John war sich sicher, dass Tommy seit dem Werkunterricht in der Schulzeit nicht mehr gebastelt hatte –, hatte er fast unbemerkt die Kerzen und den Jöölboom vom Fensterbrett genommen und auf dem Kaminsims, auf kleinen Tischen und einem Vertiko platziert, damit er die langen, dichten Vorhänge zuziehen konnte. So waren sie wenigstens vor fremden Blicken geschützt. Irgendwie ging ihm noch Meinhardt durch den Kopf, der Ausbrecher, der noch immer nicht gefasst worden war.

Dann ging er in die Küche, wo sein Vater schon wieder zugange war und *Tote Tanten* zubereitete, eines der friesischen Nationalgetränke, das aus heißem Kakao und Rum bestand, darauf eine Haube aus geschlagener Sahne, die mit Schokostreuseln garniert wurde. Der Name, pflegte Benthien senior immer wieder gern zu erzählen, käme daher, dass vor langer Zeit der Leichnam der Tante eines Amerika-Auswanderers in einer Kakaokiste von New York zurück nach Nordfriesland geschmuggelt worden sei, weil der reguläre Transfer zu teuer gewesen wäre ... eine Geschichte, die er umso leidenschaftlicher verteidigte, je heftiger sein Sohn sie bestritt.

Auch hier in der Küche, dachte Benthien, konnte ein stiller Beobachter Einblick nehmen und jeden Handgriff der Hausbewohner mitverfolgen. Sogar von der entfernten Straße aus, falls er ein Fernglas besaß. Vorhänge gab es nicht. Ein Grund, Annelie nach Einbruch der Dunkelheit nicht mehr in die Küche zu lassen.

John hielt es für angemessen, seinen Vater darüber zu informieren, weshalb er die Vorhänge zugezogen hatte. »Ich wollte es dir nicht vor unserem Gast erklären müssen, verstehst du.«

Ben erschrak. »Glaubst du, Annelie ist noch immer in Gefahr?«

»Gut möglich. Wenn der Täter sich durch sie bedroht fühlt ... vielleicht hat er die Insel aber auch schon längst verlassen.«

»Verdammt, morgen ist Heiligabend ... und morgen kommt Thyra. Sie sollte von all dem nichts erfahren!«

»Vater, Thyra ist Oberstaatsanwältin! Und außerdem hart im Nehmen. Wir müssen sie informieren. Aber hast du mal darüber nachgedacht, wo sie überhaupt schlafen soll?«

Ben fuhr sich durch seine Mähne. »Tja. Tommy könnte in dein Zimmer ziehen. Ich muss nur noch unser zweites Gästebett finden.«

»Und dann soll sie in dem winzigen Kämmerchen schlafen?«

»Hast du eine bessere Idee? Allerdings, *ich* könnte auch in das Kämmerchen gehen und Thyra mein Zimmer überlassen. Na, wir werden das morgen entscheiden. Sie bringt übrigens einen Kuchen und selbstgebackene Plätzchen mit.«

»Ich kann bald keinen Süßkram mehr sehen«, ächzte John.

Fitzen steckte seinen Kopf zur Tür herein. »Kommt ihr bald? Annelie möchte euch zeigen, wie man einen Himmel-und-Hölle-Stern macht. Ich glaube, sie hält mich für zu blöd dafür. Deshalb bleibe ich bei meinen Kringeln und Ketten. Das überfordert mich wenigstens nicht.«

Die Person in den Dünen hatte einen interessanten Ausblick auf eine trauliche Familienszene: ein alter Mann, zwei jüngere Männer und Annelie, die in heiterer Stimmung um einen großen Esstisch saßen. Sie löffelten ihre Suppe, sprachen, lachten und schienen unbeschwert zu sein. In der Ecke des gemütlichen Zimmers stand ein hoher, schön gewachsener Christbaum; im Kamin brannte ein Feuer. Es war geradezu idyllisch, ein Weihnachtsabend wie aus dem Bilderbuch, dachte der Beobachter mit einem Anflug von Zynismus. Die vier am Tisch schienen sich gut zu verstehen, ihre Körperhaltung drückte Vertrauen aus, sogar Freundschaft. Selbst Annelie wirkte nicht so, als ob sie irgendetwas bedrückte.

Eine Faust wurde geballt in den Taschen eines langen Ölmantels.

Kurz darauf wurde der Tisch abgeräumt, und Annelie stellte einen Karton auf den Tisch, dem sie Bastelmaterial entnahm. Sie würde doch nicht ... doch, sie tat es. Sie brachte sogar dem Mann mit dem Dreitagebart, den Westernstiefeln und den zerzausten Haaren bei, wie man eine Stanniolkette für den Baum bastelte. Sie war so eifrig, so begeistert von ihrem Vorhaben, dass sie den entsetzten Gesichtsausdruck des Mannes gar nicht bemerkte.

Beinahe hätte sie gelacht, die Person in den Dünen.

Den Kerl so zahm am Tisch sitzen zu sehen, zu beobachten, wie er brav mit Papier und Schere zugange war und bunte Ketten für den Christbaum bastelte, obwohl er eher der Typ war, der mit einem Rucksack über die Anden wandern oder in einer Rockband Schlagzeug spielen würde, wäre echt zum Lachen, wenn die Lage nicht so traurig und so ernst gewesen wäre.

Jetzt kam der zweite Mann ans Fenster, der mit den blauen Augen und der Charakternase, räumte die brennenden Kerzen und den friesischen Figurenkranz weg, um dann … verdammt, er zog die Vorhänge vor, die so dicht gewebt waren, dass man noch nicht mal die Silhouetten dahinter erkennen konnte.

Verdammt, verdammt!

Ob die das üblicherweise jeden Abend so machten? Vermutlich nicht, sonst hätte der nette Weißhaarige nicht den ganzen Weihnachtskram aufs Fensterbrett gestellt. Die Person in den Dünen überlegte, ob man wohl auf sie aufmerksam geworden war. Sie verwarf den Gedanken aber gleich wieder, denn sonst wären die beiden jüngeren Männer sicher nach draußen gekommen und hätten sie gefragt, was sie hier wolle. Den mit dem Dreitagebart kannte sie nicht, den Alten schon, den hatte sie schon ein paarmal gesehen, den jüngeren wahrscheinlich auch. Beide wohnten offenbar in dem Haus.

Mist! Mit der Beobachtung war es nun vorbei … was sollte sie jetzt tun? Wie weiter vorgehen?

Die Person in den Dünen zog sich vorsichtig zurück. Sie benutzte den vertrauten Trampelpfad, zog einen Schlüssel hervor, öffnete leise eine Tür. Licht machte sie nicht. Ohne den Mantel auszuziehen, setzte sie sich still in einen Sessel und wartete geduldig. Geduld war eine ihrer Stärken.

Gegen halb zehn – draußen kam ein immer stärker werdender Wind auf – war im Friesenhaus eine Diskussion im Gange. John und Tommy, die nicht mitreden konnten, konzentrierten sich auf ihre Bastelei, hörten aber aufmerksam zu. John musste innerlich grinsen. Sein Vater verteidigte sich ja tapfer, aber gegen Annelie hatte er keine Chance.

»Spinat, Petersilie, feine Steinpilze und Trüffelbutter«, sagte Annelie freundlich, aber bestimmt. In ihren hellen Puppenaugen lag ein rätselhafter Glanz, als sähe sie in eine längst vergangene Zeit zurück.

»Rosmarin und Thymian statt Petersilie«, widersprach Benthien senior störrisch. »So kenne ich das. Und ohne Pilze.«

»Rosmarin und Thymian sind zu dominant im Geschmack. Wir brauchen für den Mantel ein feineres Aroma. Allerdings können wir statt der Steinpilze auch Champignons nehmen«, sagte Annelie, zu Kompromissen bereit. »Aber die Trüffelbutter muss sein.«

»Worüber streitet ihr euch eigentlich?«, fragte Fitzen, der gerade wieder eine kleine rotgoldene Kette fertiggestellt hatte und sie auf einen immer größer werdenden Haufen warf, während sich John mit dem komplizierteren dreidimensionalen Stern abmühte.

»Rinderfilet im Blätterteig«, sagte Ben düster. »Den soll es morgen Abend geben. Mit einem Mantel aus Rosmarin und Thymian.«

»Mit Petersilie, Spinat und Pilzen!«, widersprach Annelie.

Ben schlug vor abzustimmen, welche Variante sie nehmen sollten.

John und Tommy hoben beide die Hand.

»Seid nicht so albern«, sagte Ben. »Die Abstimmung läuft ja noch gar nicht.«

Im Hintergrund schmetterte Pavarotti voller Weihnachtsfreude sein *Adeste Fideles*.

Und Ben ging noch einmal in die Küche, um weitere *Tote Tanten* zuzubereiten. Aber diesmal mit mehr Rum.

Gegen einundzwanzig Uhr klingelte es an der Haustür. Annelie, die gerade auf dem Weg in die Küche war, erbot sich, aufzumachen. Beim Öffnen bemerkte sie, dass es draußen Bindfäden regnete. Ein böiger Wind trieb den Regen fast waagerecht gegen die Fenster. Das war wohl auch der Grund, warum der Unbekannte, der vor ihr stand, einen glänzenden schwarzen Regenmantel mit einer großen Kapuze trug, die sein Gesicht im Schatten verbarg. Für einen Moment blieb ihr der Atem weg vor Schreck. Sie war drauf und dran, dem Mann die Tür vor der Nase zuzuknallen, als er anfing zu sprechen. Seine Stimme klang sanft und beflissen.

»Verzeihen Sie«, sagte er höflich, »aber ich habe bei Ihnen noch Licht gesehen und dachte, ich versuche es mal. Wenn ich störe, sagen Sie es einfach«, er seufzte leise, »das bin ich gewöhnt. Ich will Sie nicht belästigen. Aber vielleicht …«

Annelie, der es förmlich übel war von ihrem rasenden Herzschlag, war erleichtert, Bens Stimme hinter ihrem Rücken zu hören.

»Worum geht es denn?« Freundlich setzte er hinzu: »Aber kommen Sie doch erst einmal rein, Sie sind ja schon ganz durchweicht. Das ist ja ein furchtbarer Regen heute Abend.«

Zu Annelies Entsetzen kannte Ben den Mann nicht – sie hatte wider besseres Wissen gehofft, er sei ein alter Bekannter –, ließ ihn aber dennoch ins Haus.

»Das ist sehr freundlich von Ihnen«, sagte der Fremde, »Sie haben recht, es ist ein scheußlicher Abend. Für mich auch eine sehr unbehagliche Jahreszeit. Entschuldigen Sie. Mein Name ist Karl Huberti.« Er schlug die tropfende Kapuze zurück und entblößte einen spärlich behaarten Kopf und ein angenehmes Dutzendgesicht mit dunklen Augen und dem Anflug eines Doppelkinns. Um seine Füße entstanden kleine Pfützen, als er vorsichtig in die Halle trat. Annelie fiel auf, dass er ein kleines schwarzes Köfferchen bei sich trug.

»Es tut mir leid, aber ich … nun ja, ich bin Vertreter. Für Wintergärten«, fügte er eilig hinzu, als ob das die Sache besser machte. »Es tut mir wirklich leid, Sie jetzt noch zu stören, so kurz vor Weihnachten … aber …«

»Wintergärten, soso«, sagte Ben etwas zweifelnd.

»Ich komme gerade von gegenüber, Ihren Nachbarn. Sie erzählten mir, dass Sie Interesse an einem Wintergarten hätten, und da ich noch Licht bei Ihnen gesehen habe …«

Annelie, die dem Mann kein Wort glaubte, noch nicht mal, dass er Karl Huberti hieß, hoffte insgeheim, dass Ben ihn nun hinauskomplimentieren würde. Aber stattdessen lud er ihn zu einer heißen Schokolade ein.

»Sie sehen ziemlich verfroren aus!« Er nahm Huberti den tropfenden Mantel ab und geleitete ihn ins Wohnzimmer.

Huberti blieb entzückt stehen und ließ seine Augen durch den Raum wandern. »Sie haben's aber gemütlich hier!«

»Kommen Sie!« Ben führte ihn durch die Flügeltür ins Esszimmer, wo John und Tommy noch immer bastelnd am Tisch saßen und Baumschmuck anfertigten. Ben bot Huberti einen Platz am Tisch an und ging hinaus, um einen Becher Schokolade zu holen. Wieder fing Huberti an, sich für seine Anwesenheit zu entschuldigen.

»Wintergärten verkaufen Sie?«, sagte John. »Ich glaube nicht, dass Sie hier auf Sylt viele Geschäfte machen werden. Zu alten Friesenhäusern passen keine neuen Wintergärten.« Er warf Annelie einen besorgten Blick zu. Sie war sehr blass geworden. Hatte sie schon wieder die Befürchtung, dass es der Mann aus den Dünen war? Das erschien ihm doch eher unwahrscheinlich. Wäre dieser Mann ein Mörder und hinter Annelie her, würde er hier nicht so öffentlich auftreten.

»Zu den Reichen und Schönen schon«, warf Fitzen lässig ein.

Annelie fühlte, wie die braunen Augen des Fremden auf ihr ruhten. Vielleicht sollte sie am besten in ihr Zimmer gehen? Doch was sollte das jetzt noch nützen? Huberti hatte sie gesehen, und wenn er der Mann in den Dünen war, auch längst erkannt. Vielleicht hatte er ja ganz List nach ihr abgesucht und sie nun endlich gefunden. Gleichzeitig sagte sie sich, dass sie einen gelinden Verfolgungswahn hatte. Dieser Mann war nichts anderes als ein freundlicher, einsamer, etwas ungeschickter Vertreter, der jetzt, vor Weihnachten, offenbar ein wenig Ansprache und menschliche Nähe brauchte. Es war Unsinn, ihn zu verdächtigen!

Als Ben zurückkam, breitete Huberti seine Prospekte vor ihm aus. Ben gab zu, dass ein Wintergarten hier in der Gegend, in der herbe Winde, von der Nordsee kommend, an der Tagesordnung waren, durchaus nützlich sein konnte. Er verriet sogar, dass er schon einmal darüber nachgedacht hatte. John stöhnte leise, und Huberti wurde immer eifriger. Doch letztendlich kam er nicht weiter. Ben blätterte höflich in den Prospekten und nahm zuletzt einen ganzen Ordner mit Broschüren, Kalkulationen und schönen bunten Bildern entgegen, aber natürlich legte er sich auf nichts fest. Das schien Huberti auch nicht zu erwarten. Er saß, nachdem alles gesagt worden war, friedlich am Tisch, trank seine heiße Schokolade und schien sich wohl zu fühlen. Zuletzt gab er Ben seine Visitenkarte.

»Wenn ich darf, rufe ich Sie nach Weihnachten an«, sagte er, während er einen sehnsüchtigen Blick auf den Baum im Wohnzimmer warf. »Vielleicht lassen Sie es sich bis dahin ja noch mal durch den Kopf gehen ...«

Er sah nicht so aus, als glaubte er selbst daran.

»Sind Sie denn über Weihnachten noch auf der Insel?«, fragte Ben ungläubig. »Fahren Sie nicht nachhause?«

»In meine kalte, leere Wohnung im Ruhrgebiet? Da ist eine Sylter Pension gemütlicher! Und die Landschaft idyllischer! Ich liebe das Meer, besonders im Winter. Außerdem habe ich die Hoffnung, hier eher Kunden zu finden als anderswo ...« Er schien noch etwas hinzufügen zu wollen, doch John stand auf und gab damit das Zeichen zum Aufbruch.

»Du sahst schon so aus, als würdest du den Kerl zum Weihnachtsessen einladen wollen«, sagte er zu Ben, nachdem der Besucher in seinem nassen Regenzeug das Haus verlassen hatte.

»Das wäre barmherzig gewesen!«, schnappte Ben zurück. »Über Weihnachten wollte ich nicht gern in einer Pension hocken!«

»Glaubt ihr, der war echt?«, fragte Annelie. »Ein echter Vertreter? Kommen die abends um neun ins Haus, einen Tag vor Weihnachten?«

Fitzen lachte. »Warum nicht? Da ist wenigstens jeder zuhause. Nee, der war schon ein Vertreter wie aus dem Bilderbuch. Arme Sau.«

Vielleicht war er zu echt, dachte Annelie. Er könnte auch ein begnadeter Schauspieler gewesen sein. Ein Blick zu John sagte ihr aber, dass er keinerlei Befürchtungen hegte. Er schien von der Harmlosigkeit des Besuchers überzeugt zu sein. Annelie atmete auf. Der Menschenkenntnis eines Kripobeamten würde sie doch wohl vertrauen können! Und warum sollte der Mann aus den Dünen auch ein solches Schauspiel aufführen? Welchen Sinn sollte das haben?

Es war still im Haus geworden. Annelie räumte gewissenhaft allen Bastelkram zusammen und verstaute ihn wieder im Karton. Sie war immer noch so dankbar, dass sie hier aufgenommen worden war, dass sie großen Wert darauflegte, den Benthiens nicht zur Last zu fallen. Und dazu gehörte eben auch, sich zurückzunehmen, keine Unordnung zu hinterlassen und Vater und Sohn die Möglichkeit zu geben, auch mal unter sich zu sein. Deshalb hatte sie vor, sich in ihr Zimmer zurückzuziehen. Doch ins Bett gehen wollte sie noch nicht. Sie hatte in ihrem Bastelheft eine Vorlage für Lichttürme aus Goldfolie gefunden, eine wunderschöne Ummantelung für Kerzen, die man mit Oblaten verzieren und in die man viele kleine Löcher stanzen konnte, durch die das Kerzenlicht fiel und die damit für eine ganz besondere Weihnachtsstimmung sorgten. Davon wollte Annelie noch ein paar herstellen, als Überraschung. Außerdem hatte sie das Bedürfnis, ihren Gastgebern ein kleines Weihnachtsgeschenk zu machen. Ihr war nichts Besseres eingefallen als ihre selbst gemachte Birnen-Bananenkonfitüre mit Walnussstückchen und einem Hauch von weißem Rum, eine ihrer Spezialitäten, die sie schon oft verschenkt hatte. Erst im November hatte sie neue gemacht. Weil es eine Überraschung werden sollte, überlegte sie, die Gläser noch heute Abend zu holen. Aber … Annelie fühlte einen kleinen Kälteschauer über den Rücken gleiten. Konnte sie es wagen? Ganz allein in ihr Haus zu gehen? Es war kurz vor Mitternacht. Sie spähte durch den Spalt in den Vorhängen. Es regnete noch immer. Der Wind war im Laufe des Abends heftiger geworden und stand nun genau auf dieser Seite des Hauses, sodass es in ihrem Schlafzimmer trotz Heizung sehr kühl geworden war. Sie brauchte einen dickeren Schlafanzug, sonst würde sie in der Nacht jämmerlich frieren. Einerseits zog es sie in ihre Wohnung, andererseits fürchtete sie sich davor. Immer wieder sah sie die dunkle, furchteinflößende gesichtslose Gestalt im windgebauschten Ölzeug durch die Dünen eilen. War es Huberti gewesen? Oder ein anderer? Wer immer es war, er konnte ihre Identität inzwischen herausgefunden haben und auch, dass sie zurzeit bei den Benthiens wohnte. Andererseits, wenn er das wusste, würde er nicht annehmen, dass sie in ihrem Haus wäre.

Ob sie Tommy bitten könnte ... Doch sie hörte ihn noch immer oben mit der Mutter seiner Tochter telefonieren, und sie wollte ihn nicht stören. John war unter der Dusche, und Ben hatte sich schon in sein Schlafzimmer zurückgezogen.

Sie vergewisserte sich, dass sie ihr Handy griffbereit bei sich hatte, löschte das Licht bis auf eine kleine Lampe, dann spähte sie unentschlossen nach draußen. Es waren viele Wolken am Himmel, doch der Mond blitzte immer wieder durch die Lücken und erhellte gespenstisch die sturmgebeutelte, regennasse Landschaft. In Gedanken malte sie sich genau den Weg aus, den sie gehen würde. Überlegte, wo im Haus die Sachen lagen, und wie viel Zeit sie benötigte, um sie auf dem kürzesten Weg zusammenzusuchen. Sicher nicht mehr als fünf Minuten, beruhigte sie sich. Sollte sie es wagen? Fünf Minuten? An sich keine lange Zeit. Aber auch zum Sterben brauchte man nicht viel Zeit ...

Doch, sie würde es tun. Schließlich musste das Leben irgendwie weitergehen. Und deshalb brauchte sie nun mal einen warmen Schlafanzug. Sie löschte auch noch das letzte Licht, dann öffnete sie leise die Terrassentür in der Hoffnung, dass es nicht auffiel, und huschte durch den Spalt hinter dem dicken Vorhang nach draußen. Mit ihrem dunklen Parka und der schwarzen Mütze auf dem hellen Haar hoffte sie, eins zu werden mit den dunklen Schatten der Hecken, jedenfalls für einen fernen Beobachter – wenn es ihn denn überhaupt gab.

Draußen packte sie der Sturm wie ein stürmischer Verehrer, der eine etwas unwillige Geliebte mit Vehemenz willkommen heißt. Er trieb sie schneller vor sich her, als ihr lieb war. Ihre Füße liefen wie von selbst den schmalen, holprigen Pfad hinunter, in Richtung auf ihr kleines, dunkles Haus.

Leise schloss sie die Tür auf. Annelie hatte den Eindruck, unbedingt leise sein zu müssen, um alles, was bedrohlich sein könnte, nicht auf sich aufmerksam zu machen. Trotzdem schlug ihr das Herz bis zum Hals. Hastig schloss sie die Haustür, drückte sie hinter sich lautlos ins Schloss. Leise, leise, nur keinen Lärm! Dann blieb sie stehen, lauschte. Sie wagte es nicht, Licht anzumachen. *Wer nichts sieht, wird nicht gesehen.* Völliger Unsinn natürlich, Kleinkinderglaube, aber er saß tief in ihr drin, und ausgerechnet jetzt wollte sie auch nicht anfangen, sich damit auseinanderzusetzen.

Obwohl im Haus alles ruhig schien, hatte sie das unbestimmte Gefühl, irgendwo lauere ein unbekanntes Wesen, bereit, sie bei der nächsten Bewegung jäh anzuspringen wie eine Spinne, die im verstaubten Schrankfach auf denjenigen lauert, der es als Erster öffnet.

Annelie versuchte, tief durchzuatmen. Ignorierte alle unterbewussten Warnungen, tat sie als Spökenkiekerei ab. Sie musste an ihre nüchterne, praktische Mutter mit dem gesunden Menschenverstand denken, die über Vorahnungen nur gelacht hatte. »Hör bloß auf mit dem Gedöns«, war ihre ständige Rede gewesen, wenn Annelie mal wieder »geunkt« hatte. Und sie war zweiundneunzig geworden!

Annelie eilte in die Küche. Ein plötzliches, lautes Getöse brachte ihr Herz fast zum Stillstand – ein morscher Zweig, sagte sie sich, der aufs Dach gefallen war. Nichts Bedrohliches. Kein Wunder bei dem Sturm.

Tapfer, doch mit zitternden Händen, stellte sie die Konfitüre-Gläser in eine Tasche. Nun musste sie nur noch kurz nach oben in ihr Schlafzimmer, um den warmen Pyjama zu holen.

Im Dunkeln schlich sie die Treppe hinauf. Ein schmales Fenster auf dem Treppenabsatz, das Schatten wie tanzende Derwische an die Wände malte, sorgte dafür, dass die Dunkelheit nicht ganz so fest an ihr klebte wie eine dicke, wollene, alles erstickende Decke.

Denn draußen bogen sich noch immer die Bäume im Sturm, und schwarze Wolken am Himmel schnitten Fratzen. Jemand bewegte sich leise in Richtung Flur.

Letzte Vorbereitungen

Als John am nächsten Morgen das Wohnzimmer betrat, fiel ihm auf, dass es ziemlich kalt war im Raum. Er stellte die veralteten Heizkörper höher und zog die Vorhänge zurück. Er konnte sich die Kälte nicht erklären. Verwundert bemerkte er, dass vor der Terrassentür ein Häuflein welker Blätter auf dem Teppich lag, als hätte es der nächtliche Sturm durch die Türritzen gejagt.

Über Nacht hatte sich der Sturm jedoch gelegt. Draußen war es trüb und grau, nicht neblig, aber diesig, und keine Menschenseele war zu sehen. Wenn nicht in dem einen oder anderen Ferienhaus Licht gebrannt hätte, hätte man glauben können, alle Menschen wären ausgewandert und hätten das Benthien'sche Haus wie ein gestrandetes Schiff auf den Dünen zurückgelassen. Auch im oberen Stockwerk rührte sich noch nichts.

Gähnend ging John in die Küche, um ein eher karges Frühstück zuzubereiten, kein Vergleich mit dem von gestern. Aber niemand wollte sich den Appetit für das kleine Mittagessen (Lachs mit Rösti, da Thyra dann bereits da sein würde) oder fürs Abendessen (Rinderfilet mit Spinat, Petersilie und Pilzen – Annelie hatte sich durchgesetzt!) verderben.

So gab es wenig später nur Kaffee, aufgebackene Brötchen und Marmelade. Fitzen rührte ewig in seinem Kaffeebecher,

John versuchte, sein Gähnen in den Griff zu kriegen, nur Ben war munter und voller Tatendrang. Er referierte, was in welcher Reihenfolge von wem wann getan werden müsste, und Fitzen schlug ernsthaft vor, alles aufzuschreiben, da er sich die ihm zugedachten Tätigkeiten ja doch nicht merken könne.

Annelie saß bleich und stumm am Tisch und aß nur wenig. John beobachtete sie besorgt. Kam bei ihr jetzt erst so langsam der Schock durch, die Erkenntnis, dass sie gerade in einem Vakuum lebte, auf fremdem Terrain, angewiesen auf die Gastfreundschaft ihrer Nachbarn? Fragte sie sich, wie lange das so weitergehen sollte?

Er beschloss, später am Vormittag Schäfer anzurufen, um zu erfahren, wie weit sie inzwischen mit ihren Recherchen gekommen waren. Vielleicht würde er ja dann beruhigende Nachrichten für Annelie haben.

Inzwischen ging Fitzen noch einmal kurz einkaufen, und John bereitete das Kämmerchen für Thyra vor, nachdem er das Gästebett im Keller hinter einem alten Paravent gefunden hatte.

Ben befand sich an seinem Lieblingsplatz, der Küche, um mit Annelie zusammen die beiden warmen Mahlzeiten vorzubereiten. Als John die Treppe hinunterkam und wieder ins Wohnzimmer ging, hörte er Annelie ganz sachlich am Telefon sagen: »… ja, wie ein nutzloses Tier, nichts anderes. Ich dir auch.«

Sie war ganz rot geworden, als sie den Hörer auflegte. »Entschuldige, ich habe über all der Aufregung ganz vergessen, meinem Schwager zu schreiben, da habe ich ihn eben schnell angerufen. Er lebt in einem Pflegeheim, leider ist er dement.« Sie lächelte sehnsüchtig. »Früher, als seine Frau noch lebte, haben wir oft zusammen Weihnachten gefeiert. Das war immer sehr schön!«

»Annelie, du kannst doch anrufen, wen du willst, auch ohne Erklärung.«

»Danke, John. Was ich noch sagen wollte, ich finde es nicht so gut, dass die Oberstaatsanwältin in dem kleinen Kämmerchen schläft. Können wir nicht die Zimmer tauschen? Euer Gast sollte das große Zimmer bekommen.«

Ben, der gerade mit einem Tablett hereinkam, ging durch die große Doppeltür ins Esszimmer und stellte es auf den langen, ovalen Zedernholztisch, an dem sie gestern Abend gebastelt hatten. Er hatte Annelies Worte mitgehört. »Kommt gar nicht in Frage«, sagte er zu Annelie. »Du bleibst, wo du bist! John, hast du eine Idee, wo Tommy herumstrolcht? Er sollte doch nur in List den bestellten Lachs abholen und keine halbe Weltreise unternehmen! Na ja, dann musst du das Gemüse eben allein zubereiten: Kartoffeln schälen, Petersilie und Zwiebeln hacken, Möhren, Lauch und Sellerie schneiden. Ich habe dir alles hingestellt.«

Sprach's und war mit Annelie schon wieder in der Küche verschwunden, ehe John sie noch fragen konnte, wie sie das am Telefon gemeint hatte. Fühlte sie sich so? Wie ein nutzloses Tier?

Aus der Küche erklangen Weihnachtslieder. Doch sein Bedarf an Weihnachtsstimmung war erst einmal gedeckt. Er schloss die Tür hinter den beiden.

Kurz darauf kam Fitzen. Sogleich drückte ihm Benthien ein Messer in die Hand. »Schneide du den Lauch und die Möhren, gewaschen sind sie schon. Aber schön klein schneiden. Ich hol mal eben das Kaminholz von draußen rein.«

Als er zurück war, klingelte das Telefon. Es war Thyra, die wissen wollte, ob sie jemand vom Bahnhof abholen würde. »Bist du denn schon da?«, fragte John erschrocken. Doch Thyra beruhigte ihn. Sie würde erst in zwei Stunden ankommen.

Fitzen schniefte wegen der Zwiebeln. Dann meldete sich sein Handy, und er zog sich auf die Terrasse zurück, wo John ihn frierend hin und her tigern sah. Als er zurückkam, hatte er verdächtig rote Augen und murmelte etwas von einem schneidenden Wind. »Das war Jenny«, sagte er. »In der Schweiz liegt Schnee. Aber sie sagt, sie wäre lieber bei mir.«

Schweigend arbeiteten sie weiter. »Wo ist Ulli an den Feiertagen?«, fragte John.

»Bei ihren Eltern. Sie sagt, lieber langweilt sie sich, als sich ständig über mich und meine mangelnde Entschlusskraft aufzuregen. Aber ich kann Jenny doch nicht im Stich lassen!«

»Aber sie ist doch jetzt in der Schweiz!«

»Ja, aber als ich Ulli sagte, ich müsste den Heiligabend mit Jenny verbringen, wusste ich noch nicht, dass Katharina mit ihr zu ihrer Freundin nach Zürich fahren würde.«

»Mein Gott, ist das alles kompliziert bei dir. Warum hast du dann Ulli nicht gesagt, dass du nun doch an Heiligabend Zeit hast?«

»Warum, warum! Weil ich auch meinen Stolz habe? Außerdem dachte ich, ich könnte mit Katharina und Jenny in die Schweiz fahren.« Er bearbeitete die Zwiebel so heftig, dass er sich in den Finger schnitt und Benthien ein Pflaster holen musste, um ein Blutbad zu verhindern.

»Das ist eine seltsame Sache mit Weihnachten. Jeder stellt so hohe Erwartungen, die noch aus der Kindheit herrühren, dass kaum einer sie befriedigen kann. Wir alle hängen einem Traum nach, der so einfach nicht erfüllt werden kann. Dann ist die Enttäuschung vorprogrammiert. Aber irgendwie lernen wir das nie, wir machen immer wieder, jedes Jahr, denselben Fehler.«

»Deswegen ist es so schön, mit Kindern Weihnachten zu

feiern«, sagte Fitzen. »Sie geben uns ein bisschen von dem unwiederbringlichen Weihnachten zurück, von dem wir träumen und das wir selten oder nie erlebt haben.«

»Mit dem Alter muss man lernen, sich zu bescheiden«, sagte Annelie leise aus dem Hintergrund. Sie hatten sie gar nicht kommen hören. Jetzt stand sie am Baum und hängte die selbstgebastelten Kringel, die Stanniolketten und Goldsterne, die Watteengel und roten Äpfelchen in die Zweige. Zum Schluss holte sie ganz vorsichtig fünf zerbrechlich aussehende Vögel mit langen bunten Schnäbeln und federartigen Schwänzen aus ihrem Karton und steckte sie vorsichtig in das Grün. John fiel auf, dass Annelie müde wirkte und tiefe Ringe unter den Augen hatte.

»Warum sollte man sich bescheiden?«, widersprach Tommy aufgebracht. »Jeder hat das Recht auf Freude. Jeder.«

Annelie betrachtete den letzten Vogel in ihrer Hand. Er schien so fedrig leicht, so filigran und so verletzlich. »Die Vögel hat mir meine Großmutter geschenkt, als ich fünf war«, sagte Annelie. »Ich war schrecklich enttäuscht, weil ich sie nicht selbst in den Baum stecken durfte, sondern zusehen musste, wie ihn meine Mutter schmückte. Erst als ich zehn war, trauten sie mir zu, dass ich nichts kaputt machte. Ich erinnere mich noch sehr genau an das erste Mal. An den Honigduft der Kerzen, an das Klavier im Hintergrund, auf dem mein Onkel seine Weihnachtslieder für den Abend übte. An das Glitzern der Vögel, als das Licht aus war und die Kerzen am Baum brannten. An die verheißungsvollen Schatten an den Wänden. – Irgendwann«, setzte sie hinzu, »ist man allein. Was bleibt, ist nur die Erinnerung. Und die ist leichter zu ertragen, wenn man sich bescheidet. Wenn man sich bewusst macht, dass man nichts zu erwarten hat.«

Sie lächelte Fitzen freundlich zu und ging hinaus.

Später telefonierte Benthien wieder einmal mit Arndt Schäfer. Er und Fitzen hatten es sich nach getaner Arbeit in der Nähe des Kamins gemütlich gemacht, die Füße hochgelegt und je einen Caffè Latte in Reichweite. Fitzen balancierte seinen Laptop auf den Knien und suchte nach einer witzigen Weihnachtsgrafik für seine Mail an Jenny. Ben fummelte noch immer in der Küche herum, hatte aber jede Hilfe abgelehnt. Annelie war nach oben gegangen, um sich kurz hinzulegen.

»Gunilla Hofmeister hat tatsächlich Selbstmord begangen«, sagte John, nachdem er aufgelegt hatte. »Die Würgemale am Hals waren nicht tödlich, außerdem schon einige Tage alt. Sie hat eine Mischung aus Diazepam und Alkohol zu sich genommen, sich am Abend oder in der Nacht in den Strandkorb gesetzt und auf den Tod gewartet. Letztendlich ist sie erfroren.«

»Sie hat Selbstmord begangen, weil sie ohne ihren Mann nicht mehr leben wollte?«

»Sieht so aus. Obwohl Hofmeister ein übles Stück gewesen sein muss. Denk nur an die Riemen und Peitschen in seinem Nikolaussack. Er liebte Rollenspiele, in denen er die dominante Persönlichkeit war. Gern auch mit Verkleidung. Er schlug seine Frau, manchmal würgte er sie auch, und sie machte alles ganz ergeben mit. Ihre Schwester, die nach Sylt gekommen ist, um ihre Sachen abzuholen, hat es Schäfer selbst erzählt. Trotzdem hat Gunilla ihren Mann geliebt. Es steht in ihrem Abschiedsbrief, den man auf ihrem Laptop fand.«

»Warum hat sie ihn nicht verlassen?«, fragte Fitzen verwundert.

»Warum verlassen geschlagene Frauen ihre Peiniger nicht? Sie lassen sich immer wieder von neuem manipulieren. Und wie gesagt, sie hat ihn geliebt. Letztendlich hatte sie wohl nicht die Kraft, ihn zu verlassen. Und sie hatte auf einen Neuanfang gehofft, dieses Weihnachten. Offenbar hatte er ihr versprochen, wieder einmal, sich zu ändern.«

»Ist der Brief echt?«

Benthien zuckte mit den Schultern. »Woher soll ich das wissen? Unterschrieben und ausgedruckt hat sie ihn nicht.«

»Es könnte doch sein«, überlegte Fitzen, »dass sie einen Spaziergang gemacht haben ... er im Nikolauskostüm, um ihr einen Vorgeschmack zu geben auf das, was kommen würde – *der liebe gute Nikolaus, der sein kleines böses Frauchen hart bestrafen muss, weil sie nicht brav gewesen ist* –, und sie ihn, geplant oder im Affekt, niedergeschlagen hat, vielleicht mit einem Stein. Hat man die Tatwaffe eigentlich gefunden?«

Benthien schüttelte den Kopf. »Aber es steht fest, dass es ein Stein war. Wahrscheinlich liegt er längst im Meer.«

»Und später tat es ihr leid«, fuhr Fitzen in seiner Fantasie fort, »da setzte sie sich in den Strandkorb, weil sie sich selbst nicht verzeihen konnte. Kann doch so gewesen sein, oder nicht?«

»Möglich. Zum Glück ist das nicht unser Fall. Was ist los? Hast du was im Auge?«

Fitzen machte so unauffällig wie ein Schmierenkomödiant Zeichen mit den Augen; abwechselnd zwinkerte er, glotzte und ließ die Augäpfel hervortreten. John drehte sich um und konnte es nicht fassen. Sein Vater hatte sich hinter seinem Rücken ins Zimmer geschlichen und schmückte den Baum, der in Gold, Rot und Blau gehalten war, klammheimlich mit silbernen Lamettastreifen! Als er sah, dass sein Sohn aufgestanden war, schenkte er ihm einen waidwunden Blick, ließ den Karton mit dem Lametta einfach auf den Teppich fallen und verschwand ohne ein Wort nach oben.

Benthien musterte Fitzen streng. »Ich denke, du hast das Zeug versteckt?«

»Er muss es gefunden haben.«

»Du bist mir ein schöner Stratege! Komm und hilf mir, das Lametta wieder aus dem Baum zu pulen. Zum Glück ist er nicht weit damit gekommen.«

Heiligabend

Die Person in dem Ölzeug beobachtete bereits seit einer halben Stunde die Bewohner des Friesenhauses. Es war erschreckend, wie nahe das Fernglas sie heranholen konnte. Der Typ mit dem Dreitagebart, der mit dem Rücken zum Fenster saß, schrieb eine E-Mail, die sie durchaus hätte lesen können, wenn sie sich darauf konzentriert oder daran Interesse gehabt hätte. Der alte Mann mit der weißen Mähne hatte sich heute Morgen beim Rasieren geschnitten; er schmückte jetzt heimlich den Baum mit silbernem Lametta, das sich ganz fürchterlich mit den übrigen Farben biss.

Die Person in dem Ölzeug wusste sogar, was es an Heiligabend zu essen geben sollte – offenbar eine Kartoffelsuppe mit Gemüse, denn die beiden jüngeren Männer waren dazu verdonnert worden, an dem großen Tisch, der förmlich dazu einlud, eine fröhliche Weihnachtsgesellschaft zu beherbergen, die Zutaten dafür zu schneiden. An zwei, drei Stellen standen mit Tannenzweigen geschmückte Weihnachtsteller mit Plätzchen. Kerzen waren überall im Zimmer verteilt, und der Baum im Hintergrund schimmerte verheißungsvoll in Gold, Rot und Blau. Mit den echten roten und honigfarbenen Bienenwachskerzen musste er wunderschön aussehen, wenn sich am Abend die vielen Flammen im Glas des großen Bücherschranks spiegeln würden.

Ein Weihnachten wie im Bilderbuch auf dieser schönen Insel! Die Person mit dem Fernglas lächelte hasserfüllt. Die Suppe würde sie ihnen versalzen, es würde ein Weihnachten werden, das zumindest *ein* Bewohner dieses Hauses nie vergessen würde. Allerdings musste sie vorsichtig vorgehen, Bitterkeit und Hass waren keine guten Ratgeber.

Sie musste ihren Plan noch einmal überdenken.

Thyra stand mit grimmigem Blick inmitten der Bahnhofshalle, umgeben von einem kleinen Trolley, einer Reisetasche und fünf Tüten, die sich wie kleine Hunde um ihre in Pumps steckenden Füße drängten. Das blonde, in Wellen gelegte Haar roch noch nach Friseur, die scharfen blauen Augen musterten jeden, der durch die Türen die Halle betrat.

Als sie John erspähte, wurde ihr Blick etwas milder. »Na endlich! Du bist zehn Minuten zu spät, mein Lieber! Meine Füße sind mir bereits abgefroren. In dem elenden Zug war es untenrum schweinekalt!«

»Das sind doch wohl hoffentlich nicht die einzigen Schuhe, die du mitgenommen hast!«, fragte John entsetzt, während er seine Vorgesetzte, Oberstaatsanwältin Thyra Kortum, die in ein, zwei Jahren in den Ruhestand gehen würde, umarmte. »Und lange Hosen hast du hoffentlich auch mit? Wir sind auf einer Insel, Thyra, und es ist Winter! Kalt, verstehst du, Sturm, Böen, eisige Winde!«

»Ihr wollt doch wohl keinen Spaziergang mit mir machen«, sagte Thyra argwöhnisch, während sich John mit ihrem Gepäck belud und sich fragte, wie sie das alles vom Auto in den Zug geschafft hatte. »Du weißt doch, dass mein Herz nicht ganz okay ist, mien Jung!«

Alles, was John wusste, war, dass Thyra ihr Herz immer dann anführte, wenn sie etwas tun sollte, was sie nicht wollte.

»Ein bisschen Durchlüften am Strand wird dir nichts schaden, und zur Not haben wir auch noch Gummistiefel und eine Hose für dich«, sagte er fröhlich, doch Thyra tat, als hätte sie nichts gehört. Dafür stellte sie fest, dass draußen, auf dem Bahnhofsplatz, kein Weihnachtsmarkt war. »Wo ist der hin? Ich wollte doch noch was kaufen.«

»Noch mehr?«, fragte John entsetzt. Dann erzählte er ihr, dass es den Weihnachtsmarkt zwischen den Grünen Riesen im Augenblick nicht mehr gäbe. »Zu teure Standgebühr, zu viele Auflagen von Seiten der Stadt.«

»Das ist doch mal wieder typisch«, schimpfte Thyra. »Da wird ganz Sylt an Festländer verkauft, die gerade mal ein paar Wochen im Jahr auf der Insel sind, und die Sylter selbst finden vor lauter Ferienunterkünften keine bezahlbaren Wohnungen – aber verschärfte Auflagen für Weihnachtsbuden, die müssen sein!«

Angesichts des herzlichen Empfangs im Friesenhaus und eines guten Mittagessens beruhigte sich Thyra jedoch wieder. John hatte ihr unterwegs im Auto die Umstände, weshalb Annelie Jansen zurzeit bei ihnen zu Besuch war, ausführlich geschildert, sodass sie im Bilde war. »Aber das kann ja kein Dauerzustand werden« war Thyras Kommentar dazu. »Was macht ihr, wenn ihr beide wieder in Flensburg seid? Sie kann ja nicht ewig bei euch wohnen.«

John wusste selbst, dass die Frage schwer zu beantworten war. Doch damit würde er sich erst nach Weihnachten befassen. Wenigstens die nächsten Tage wollte er in Ruhe und Frieden verbringen.

Am Nachmittag besuchten Ben, Thyra und Annelie den Weihnachtsgottesdienst, und John versprach, den Kaffeetisch fertig zu haben, wenn sie zurückkämen.

Fitzen lümmelte sich in einem Sessel, den unverzichtbaren

Laptop auf den Knien. »Hinnerk hat angerufen, während du weg warst«, berichtete er. »Er ist völlig ratlos, was den Einbruch bei Annelie angeht. Er sagt, ähnliche Vorkommnisse – also Einbrüche mit Drohungen, ohne dass was gestohlen wurde – habe es auf Sylt in den letzten Jahren nicht gegeben, oder wenn, dann weiß die Polizei nichts davon. Und in der Mordsache sind sie auch noch kein Stück weitergekommen. Aber ich habe hier etwas gefunden, das wichtig sein könnte, Augenblick …« Fitzen sah auf. »Was machst du da eigentlich?«

»Ich habe vorhin in der Drogerie am Bahnhof Goldlametta gekauft. Soll eine Überraschung für meinen Vater sein. Und in Gold passt es ja wenigstens zum Baum.« John, der herunterbaumelndes Lametta nicht mochte, wickelte einzelne Fäden schlangenförmig um einige der Tannenzweige, sodass nur hier und da leichte goldene Akzente gesetzt wurden.

»Sehr schön«, befand Fitzen. »Aber hör mal zu, Alter: Ich habe vorhin nach dem Typen, Hofmeister, gegoogelt. Hier!« Er drehte den Laptop zu John um. Der sah einen Mann Ende dreißig, der auf eine etwas schmierige Weise gut aussah, ein dunkler Typ mit zurückgegeltem Haar, durchdringendem Blick und einem charmanten Lächeln. »Hat natürlich eine Website für seine beiden Clubs. Außerdem hat er einen Geschäftspartner – Hagen Ronstedt – und eine Insolvenz am Hals. Mit anderen Worten: Die beiden sind pleite. Wenn Annelie zurück ist, sollte sie sich diesen Ronstedt mal ansehen. Sein Bild ist auch auf der Website. Vielleicht war er es, den sie in den Dünen gesehen hat.«

»Warum sollte er seinen Geschäftspartner umbringen?«

»Ronstedt hat Hofmeister vor zwei Jahren angezeigt, weil Hofmeister sich am Firmenvermögen vergriffen haben soll. Allerdings wurde die Anzeige wieder zurückgezogen. Und ich weiß noch was.« Fitzen grinste selbstgefällig. »Hofmeister ist ein Spieler. In etlichen Spielbanken ist er gesperrt – sie haben ihn rausgeschmissen. Wenn er verliert und zu viel getrunken hat, macht er schon mal ganz gern Randale. Ich habe zwei Zeitungsartikel über solche Vorfälle gefunden.« Er klickte die Seite an und zeigte sie John. »Hier hat der Fotograf ihn erwischt, wie er von zwei Polizisten aus seinem Wagen gezerrt wurde, als er gerade abfahren wollte. Vorher hatte er in einer Bar zwei Männer niedergeschlagen und einen Tisch zertrümmert. Der Typ scheint in Holzminden stadtbekannt zu sein. Seine Freundin saß mit ihm im Wagen. Wohlgemerkt: nicht seine Ehefrau.«

John warf einen flüchtigen Blick auf den Internet-Artikel. »Gib den doch mal an Schäfer weiter, Tommy. Die Frage ist allerdings, führt uns das zu einem Mordmotiv?«

»Warum nicht? Er könnte Kontakte zur Unterwelt haben. Hat sich vielleicht Geld geliehen und kann es nicht zurückzahlen.«

»Aber warum sollte man einen Schuldner umbringen? Das ergibt doch keinen Sinn.«

John ging in die Küche; es war höchste Zeit, die Kaffeetafel vorzubereiten. Während er das Kaffeepulver einfüllte, hörte er drinnen im Wohnzimmer einen Ausruf, dann war Fitzen auch schon in der Küche. »Habe gerade Ronstedt überprüft. Der Kerl ist auf Mallorca, in seinem Club findet jeden Abend eine Riesenparty statt, und er ist immer mittendrin, auch vor drei Tagen, als sein Partner auf Sylt überfallen wurde. Es gibt jede Menge Fotos von ihm in seinem Blog, mit hübschen Mädchen im Arm. Ist das nicht super, wie man die Leute heutzutage im Netz durchchecken kann? Erleichtert uns die Arbeit ungemein.«

Benthien hatte so seine Zweifel. »Könnte er nicht nach Sylt geflogen sein?«

»Er war am einundzwanzigsten abends um acht wieder in seinem Club, davon gibt's Fotos, das kann er in der Zeit nicht geschafft haben – es sei denn, er hätte ein Privatflugzeug gechartert.«

»Kommt mir eher unwahrscheinlich vor.«

»Ich werde Schäfer eine Mail schicken«, verkündete Fitzen und verschwand.

Ben freute sich so sehr über das Goldlametta im Baum, dass sich sein Sohn fast schämte, dass er es ihm hatte vorenthalten wollen. Wieder einmal stellte er fest (wie jedes Weihnachten), dass der Baum wunderschön aussah, auch wenn er sich immer wieder – diesmal, dank Annelie, mit Erfolg – vor dem Schmücken zu drücken versucht hatte.

Nach dem Kaffee wurden die Geschenke verteilt. Annelie hatte ihre Bananen-Birnen-Konfitüre liebevoll verpackt und erntete große Anerkennung, was ihr sichtlich guttat. Man bewunderte auch die goldenen Lichttürme mit den bunten Oblaten, die Annelie gebastelt und als Ummantelung um die Kerzen gestellt hatte. Aus den winzigen, eingestanzten Löchern blitzten die Flammen hindurch und sorgten für eine geheimnisvoll-orientalische Stimmung. Sie hörten festliche Musik und betrachteten den Baum, dessen Kerzen sich in den Kugeln und den selbstgebastelten Ketten, Kringeln und Sternen sehr stimmungsvoll spiegelten. Mittendrin fiel John ein, dass die Vorhänge nicht zugezogen waren, und er holte es schleunigst nach.

Fitzen telefonierte auf der Terrasse mit seiner Tochter. Sie spielte ihm ein neu einstudiertes Lied auf dem Klavier vor, was ihn beinahe wieder zum Heulen brachte.

Draußen ging der diesige Tag langsam in Dunkelheit über.

Ben und Annelie verschwanden in die Küche, um sich ums

Abendessen zu kümmern, das zum großen Teil schon vorbereitet war. Thyra stieg nach oben, sie wollte sich etwas Bequemeres anziehen. Kurz darauf hörten John und Tommy einen lauten Schrei. Wie nervös er plötzlich wieder war, merkte John daran, dass er wie von der Tarantel gestochen aufsprang und nach oben rannte.

Zuerst lief er in das Kämmerchen, in dem Fitzen geschlafen hatte, bis ihm einfiel, dass Thyra im Gästezimmer war. Annelie hatte darauf bestanden, in den kleinen Abstellraum zu ziehen und dem Gast das größere Zimmer zu überlassen.

Er riss die Zimmertür auf. »Thyra, was ist los? – Um Himmels willen, was stinkt denn hier so?«

»Mein Parfum«, sagte Thyra kläglich. »Ich hab's mir selbst zu Weihnachten geschenkt, jetzt ist es mir aus der Hand gerutscht und ausgelaufen ... ausgerechnet ins Bett.«

»Wenn du heute Nacht darin schläfst, wirst du morgen früh im Parfum-Koma liegen«, grinste Tommy, der ebenfalls im Türrahmen aufgetaucht war.

»Eine andere Bettdecke haben wir vielleicht noch, aber sicher keine weitere Matratze«, erklärte John, aber Thyra meinte, sie würde einfach das Fenster auflassen, vielleicht wäre das Bettzeug ja ausgelüftet, bis sie ins Bett ginge.

Das Rinderfilet nach Annelies Rezept war wunderbar geworden. Sie aßen es, getaucht in warmes Kerzenlicht, feierlich zu den Klängen von Bachs *Weihnachtsoratorium*. Dennoch konnte John den Gedanken an das offenstehende Fenster oben nicht verdrängen. Zuletzt hatte er die Vorbereitungen auf das Fest genossen, die Mischung aus geschäftigem Treiben und entspanntem Beisammensein, doch jetzt war die friedliche Ruhe, die er vorübergehend verspürt hatte, einer lauernden Anspannung gewichen. Während das zarte Filet auf der Zunge zerging, fiel ihm plötzlich die Leiter ein, die im Gartenschuppen, dessen Schlüssel längst verlorengegangen war, nur darauf wartete, einer Person zu Diensten zu sein, die einen Weg suchte, um ins obere Stockwerk zu gelangen. Selbst ein unsportlicher Mensch, dachte John, wäre dazu in der Lage.

Irgendwann hielt er es nicht mehr aus, rannte nach oben und durchsuchte akribisch sämtliche Räume, bevor er die Tür zum Gästezimmer abschloss und den Schlüssel an sich nahm. Danach fühlte er sich besser.

Die Person mit dem Fernglas hatte einen Spalt im Vorhang entdeckt, der dem Typ mit dem Dreitagebart zu verdanken war. Als er vom Telefonieren auf der Terrasse wieder ins Zimmer kam, hatte er den Vorhang nur sehr nachlässig zugezogen. Ein in warmes Kerzenlicht getauchter Ausschnitt des Wohnzimmers erschien zwischen den Vorhängen; eine Ecke der Couch war zu sehen, ein Bein, gehüllt in eine warme braune Hose, manchmal eine alte, faltige Hand, die zu dem Teller mit den Plätzchen griff. Ab und zu ging jemand an dem Vorhangspalt vorbei, ganz leise war Musik zu hören, Lachen. Eine Faust ballte sich in der Tasche. *Das Leben der anderen* … Die einen waren drin, gehörten dazu, die anderen waren draußen. So schnell ging das.

Eine plötzliche Windböe kam auf, und die Hände, die das Fernglas hielten, zitterten stark vor Kälte. Zähne schlugen aufeinander.

Es war an der Zeit zu handeln.

Doch was dann geschah, warf alle Pläne über den Haufen.

Drinnen im Friesenhaus war ein Entschluss gefasst worden, nachdem man festgestellt hatte, dass Thyras Zimmer durch den Gestank trotz Dauerlüftens für die nächsten Tage unbewohnbar geworden war.

»Sie schlafen in dem Kämmerchen«, sagte Annelie, »und ich geh rüber in mein Haus. Es ist ja albern, dass ich mich immer noch ängstige. Schließlich ist in den letzten Tagen nichts mehr passiert. Und dass der Mörder noch auf Sylt sein soll, ist doch höchst unwahrscheinlich.«

Natürlich wurde ihr heftig widersprochen, aber Annelie blieb bei ihrem Entschluss.

»Dann mach wenigstens kein Licht«, schlug Ben vor, »damit es nicht so aussieht, als ob du im Haus wärst.«

Thyra war das alles sehr unangenehm. Sie machte den Vorschlag, unten auf dem Sofa zu schlafen.

»Kommt nicht in Frage«, beharrte Annelie. »Irgendwann muss ich schließlich wieder drüben wohnen. Ich kann ja nicht ewig hierbleiben.«

»Ich begleite dich«, sagte Fitzen, »und bleibe in der Nacht da. Im Nebenzimmer – wenn dir das recht ist?«

Benthien hatte kein gutes Gefühl bei dem Arrangement, andererseits hatte Annelie recht; sie konnte nicht ewig als Gast im Hause Benthien leben. Und mit Tommy Fitzen als Bodyguard war sie doch einigermaßen geschützt. Wenn es John auch lieber gewesen wäre, Fitzen hätte eine Waffe bei sich gehabt. Doch ihre Waffen lagen in Flensburg, gut verwahrt in ihrem Büro.

Bevor die beiden aufbrachen, nahm er Tommy noch einmal beiseite. »Rein logisch betrachtet sollte Annelie nicht sonderlich in Gefahr sein. Hofmeisters Mörder dürfte die Insel, wenn er einigermaßen bei Verstand ist, längst verlassen haben. Und was den Einbruch anbelangt …« Er stockte, denn der Einbruch mit der gehässigen Botschaft am Spiegel blieb nach wie vor ein Rätsel.

»Ich pass schon auf, du kannst dich auf mich verlassen«, beruhigte ihn Fitzen.

»Vielleicht wäre es nicht schlecht, wenn Annelie sich einschließt und dir den Schlüssel gibt, damit du ihr zu Hilfe kommen kannst, wenn es nötig sein sollte.«

»Übertreibst du nicht ein ganz kleines bisschen, Alter?«

Ja, vielleicht tat er das, dachte John. Aber er hatte trotz allem ein ungutes Gefühl. Vielleicht sollte er lieber selbst …

»Quatsch!«, unterbrach Fitzen seinen Gedankengang. »Du überlegst, selbst mit rüberzugehen. Traust du mir denn gar nichts zu? Ich bin beim selben Verein wie du, schon vergessen? War vor einigen Jahren noch Undercover unterwegs. Und nun halt die Klappe, wir gehen jetzt.« An Annelie gewandt, die schon wartete, fragte Fitzen: »Hast du alles, was du brauchst?«

Sie verließen das Haus über die Terrasse, weil es der kürzeste Weg zu Annelies Häuschen war.

Draußen war alles in Nässe getaucht; der stete Ostwind peitschte den Regen fast waagerecht durch die Luft, sodass sie die Köpfe einzogen und machten, dass sie so schnell wie möglich ins Trockene kamen.

Benthien stand am Fenster und beobachtete den kleinen Umzug. Mit Befriedigung sah er, dass drüben im Haus alles dunkel blieb. Nichts würde einem Außenstehenden verraten, dass das Häuschen heute Nacht bewohnt war. Doch als er im Bett lag, konnte er lange nicht einschlafen.

Albträume

Er schlief nicht sehr tief und träumte schlecht. Immer wieder wachte er auf, trat ans Fenster, gegen das der Regen peitschte, und warf einen Blick auf Annelies Haus, auf das eine Fenster, das sichtbar war und hinter dem jetzt Tommy schlief. Und noch immer stürmte es.

Er lief im Regen durch die Dünen in Richtung Meer, verfolgt von einem Mann im Weihnachtsmannkostüm, unter dessen roter Mütze kein Gesicht war, sondern nichts als schwarze, gähnende Leere. Als Benthien sich umdrehte, war ihm der Mann sehr viel näher gekommen; nun trug er statt des roten Kostüms ein dunkles Cape mit einer großen, spitz zulaufenden Kapuze, die sein Gesicht verbarg. Dennoch war ihm klar, dass es Meinhardt war, der ausgebrochene Gewaltverbrecher. John gab sich alle Mühe, schneller zu laufen, aber immer wieder klammerten sich Büschel von schwarzbraunem Heidekraut boshaft um seine Fußknöchel und hielten ihn fest. Über dem Meer leuchtete das Morgengrauen tiefrot wie der Lippenstift einer alternden Diva.

Mit letzter Kraft stolperte er in ein Hotel und versteckte sich im Bett. Hier konnte er ausruhen, hier war er in Sicherheit, wenn nur das grelle rote Neonlicht nicht gewesen wäre, das in regelmäßigem Rhythmus, wie das Signallicht eines Rettungswagens, auf sein Gesicht fiel und ihn blendete.

Plötzlich erwachte John, geweckt von seinem rasenden Herzschlag. Etwas stimmte ganz und gar nicht! Das rote Flackern war auch hier zu sehen, in seinem Haus in den Dünen. Noch ehe er auf seinen Beinen stand, wusste er, dass das kein Traum mehr war.

Ein Blick zum Fenster – da war kein Neonlicht, da waren Flammen, die hoch in den Himmel schlugen, ein Inferno aus Rot und Schwarz, ein Heulen, das den Sturm noch übertraf. Benthien schnappte sich sein Handy, rief die Feuerwehr, rannte nach unten, barfuß und im Pyjama, griff sich hastig einen schweren Kerzenleuchter, dann weiter, über die Terrasse, den Trampelpfad hinunter zu Annelies Häuschen, nur schnell, schnell, auch wenn ihm das Herz bis zum Hals schlug und er kaum Luft bekam.

Noch regnete es, doch die Nässe schien keinen Einfluss auf das Feuer zu haben, das oben im Dachgebälk wütete. Natürlich war die Haustüre verschlossen (später sollte sich herausstellen, dass sie nur im Rahmen festklemmte). Er zerschlug mit dem Leuchter das Glasfenster im oberen Teil der Tür, konnte die Tür von innen öffnen und ins Haus gelangen.

John sah sofort, dass es unmöglich war, ins obere Stockwerk zu kommen. Dort brannten Türen und Wände, Flammen züngelten an den Dachbalken, die nicht mehr lange halten würden. Das Feuer musste bereits seit einigen Minuten dort oben wüten und von irgendwoher Nahrung bekommen, vielleicht von einem geöffneten Fenster? Er brüllte Fitzens Namen, doch Rauch und Ruß brachten ihn schnell zum Husten und Würgen.

Da hörte er Stimmen, Rufe … er rannte hinaus, ums Haus herum, doch noch ehe er die Hausecke erreichte, stieß er so vehement mit jemandem in Regenkleidung zusammen, dass er beinahe das Gleichgewicht verloren hätte. Fast zu spät erkannte Benthien, dass die Person ausholte und etwas nach ihm warf, vielleicht einen Stein, er konnte sich gerade noch wegducken, wurde aber an der Schulter getroffen.

Irgendjemand brüllte »Tommy«, und erst später wurde ihm klar, dass er selbst gerufen haben musste. Er raffte sich auf und stolperte weiter, um die Ecke, wo er erleichtert stehenblieb. Er entdeckte Fitzen, der gerade Annelie – die nichts als einen Pyjama trug – auf die Beine half. Offenbar hatten sie sich aus einem der oberen Fenster retten können.

»Weg hier«, schrie Fitzen, als er John entdeckte, »um Gottes willen weg hier, das Dach stürzt gleich ein!«

Er ergriff Annelie am Arm und zerrte sie mit sich. Benthien, der sah, dass sie humpelte, nahm ihren anderen Arm, doch nur so lange, bis er die dunkle Gestalt etwas abseits des Pfades entdeckte. Das musste doch derjenige sein, der den Stein nach ihm geworfen hatte? Was war geschehen? Benthien erinnerte sich dunkel, dass sie nach dem missglückten Wurf aneinandergerempelt waren. Da er in diesem Moment nur darauf bedacht gewesen war, auf die andere Seite des Hauses zu kommen, um zu sehen, was mit Fitzen und Annelie passiert war, hatte er die Gestalt nach ihrem Zusammenstoß ziemlich energisch beiseitegeschubst. Nun lag sie im nassen Gras und rührte sich nicht, offensichtlich hatte sie sich irgendwo den Kopf angeschlagen.

Als Annelie sie erblickte, entfuhr ihr ein entsetztes Stöhnen, sie schwankte, glitt aus Fitzens Arm und stürzte zu Boden. Gleichzeitig krachte ein Teil des brennenden Daches herunter, und die Feuerwehr traf endlich ein.

Häusliche Geschäfte

Zerstreut löffelte Ben Kaffee in den Filter. Dann befüllte er den Wasserkocher mit Leitungswasser, stellte ihn ziellos auf der Herdplatte ab und überlegte krampfhaft, wo er den Pfefferminztee stehen hatte. Oder sollte er lieber schwarzen Tee nehmen? Und wo war bloß die große Teekanne?

»Lass mich mal machen«, sagte Thyra hinter seinem Rücken energisch. Verwirrt betrachtete Ben die Oberstaatsanwältin. Über einer gestreiften Schlafanzughose trug sie eine seiner Cordhosen und über dem Schlafanzugoberteil eine ausgeschnittene, festliche Seidenbluse – jedenfalls nahm er an, dass sie aus Seide war. Die Schöße des gestreiften Schlafanzugs guckten unter der Bluse hervor. Die Beine ebenfalls, denn Thyra hatte die Cordhose ein Stück hochkrempeln müssen. Mit ihren zerzausten Haaren wirkte sie wie aus einem avantgardistischen Theaterstück entlaufen.

Allerdings war Thyra sehr effizient. Sie gab Wasser in die Kaffeemaschine und setzte sie in Betrieb, sie stellte den Wasserkocher auf das dazugehörige Unterteil, fand nach kurzem Suchen den Tee und die Teekanne und kommandierte Ben herum, indem sie genaue Ansagen machte. »Wir brauchen ein Tablett, Zucker, Milch, kleine Löffel und alle Becher, die ihr habt. Tassen mit Untertassen zu nehmen wäre nicht sehr hilfreich. Schaffst du das, Ben? Und hast du Thermoskannen, möglichst zwei, eine für Tee, eine für Kaffee, für die Feuerwehrleute? Ich mach dann schon den Rest.«

Natürlich schaffte er das! Er war verwirrt, erschrocken, verstört, aber deswegen noch lange nicht senil! Er brachte das Tablett ins Wohnzimmer, das noch immer vom Widerschein der tanzenden Flammen drüben auf der Düne beleuchtet wurde, drehte die Heizung auf und zündete einzelne Kerzen am Weihnachtsbaum an, und dann noch ein paar, die auf dem Sideboard standen, und auf dem Jöölboom.

Fitzen beobachtete ihn verwundert, sagte aber kein einziges Wort. Er hatte sich bereits abgetrocknet und umgezogen, die anderen waren noch oben.

»Glaubst du, man sollte den Jungs von der Feuerwehr nur Kaffee anbieten? Oder auch Tee? Oder nur Wasser?«

Fitzen blickte aus dem Fenster, vor dem rot und schwarz, knisternd und regenrauschend, die Nacht hing. Nach einigen Minuten schien ihm aufzufallen, dass Ben ihn etwas gefragt hatte. »Ja, später vielleicht«, sagte er unsicher.

»Mein Junge«, brummte Ben und tätschelte ihm die Schulter. Er stand auf und kam kurz darauf mit einem Küchenhandtuch zurück. »Hier, für deine nassen Haare. Sind die Socken auch warm genug, Tommy? Ich kann dir auch einen Fön bringen …«

»Danke, es ist alles okay. Ich brauche nichts mehr, vielen Dank.« Er hängte sich das Handtuch über den Kopf und starrte schon wieder aus dem Fenster.

John fror noch immer, obwohl er eine kurze, sehr heiße Dusche genommen und einen dicken Winterpulli angezogen hatte. Jetzt schlang er sich noch einen warmen Schal dreifach um den Hals. Er öffnete seine Tür und lauschte. Annelie befand sich in ihrem Zimmer, wo der Fön lief. Der neue »Gast«

war im Bad eingeschlossen worden, aus dessen Oberlicht er wohl kaum entkommen konnte.

Kriminalhauptkommissar Arndt Schäfer wurde erwartet, doch bevor er, aus tiefstem Schlaf gerissen, ausgehfertig und aus Hörnum angereist war, würde noch einige Zeit vergehen. Ein Arzt sollte auch mitkommen.

Annelie, die sich den Fuß verstaucht hatte und ein paar oberflächliche Brandverletzungen erlitten hatte, musste behandelt werden; vorerst hatte Benthien sie mit einer sterilen Salbenkompresse verarztet.

Fitzen hatte ihm inzwischen erzählt, was vorgefallen war. John fand, dass sein Kollege absolut vorbildlich gehandelt hatte. Er war durch Annelies Schreie aus einem leichten Schlummer erwacht, in ihr Zimmer gerannt und hatte die Person im Ölzeug, die sich ihm drohend entgegenstellte und in der er den Brandstifter vermutete, kurzerhand die Treppe hinunterbefördert. Zu dem Zeitpunkt brannte es unten noch nicht, dafür aber in Annelies Schlafzimmer. Er hatte die nächsten Flammen mit ihrer Bettdecke erstickt, dann aber erkannt, dass sie beide nicht mehr aus dem Zimmer und aus dem Haus herauskommen würden, zumindest nicht über die Treppe.

Zum Glück war das Fenster nur vier Meter über dem sandigen Boden gelegen, der an dieser Stelle von struppigen Heidekrautbüscheln bewachsen war. Nachdem er Annelie geholfen hatte, sich auf den Fensterrahmen zu setzen, war er aus dem zweiten Fenster gesprungen und heil unten angekommen. Danach hatte er Annelie aufgefangen und dadurch ihren Sturz gebremst. Kurz darauf war John zu ihnen gestoßen.

Der Brandstifter, den sie im nassen Gras liegend vorgefunden hatten, war durch Benthiens Stoß gestolpert, auf die Hausummauerung geprallt und hatte kurzzeitig das Bewusstsein verloren. Als sie ihn entdeckten, war er bereits wieder dabei gewesen, sich aufzurappeln, und hatte gegen Benthiens Polizeigriff erheblichen Widerstand geleistet. Benthien hatte sich noch gewundert, wie leicht und dünn sich die Person anfühlte. Bis auf die Haut durchnässt, waren sie alle am Friesenhaus angekommen, wo Ben und Thyra sie bereits voller Angst und Unruhe erwartet hatten.

Als er Annelies Kämmerchen betrat, saß sie regungslos im Dunkeln auf dem Bett, mit hochgezogenen Schultern, und starrte vor sich hin. Immerhin hatte sie sich die Haare getrocknet und etwas Warmes angezogen.

»Wir gehen jetzt nach unten«, sagte Benthien leise. »Hauptkommissar Schäfer wird auch bald hier sein, und er wird einen Arzt mitbringen.«

Annelie nickte stumm und erhob sich. John überlegte kurz, ob er sie stützen sollte oder ob sie es allein schaffen würde, doch Annelie ging humpelnd aus dem Zimmer und lehnte seine Hilfe ab.

Nachdem John sie ins Wohnzimmer gebracht hatte, ging er noch einmal ins Obergeschoss, um auch die eingesperrte Person aus dem Badezimmer nach unten zu geleiten.

Die Heilige Nacht

Benthien fand, dass in der Heiligen Nacht in seinem Haus eine fast gespenstische Atmosphäre herrschte. Das Zimmer war nur vom Kaminfeuer und von Kerzen beleuchtet, die sich in den dunklen Fenstern und im Bücherschrank widerspiegelten. Ab und zu bewegte sich eine der Kugeln am Baum. Obwohl sechs Personen im Raum anwesend waren, eine davon nicht allzu streng gefesselt, sprach niemand der Anwesenden. Draußen peitschten Windböen den Regen gegen die Fenster; das große Feuer war gelöscht worden, jetzt wurde nur noch nach Brandnestern gesucht. Die Rufe der Feuerwehrleute waren gedämpft zu hören.

»Ich habe ihnen Kaffee und Tee gebracht, jeweils eine Kanne«, sagte Ben, dessen weiße Haare im Schein der Kerzen leuchteten.

Benthien rührte in seinem Becher. »Wer möchte anfangen? Annelie?«

Ein Bild schoss ihm plötzlich in voller Klarheit durch den Kopf: das einer sauberen, aufgeräumten Küche, die nach Milch, Backpulver, Vanille und Zimt duftete, auf dem Tisch ein noch lauwarmer Schokoladenkuchen. Warum war es ihm nicht eher aufgefallen? Und dann ihre Aussage gegenüber Hinnerk Petering: *Ich war in Morsum gewesen. Am Kliff.*

Und Hinnerk, der verwundert sagte: *Aber wir haben keine Einbruchspuren bemerkt.*

»Der Weihnachtsmann in der Badewanne, die Drohung auf dem Spiegel, die zerbrochene Turbanfrau – das alles war fingiert, nicht wahr, Annelie? Die Drohung hast du selbst geschrieben und den Weihnachtsmann hast du selbst ertränkt. Warum?«

Im Zimmer war es still. John konnte förmlich spüren, wie entsetzt sein Vater war.

»Nähe, Anteilnahme«, sagte Thyra nach einer Weile des Schweigens, »war es das, Frau Jansen? Wollten Sie das erreichen? Weil Sie sich einsam fühlten?«

Annelie saß nur da und knetete ihre Hände. Sie blickte nicht auf.

»Sie suchten Anschluss, weil Sie Weihnachten allein sein würden«, fuhr Thyra behutsam fort, »und das konnten Sie nicht ertragen. Ihr Mann war gestorben, und Ihre Nichte, mit der Sie sich auf eine gemeinsame Zukunft gefreut hatten, war sehr plötzlich und unerwartet weggezogen. Da haben Sie eben den Einbruch erfunden, und schon hatten Sie Kontakt zu Ihren nächsten Nachbarn, den Benthiens. Auf einmal waren Sie für jemanden wichtig, und man kümmerte sich um Sie. Ich kann das gut verstehen, wissen Sie. Ich bin auch allein, und meine Tochter und ihre Familie leben in Australien. Dafür müssen Sie sich nicht schämen.«

Benthien sah, dass die Person auf dem Sofa, die noch immer ihr Ölzeug trug, sogar noch die Kapuze auf dem Kopf hatte, sich zum ersten Mal rührte. Fitzen hob den Kopf, und Ben saß verwirrt und unglücklich in seinem Sessel. »Wir hätten uns eher um Sie kümmern müssen«, murmelte er vor sich hin.

»Es tut mir leid«, flüsterte Annelie mit versagender Stimme.

»Sie war Schauspielerin«, sagte die Person auf dem Sofa

leise und mit Nachdruck. »Vergessen Sie das nicht! Sie kann auch privat sehr gut schauspielern.«

»Es ist wahr«, gestand Annelie, »ich habe nach einem Vorwand gesucht, mit euch in Kontakt zu kommen. Mir fiel zuhause die Decke auf den Kopf, gerade jetzt an Weihnachten. Die langen, dunklen Nachmittage und Abende ... und keiner war da, mit dem ich ein paar Worte reden konnte. Da habe ich mir eben diese Geschichte ausgedacht. Es war dumm von mir und tut mir wirklich sehr, sehr leid.«

»Die andere Geschichte, die mit dem Verfolger in den Dünen«, fragte Ben beklommen, »hast du dir die auch ausgedacht, Annelie? Gab es den überhaupt?«

Benthien schüttelte den Kopf. Er schrieb es der Müdigkeit und der Enttäuschung zu, dass sein Vater nicht mehr ganz logisch dachte. Natürlich musste die Geschichte wahr sein, schließlich hatte es einen Toten gegeben.

»Haben Sie's immer noch nicht kapiert?«, fragte ihr Gast auf dem Sofa grob. »Einen Verfolger gibt es nicht! Auch den hat sie erfunden. Sie war es, sie selbst hat Olaf getötet!«

»Wir wissen noch nicht, woran er starb«, sagte Thyra scharf.

»Und den Verfolger gab es, keine Frage«, stellte Fitzen klar. »Als ich vorhin mit Schäfer telefoniert habe, hat er es mir erzählt. Es handelt sich um einen gewissen Dr. Mark Kellermann, Chirurg aus Neumünster. Ihn hat offenbar das schlechte Gewissen geplagt. Er hat gestern bei der Polizei angerufen und seine Aussage gemacht.«

»Er hat Hofmeister niedergeschlagen?«, fragte Thyra verblüfft.

»Nein, er hat ihn gefunden. Er ist auf Sylt gewesen, um seine Freundin zu treffen und mit ihr Schluss zu machen. Er wollte zu seiner Ehefrau zurückkehren. Gerade deshalb durfte sie von dem Treffen nichts wissen. Offiziell war er auf einem Ärztekongress. Damit seine Lügengeschichte nicht aufflog, hat er sich nicht als Zeuge gemeldet. Er sagte, ihm war klar gewesen, dass Hofmeister tot war, keiner hätte ihm mehr helfen können.«

»Er hätte zumindest anonym eine Meldung machen können«, sagte Thyra.

Aber Annelie auch, dachte Benthien bedrückt.

Fitzen nickte. »Jetzt hat er womöglich Ärger am Hals wegen unterlassener Hilfeleistung. Aber der Täter war er nicht.«

»Aber er hat doch Annelie verfolgt?«, fragte Ben verwirrt.

Fitzen schüttelte den Kopf. »Er hat sie überhaupt nicht bemerkt. Er ist genau wie sie durch den Nebel geirrt, auf der Suche nach seinem Auto. Annelie war nie in Gefahr.«

»Es war Annelie, die Olaf getötet hat«, wiederholte die Person auf dem Sofa.«

»Warum sollten wir Ihnen das glauben?«, fuhr Ben auf. »Sie haben den Brand gelegt! Sie wollten Annelie heute Nacht umbringen!«

»Ich weiß es, weil sie es mir gesagt hat!« Die Stimme unter der Kapuze klang schneidend kalt.

John betrachtete die unschönen Züge, die sich im Schatten der Kapuze zu verbergen suchten. Seitdem das Foto, das auf Annelies Nachttisch stand, aufgenommen worden war, war Lydia nicht eben hübscher geworden.

Ben schwieg schockiert, doch Thyra sagte: »Das kann jeder behaupten! Beweisen Sie es uns.«

»Das muss ich nicht«, sagte Lydia. »Aber ich erzähle Ihnen eine Geschichte.« Sie hob die gefesselten Handgelenke und wischte die Kapuze zurück. Einen Kaffee hatte sie abgelehnt.

»Ich bin seit fünf Jahren, nach einer sehr unerfreulichen Ehe, geschieden. Nachdem Annelies Mann an Krebs gestorben war, bot sie mir an, zu ihr zu ziehen. Wir haben uns immer sehr nahe gestanden.«

Sie hob ihre gefesselten Hände und wischte sich über die Nase.

»Vor drei Monaten bin ich mit ihr hierher nach Sylt gezogen. Wir hatten vor, hier in Ruhe und Frieden zu leben, wir waren beide einsam, aber wir waren uns selbst genug. Dann, vor ein paar Wochen, lernte ich Olaf kennen.« Sie schwieg eine Weile, um ihre Stimme wieder in den Griff zu kriegen.

»Olaf hatte in der Nachbarschaft ein Ferienhaus gemietet, dasselbe, in dem sich seine Frau jetzt umgebracht hat. Es traf uns wie ein Blitz, wie man so schön sagt. Wir wussten sofort, dass wir zusammengehörten. Olaf wollte sich von seiner Frau trennen. Wir hatten vor, zeitweise in Deutschland, aber hauptsächlich auf Mallorca zu leben ...«

»Olaf war pleite, Lydia«, sagte Annelie leise. »Er war ein Lügner und Betrüger. Er wollte auch seine Frau nicht verlassen. Das hat er mir selbst erzählt, als ich ihn in den Dünen getroffen habe. Da hat er dir was vorgemacht.«

»Du lügst«, sagte Lydia.

»Ich habe dir das alles bereits letzte Nacht erzählt, Kind.« Sie wandte sich an die anderen. »Ich war überrascht, als ich Olaf vor ein paar Tagen auf der Straße traf. Er grinste mich spöttisch an und erzählte mir, dass er mit seiner Frau hier auf Sylt die Weihnachtstage verbringen wolle. Da Lydia ja gerade seinetwegen nach Holzminden gezogen war, hat mich das natürlich sehr verwundert.

Später habe ich ihn angerufen und um ein Treffen gebeten. Ich wollte wissen, was er eigentlich mit dir vorhatte, Kind. Wir haben uns am Dünenparkplatz getroffen. Warum er da allerdings ein Nikolauskostüm trug, weiß ich nicht.«

Annelie nahm einen Schluck Kaffee. »Ich habe schnell

gemerkt, weshalb er so bereitwillig darauf eingegangen war, mich zu treffen. Er war ein Sadist, Lydia. Und ein Betrüger. Weißt du, dass man ihn wegen betrügerischer Insolvenz angeklagt hatte? Er hat Geld unterschlagen, er ist ein Spieler und ein Schnorrer. Ich weiß das, weil ich ihn durch eine ehemalige Kollegin überprüfen ließ. Er hätte deine Ersparnisse genommen und dich anschließend verlassen, denn er wollte weiterhin mit seiner Frau zusammenleben. Er hätte dich zugrunde gerichtet, Lydia. Und das alles hat er mir voller Vergnügen beschrieben, weil er wusste, du würdest es mir nie glauben, wenn ich es dir erzählte.«

»Ich glaube dir auch jetzt kein Wort!«

»Er hat es mir selbst gesagt«, wiederholte Annelie müde. »Er hat dem Treffen zugestimmt, weil er mir vor Augen führen wollte, dass er alles mit dir machen kann, weil er Einfluss auf dich hat und ich nicht. Er wollte mir zeigen, wie deine Zukunft aussehen würde! Es hat ihm geradezu Spaß gemacht, mir seine Pläne mit dir zu schildern. Er wusste ja, dass ich völlig ohnmächtig war. Er war kein guter Mensch, Lydia.«

»Er war der einzige Mensch, den ich hatte!«, schluchzte ihre Nichte.

Annelie seufzte. »Zähle ich nicht?«

Lydia blickte sie wild an. »Du hast ihn getötet, weil du nicht allein sein wolltest! Das war der Grund. Du dachtest, ich würde dann zurückkommen nach Sylt! Du hast dich mit ihm getroffen, heimtückisch, angeblich, um in aller Ruhe mit ihm zu reden, und dann hast du ihn niedergeschlagen und getötet. Aus reinem Egoismus!«

»Wie sollte das gehen?«, unterbrach sie Thyra. »Frau Jansen ist sehr viel kleiner als Hofmeister.«

»Sie wissen nicht viel über Annelie, was?«, bemerkte Lydia verächtlich. »Sie hat früher, in ihrer Jugend, Korbball gespielt, war sogar in der Kreisliga. Sie hat mir oft von ihren Erfolgen erzählt. Mit einem großen Stein konnte sie mühelos einen tödlichen Wurf landen!«

»Und wo ist der Stein jetzt?«, fragte Benthien scharf.

»Den hat sie in einer Sanddüne versteckt«, antwortete Lydia müde. »Sie hat mir ja alles erzählt, als sie gestern Abend ins Haus kam und mich dort überraschte. Sie hatte solche Angst, dass sie mir alles gestanden hat.«

»Haben Sie da den Entschluss gefasst, Annelie umzubringen?«, fragte Fitzen.

»Sie hat mein Leben zerstört«, sagte Lydia einfach. »Sie hat ihn getötet, dafür sollte nun sie sterben. Ich bin sofort hierhergefahren, als ich hörte, dass Olaf tot war. Ich wusste da bereits, dass sie es gewesen war.«

»Sollte ich denn warten, Lydia, bis der Kerl dein Leben zerstört hätte?«, murmelte Annelie. »Warum, glaubst du, hat er dich an Weihnachten allein gelassen? Warum hat er dir verboten, auch nach Sylt zu kommen? Er wollte Gunilla nicht verlassen. Du wärst für ihn viel zu unbequem gewesen, zu stark, zu selbstständig. Er wollte nur dein Geld, mein Kind. Als ich das begriffen hatte und endlich kapierte, was für ein Mensch er war … ich war so außer mir, und dann lag da auf einmal der Stein, und ich ergriff ihn und habe ihn niedergeschlagen … ich hätte nie gedacht, dass ich zu so etwas fähig wäre.«

Annelie zitterte, als würde sie frieren. Ihre hellen Augen schienen in eine andere Welt zu blicken. »Er schwankte, und ich lief weg, versteckte mich hinter einem Dünenvorsprung. Ich beobachtete, wie er fiel … und dann tauchte plötzlich der andere Mann aus dem Nebel auf. Und ich lief voller Panik davon.« Sie wandte sich an ihre Nichte. »Du kannst von mir doch nicht erwarten, Kind, dass ich zusehe, wie du an dieser Beziehung zugrunde gehst.«

»Sie ist Schauspielerin«, wiederholte Lydia. »Glauben Sie ihr kein Wort. Sie spielt Ihnen etwas vor. In Wirklichkeit denkt sie nur an sich.«

Gegen 3:30 Uhr in der Nacht kam Schäfer und verhaftete Annelie Jansen und ihre Nichte Lydia Voss wegen Totschlags und Brandstiftung und nahm beide mit auf das Polizeirevier nach Westerland. Lydia schien noch immer voller Wut zu sein, Annelie wirkte apathisch. Kurz bevor sie das Haus verließ, blieb sie noch einmal stehen und schaute John aus ihren hellen Augen eindringlich an.

»Ich hätte nie gedacht, dass ich jemals einen Menschen töten könnte«, sagte sie. »Es ist furchtbar, und ich wollte, ich hätte diese Erfahrung niemals machen müssen. Es wird mich mein Leben lang verfolgen. Aber ich wollte meine Nichte vor Schaden bewahren. Können Sie das verstehen?«

Sie siezte ihn wieder, wohl weil sie das Gefühl hatte, seine Freundschaft nicht zu verdienen.

John, der keine Antwort darauf fand, schloss leise die Tür hinter ihr.

Weihnachtsmorgen

»Das musste auf eine Katastrophe hinauslaufen«, behauptete Thyra. »Eine alte, einsame Frau, die ihre Nichte an sich binden wollte. Ein skrupelloser Mann, eine Frau, die ihre besten Jahre bald hinter sich hat und noch einmal eine Chance sah, wenigstens für kurze Zeit glücklich zu sein. Ich bin nicht der Meinung, dass Lydia sich großen Illusionen hingab. Aber versuchen wollte sie es wenigstens.«

»Ich glaube Annelie, dass sie es aus Sorge um ihre Nichte getan hat«, sagte Ben. »Und eines steht auch fest: Wenn ich mich von Anfang an mehr um sie gekümmert hätte, wäre das alles wahrscheinlich nicht passiert. Dann hätte sie den Gedanken aushalten können, ohne Lydia hier zu leben.«

»So weit kommt es noch, dass du dir Vorwürfe machst, Vater!«, rief Benthien entrüstet.

»Sollten wir nicht irgendwohin essen gehen?«, schlug Fitzen vor.

Der erste Weihnachtstag war als ein wunderbarer Wintertag über der Insel aufgestiegen, mit einer strahlenden, kalten Sonne am azurblauen Himmel. Obwohl Thyra heftig protestierte, hatte man sie bis zum Strand mitgeschleift. Die Dünen und der Sand leuchteten hell in der Sonne, das Meer rollte flaschengrün, in mächtigen Wellen, unter weißen Schaumkämmen an die Küste. Etliche Menschen nutzten das schöne Wetter, nur Thyra stöhnte über den kalten Wind. Jetzt schnauzte sie Tommy an.

»Wenn du glaubst, ich gehe in dieser Aufmachung in ein Restaurant, dann hast du dich geschnitten, mein Lieber! Ich sehe doch aus wie eine Landstreicherin.«

»Eigentlich eher wie eine Bankräuberin«, spöttelte Benthien und musste lachen.

Thyra hatte tatsächlich außer Röcken, Blusen und Pumps keine wetterfeste Kleidung mitgenommen, sodass sie aus dem Hause Benthien damit versorgt werden musste: Bens Cordhose von letzter Nacht, ein Paar Stiefel und ein Winterparka, die noch von Johns Mutter da waren, Socken und ein dicker Rollkragenpullover von John sowie eine schwarze Mütze von Tommy Fitzen. Da Thyra keinen steifen Wind gewöhnt war, hatte sie sich bei Tommy die Erlaubnis geholt, in seine voluminöse Mütze Löcher für Augen, Mund und Nase schneiden zu dürfen, und sah damit ziemlich gefährlich aus, einem Bankräuber nicht unähnlich.

»Ich wäre auch dafür, essen zu gehen«, unterstützte Ben Fitzen, und Thyra musste sich notgedrungen fügen, wenn sie nicht alleine nach Hause laufen wollte.

»Aber vergiss nicht, deine Sturmhaube abzusetzen, wenn wir wieder in die Zivilisation kommen«, zog John sie auf, »sonst ruft noch jemand die Polizei!«

Am Nachmittag saßen sie alle im gemütlichen alten Friesenhaus beisammen. Die Kerzen brannten, Gebäck stand auf dem Tisch, der Christbaum glitzerte in den Scheiben des Bücherschranks. Vor den Fenstern hing noch immer beißender Brandgeruch, denn Annelies Haus war bis auf die Grundmauern niedergebrannt. Ben, Thyra, John und Tommy kuschelten sich in die Polster, wärmten sich am Kaffee und rückten eng zusammen, als wären ihre Gesellschaft und das Haus ein Kokon, der sie schützte.

»Wisst ihr, was mich nicht loslässt?«, sagte Ben nach einer Weile des Schweigens. »Wenn Annelie im Frühjahr hierhergekommen wäre und nicht im Herbst, kurz vor Weihnachten, wäre das alles nicht passiert. Ist das nicht ein entsetzlicher Gedanke?«

»Was hat die Jahreszeit damit zu tun?«, fragte Fitzen.

»Sie hätte im Frühling und Sommer viel mehr Gelegenheit gehabt, hier Freunde zu finden, oder zumindest Bekannte«, antwortete John anstelle seines Vaters, »sie wäre nicht so einsam gewesen. Und der Auszug ihrer Nichte hätte sie nicht in solch einen Schockzustand versetzt.«

»Sie hat alles verloren«, sinnierte Thyra. »Selbst wenn man sie nur wegen Totschlags anklagen sollte und sie im günstigsten Fall nach fünf Jahren wieder herauskäme: ihre Nichte, ihr kleines Häuschen, ihre Zukunft – alles weg. Und das wegen solch eines Schmalspur-Ganoven!«

»Sie braucht einen guten Anwalt«, warf Ben ein.

»Totschlag ist schon mal sicher«, erklärte John. »Schäfer hat mir vorhin den Obduktionsbefund durchgegeben. In der Kopfwunde von Olaf Hofmeister war Erde und Dünensand zu finden.«

»Und warum deutet das auf Totschlag hin?«, wollte Ben wissen.

»Es stützt Annelies Aussage, dass sie ihn mit einem Stein angegriffen hat, den sie am Weg gefunden hat. Hätte sie einen Stein – oder eine andere Waffe – von zuhause mitgebracht, wären keine solche Anhaftungen daran gewesen. Und dann stünde der Vorwurf von vorsätzlichem Mord im Raum. Aber ein gewiefter Anwalt hätte auch die Möglichkeit, auf Notwehr zu plädieren. Das wäre nicht mal so unwahrscheinlich. Damit könnte Annelie sogar freigesprochen werden.«

»Das wunderbare Weihnachtsgebäck«, sagte Ben traurig, »ist alles, was von Annelie geblieben ist. Und ihre Konfitüre.«

»Und die Vögel«, warf John ein. »Die Vögel am Baum, die sie als Kind geschenkt bekam.«

»Ach ja«, Bens Gesicht hellte sich auf, »die werde ich ihr ins Gefängnis mitbringen. Dann fliegen sie durch ihre kleine Zelle, als eine Erinnerung an ihr Zuhause.«

»Leute, wir haben noch eineinhalb Tage Weihnachten!«, fuhr Fitzen dazwischen, »mit Sentimentalitäten sollten wir uns gar nicht erst abgeben. Thyra fängt auch schon gleich an zu heulen, weil ihre Kinder so weit weg sind. Ich zum Beispiel würde gerne wissen, wann wir die Gänsekeulen essen!«

»Hast du einen Knick in der Linse, Tommy? Ich heule doch nicht!«, sagte Thyra empört und stand auf. »Komm, Ben, ab in die Küche! Heute Abend essen wir deinen wunderbaren Kartoffelsalat und die Reste von Annelies Rinderfilet, und morgen die Keulen, und die bereiten wir jetzt vor.«

»Vergesst die *Toten Tanten* nicht!«, rief ihnen John hinterher. »Die brauchen wir jetzt dringend. Ich zumindest.«

»Hat er eben was von ›faulem Pack‹ vor sich hingemurmelt?«, fragte Fitzen mit unterdrückter Stimme, nachdem die beiden das Zimmer verlassen hatten.

»Er behandelt uns doch sowieso wie Kinder«, beruhigte ihn John und legte die Füße auf den Tisch, »und Kinder haben in der Küche nichts zu suchen. Das sollte sogar mein Vater einsehen.«

Luca Meinhardt wurde einen Tag vor Silvester in der Nähe von Dresden festgenommen.

Wie sich herausstellte, war er nie auf Sylt gewesen.

Nina Ohlandt

Ist so kalt der Winter

Nordsee-Krimi

Hinweis für die Leser:
Die Kurzromane um John Benthien und sein Team sind zeitlich *vor* den Romanen angesiedelt!

Personenliste

Die Kripo aus Flensburg:
John Benthien, Erster Hauptkommissar
Tommy Fitzen, Oberkommissar
Lilly Velasco, Oberkommissarin

Die Gastgeber der Weihnachtsfeier:
Sonja Liebertz, Erzieherin
Julian Liebertz, Architekt
Babette Neumeyer, Sonjas Mutter, psychosozialer Dienst

Die Gäste der Weihnachtsfeier:
Hedi Schuster, Steuerfachangestellte, »Die Fröhliche«
Rose-Marie Heine, Krankenschwester, »Die Pechmarie«
Fredi Osterhage, Sonjas Ex, Galeriebesitzer, »Der Kumpel«
Armin Töpfert, IT-Fachmann, »Der Unheimliche«
Wolfgang Runge, Bankkaufmann, »Der Schmusebär«
Matte Blum, Hausmeister und Faktotum,
»Der Zuverlässige«

Andere:
Eric Kantor, »Der Eifersüchtige«
Mona und Florian (Mo und Flo), Sonjas und Fredis Kinder

18. Dezember

Er erwachte, weil jemand in seiner Nähe weinte. Es waren seltsam kindliche Laute, und es dauerte eine Weile, bis er merkte, dass er selbst es war, der diese Laute ausstieß. Das Kissen war unangenehm nass von seinen Tränen. Außerdem war ihm heiß, sein Kopf schmerzte. Er hatte furchtbaren Durst und Mühe, einen klaren Gedanken zu fassen. War es früher Morgen oder später Nachmittag? Wieso lag er angezogen im Bett? Selbst die Schuhe trug er noch an den Füßen. Eine Weile döste er weiter vor sich hin, bis es ihm mit einem Schlag wieder einfiel. Er hatte getrunken, den ganzen Vormittag über, zuerst Weißwein, dann Bier, dazu mehrere Schnäpse. Gefrühstückt hatte er, soweit er sich erinnern konnte, nicht, und auch später hatte er nichts zu sich genommen außer dem Alkohol, an den er nicht gewöhnt war. Irgendwann war ihm übel geworden und schwindlig. Er war ins Schlafzimmer getorkelt, das noch vollstand von unausgepackten Umzugskartons, und wie betäubt aufs Bett gefallen. Kein Wunder, er schlief ja auch kaum in den Nächten.

Er angelte nach einer Flasche Wasser, die auf dem Nachttisch stand, und trank wie ein Verdurstender. Die Anzeige auf dem Wecker sagte ihm, dass es halb vier Uhr nachmittags war. Draußen dämmerte es bereits, und Schneeflocken fielen sanft wie Federn vom Himmel. Vielleicht würde es dieses

Jahr endlich einmal weiße Weihnachten geben? Doch dann fiel ihm ein, dass ihm das herzlich egal sein konnte, denn für ihn würde es kein fröhliches Fest geben. Dieses Jahr nicht und vielleicht nie wieder.

Er wusste, er sollte aufstehen, eine Tablette gegen seine Kopfschmerzen nehmen, pinkeln, aber er ließ sich stöhnend wieder in die Kissen sinken. Eigentlich wollte er nur schlafen, nichts denken, nichts fühlen, geborgen sein im großen schwarzen Nichts.

Doch dann fiel sein Blick auf das Nikolauskostüm, das auf einem Bügel am Kleiderschrank hing. Rote Hosen, rote Kapuzenjacke, gesäumt von weißem Kunstpelz, ein weißer Rauschebart. Auf dem Nachttisch lagen ein Paar buschige weiße Augenbrauen, die er im Kostümverleih gefunden hatte. Er war sich sicher, dass ihn in dieser Verkleidung niemand erkennen würde. *Sie* vielleicht, doch niemand sonst. Allerdings fragte er sich allmählich, was er mit dieser Aktion eigentlich bezweckte? Wäre es nicht besser, einfach als er selbst zu dieser sogenannten Party zu gehen? Warum die Verkleidung? Und was *wollte* er dort eigentlich? Außer vielen wirren Ideen hatte er keine Strategie. Oder doch? Er hatte es schon des Öfteren erlebt, dass er instinktiv wusste, ohne explizit darüber nachzudenken, was zu tun war, als ob eine innere Stimme ihn denken und handeln ließe. Vielleicht sollte er einfach abwarten und Vertrauen haben?

Er schloss die Augen, lauschte dem Verkehr der Stadt, der im gleichförmigen Rhythmus über die Bundesstraße rauschte. Beinahe wäre er wieder eingedöst, doch dann sprang er aus dem Bett, ging mit einer tranceartigen Zielstrebigkeit zum Kleiderschrank und entnahm der untersten Schublade eine Pistole. Er wog sie in der Hand, fuhr sanft mit dem Finger über den Lauf. Dann steckte er sie in die Tasche der Nikolausjacke.

Er wusste immer noch nicht, was er tun würde.

Er wusste nur, dass ihm die kleine, tödliche Waffe Mut und Selbstvertrauen geben würde … auch wenn er keine Munition dafür besaß.

25. Dezember

Schnee. Nichts als Schnee. Fast schon sibirische Verhältnisse. Zumindest stellte sie sich diese so vor, denn in Sibirien war sie nie gewesen. Die weiße Pracht erstreckte sich über das weite, flache Marschland, über Felder und Viehweiden, unübersehbar, nur der ferne Deich begrenzte den Horizont.

Seit sie vom Spaziergang zurückgekommen waren, hatte es wieder zu schneien begonnen, und alle Fußspuren, die zu dem kleinen Holzpavillon mit der neuen Sauna hätten führen müssen, waren schon wieder unter einer flauschigen Schneedecke verschwunden. Das strahlende Weiß schien rein und unberührt.

Sollte sie sie holen? Ein Blick auf die Uhr sagte ihr, dass geraume Zeit vergangen sein musste, seit die kleine Gesellschaft die Sauna aufgesucht hatte. Drinnen im Haus bereiteten Babette und die anderen gerade einen Brunch vor, obwohl sie, wenn sie ehrlich war, nach dem gestrigen Weihnachtsmahl und dem Mitternachtsimbiss noch keinerlei Hunger verspürte.

Sie zögerte, dann streifte sie ihren fellgefütterten Parka über – die Stiefel hatte sie sowieso noch an – und stapfte durch den wieder einsetzenden Schneefall auf den Pavillon zu. Ihre Füße bildeten einen frischen Pfad in dem schneebedeckten Hof, als wäre sie der erste Mensch auf Erden in einer reinen, weißen Welt, am Anfang einer neuen Zeit.

Als sie sich dem Pavillon näherte, fiel ihr auf, wie ruhig es war, geradezu klösterlich still in der kalten Luft. Aus dem Schornstein stieg steil der Rauch nach oben, als setzte er ein unabänderliches Zeichen. Ihr Herz schlug schneller. Sie blieb stehen und atmete tief durch. Behutsam öffnete sie die Tür zum Vorraum; vorsichtig, fast auf Zehenspitzen, betrat sie den Pavillon, der noch immer nach frisch geschlagenem Holz duftete. Die Tür zur Sauna war geschlossen, durch das Fenster konnte sie niemanden sehen.

Sie drückte die Klinke nach unten. Feuchte Hitze schlug ihr entgegen und nahm ihr fast den Atem.

Dann blieb sie abrupt stehen.

26. Dezember

Kurznachricht in der Online-Ausgabe der *Küsten-Rundschau:*

Niebüll. Ein tragischer Vorfall hat sich am ersten Weihnachtsfeiertag im Elisenkoog zugetragen. Auf einem Hof wurden in einer Sauna drei Tote gefunden. Wie diese zu Tode kamen, ist noch unklar, sie werden zurzeit obduziert. Die Polizei schließt weder einen Unfall noch Fremdverschulden aus.

Wir berichten.

Zwei Wochen zuvor

Tommy Fitzen, Oberkommissar bei der Kripo in Flensburg, kramte aus seinem schier unerschöpflichen Jutesack mit trashiger Weihnachtsdeko ein besonders scheußliches Exemplar hervor – einen obszön die Hüften schwingenden, singenden, albern grinsenden Weihnachtsmann – und stellte es genau in die Mitte zwischen seinem Schreibtisch und dem seines Kollegen.

»Tu das sofort weg!«, kommentierte sein langjähriger Freund aus Kindertagen, Erster Hauptkommissar John Benthien, und betrachtete angeekelt den swingenden Rotrock. »Davon kriegt man ja Ohrenkrebs.«

Fitzen antwortete nicht, sondern präsentierte als nächste Überraschung eine Lichtergirlande aus seelenvollen Engelsköpfen, die er entlang eines staubigen Aktenregals befestigte. Mit kindlicher Begeisterung sagte er: »Schau mal, was passiert, wenn ich das Licht anmache!«

Der stuhlkippelnde Benthien fiel vor Schreck beinahe hintenüber, als die Engelsgesichter anzüglich mit den großen Augen zu klimpern begannen.

»Wo treibst du nur immer diesen scheußlichen Krempel auf?«, echauffierte er sich, aber Fitzen lachte nur.

Es klopfte. Lilly Velasco, die neue Kollegin, die im Frühjahr aus Lüneburg zu ihnen gekommen war, steckte den Kopf herein. Sie schien, jetzt zum Ende der Dienststunden, Lust auf ein Schwätzchen zu haben. Fitzen ging in die kleine Etagenküche und kam mit drei Instant-Cappuccino zurück, Benthien spendierte die Schokostreusel dazu. Man sprach über Weihnachten. Fitzen, der mit seiner Lebensgefährtin Katharina und ihrer gemeinsamen Tochter Jenny zusammenlebte, erzählte, dass er an Heiligabend eine Party geben und einige Freunde dazu einladen wolle. »Wollt ihr nicht auch kommen?«, fragte er. »Lilly, du kennst in Flensburg doch noch nicht so viele Leute. Du bist herzlich bei uns eingeladen.«

»Hattest du nicht vor, zu deinem Vater in die Heide zu fahren?«, fragte Benthien, rutschte auf seinem Stuhl in eine bequemere Position und legte die Füße auf den Schreibtisch neben einen Stapel angestaubter Akten.

»Mein Vater hat beschlossen, dieses Jahr mit einem befreundeten Ehepaar auf Teneriffa wandern zu gehen«, erklärte Lilly und baumelte mit den Beinen. »Und ich überlege gerade, ob ich nicht eine Freundin in der Schweiz besuche. Aber danke für die Einladung, Tommy!«

»Du bist natürlich auch herzlich eingeladen, Partner, das weißt du«, sagte Fitzen, zu Benthien gewandt. Der grinste kläglich, wurde jedoch gleich wieder ernst.

»Ich glaube, dass Karin andere Pläne hat. Partys an Heiligabend sind nicht so ihr Ding. Wahrscheinlich müssen wir wieder zu ihren Eltern nach Holnis. Oder sie kommen zu uns. Sie sollen ja unser neues Haus bewundern.«

Benthien lebte seit einigen Jahren mit einer Physiotherapeutin zusammen, die eine Praxis in Niebüll betrieb. Weil ihr die tägliche Fahrt von Flensburg nach Niebüll zu beschwerlich war, hatten sie vor Kurzem ein Haus in Leck angemietet, sodass nun Benthien jeden Tag die Fahrt über die B 199 nach Flensburg antreten musste. Für Celina, Karins Tochter, hatte die Mutter ein eigenes Zimmer in ihrer Praxis eingerichtet, wo sie sie einigermaßen unter Aufsicht hatte.

»Tja, da muss man sich eben auch mal durchsetzen«, zog Fitzen seinen Freund auf, »spiel den Macho, mach den Chauvi, Jonny-Boy, zeig ihr, wo der Hammer hängt.«

»Fitzen, hast du getrunken? Lass die Sprüche. Und knips diese bescheuerten Engel aus. Die machen mich ganz rammdösig.«

»Ja, schrecklich, man muss unwillkürlich hinsehen, ob man will oder nicht«, meinte auch Lilly.

»Das Zwinkern kann man ausschalten«, sagte Fitzen stolz, »und das Licht bleibt trotzdem an. Raffiniert, was?«

»Warum machst du das nicht gleich?« Benthien war immer noch mürrisch und seine Laune nicht die beste. Doch dann besann er sich und fragte nach Lillys Vater. Genau wie sein eigener war Lillys Vater Witwer, allerdings ein ziemlicher Eigenbrötler, wie er gehört hatte. Sie plauderten noch ein paar Minuten, bis Fitzen wieder anfing, in seinem Nikolaussack zu kramen. Um der nächsten »Überraschung« zu entgehen, sprang Benthien auf, zog seine Jacke an und meldete sich für heute ab in den Feierabend. Auch Lilly verabschiedete sich.

»Ich dekoriere noch ein bisschen«, verkündete Fitzen, nur um Benthien zu ärgern, »damit es hier morgen nicht mehr so kahl aussieht. Lauter nützliche Sachen!« Grinsend stellte er eine Rolle Klopapier auf den Tisch, neckisch bedruckt mit Nikoläusen und zähnebleckenden Elchen.

Um ein Haar wäre Lilly, nachdem sie sich von Kollege Benthien verabschiedet hatte, vor dem Polizeipräsidium in eine Frau hineingelaufen. Sie entschuldigte sich zerstreut und wollte weitergehen, als sie plötzlich eine vertraute, aber seit Langem nicht mehr gehörte Stimme hinter ihrem Rücken vernahm: »Mein Gott, Lilly!«

Sie drehte sich um. »Sonja?«

Es war schwer zu glauben. Lilly hatte Sonja, die sie aus gemeinsamen Kindertagen in einem Dorf in der Lüneburger Heide kannte, mindestens drei Jahre lang nicht mehr gesehen. Und davor auch nur sporadisch. Längst hatten sich ihre Wege getrennt. Lilly war auf die Fachhochschule gegangen und später in Lüneburg in den Polizeidienst eingetreten; Sonja hatte eine Ausbildung zur Erzieherin gemacht, geheiratet, zwei Kinder bekommen, sich dann wieder scheiden lassen und war nach Süddeutschland gezogen. So weit war Lilly auf dem Laufenden. Aber dann hatte sie ihre Freundin aus den Augen verloren. Und nun stand sie auf einmal vor ihr, in Flensburg, an einem nasskalten Vorweihnachtstag!

»Wolltest du zu uns? Zur Polizei?«, fragte Lilly verblüfft, nachdem sich beide lange umarmt hatten.

»Nein, wirklich nicht«, sagte Sonja lachend. »Ich bin wohl rein zufällig hier gelandet, in Flensburg kenne ich mich noch nicht so richtig aus.«

»Dann wohnst du jetzt hier? Das gibt es doch nicht!«

Sonja zögerte. »Eigentlich bin ich hier, um Weihnachtseinkäufe zu machen. Ich wohne ein ganzes Stück weg von hier, im Elisenkoog.«

»An der Nordsee? In den Marschen? Direkt hinterm Deich? Wie romantisch!«

Sonja schmunzelte. »Ja, kann man so sagen.«

»Aber doch nicht du allein?«

Die Freundin blieb stehen; sie strahlte übers ganze Gesicht. »Nein, natürlich nicht! Ich habe wieder geheiratet, Lilly! Vor ein paar Wochen. Er heißt Julian und ist Architekt. Wir haben gerade unser Haus fertiggestellt, das heißt, wir haben einen alten Hof renoviert und umgebaut. Ach Mensch, ich bin noch ganz durcheinander. Sag mal, hast du nicht ein bisschen Zeit?

Gibt's hier in der Nähe ein Café oder so was? Wo wir reden können?«

Lilly musste lachen. Das war sie, immer noch, ihre leicht chaotische Sonja; das Leben hatte ihr noch nicht die sonnigen, unbekümmerten, impulsiven Seiten austreiben können.

Sie drückte Sonjas Arm. »Ja, ein Café ›oder so was‹ werden wir sicher auftreiben können. Komm einfach hinter mir her und halte dich an meinem Mantelzipfel fest. Wie früher.«

Sie kicherten wie die Kinder. Da Sonja immer etwas zerstreut gewesen war, war sie früher häufiger mal verloren gegangen, war stehen geblieben, um Beeren zu pflücken, in die Luft zu gucken, hinter einem Kaninchen herzulaufen oder einen Maikäfer aufzusammeln.

Ein Café war schnell gefunden. Sie setzten sich an einen weihnachtlich geschmückten Tisch, bestellten Apfelkuchen, und Sonja erzählte von ihrer Hochzeit, die sie, allein in trauter Zweisamkeit, in Dänemark gefeiert hatten.

»Und wo hast du dieses Prachtstück von einem Mann aufgetrieben?«

»Erinnerst du dich? Ich habe dir doch erzählt, dass ich nach meiner Scheidung nach Heidelberg ziehen wollte, das war immer mein Traum gewesen. Leben mit dem Blick auf den Heidelberger Schlossberg!«

»Ja, und danach hast du dich nie mehr gemeldet!«

Sonja machte ein schuldbewusstes Gesicht. »Lilly, das tut mir wirklich leid! Ich habe in einer Pension gearbeitet, das hatte den Vorteil, dass ich dort mit den Kindern wohnen konnte. Du ahnst nicht, was so ein Hotelbetrieb, selbst wenn es nur ein B&B ist, für eine Arbeit macht. Und dann musste ich mich um meine beiden Rabauken kümmern. Ich bin abends todmüde ins Bett gefallen, für die Kontakte mit Freunden blieb praktisch kaum noch Zeit. Aber … in dieser Pension habe ich Julian kennengelernt, er traf sich da oft mit Freunden. Und jetzt sind wir wieder hier, im Norden. Ach Lilly, ich bin so froh, dich zu sehen! Ich hätte sonst deinen Vater nach deiner Adresse gefragt, ganz bestimmt!«

Sie hat sich kaum verändert, dachte Lilly. Immer noch war sie der helle, sommersprossige Typ mit den Grübchen um die Mundwinkel und den ungefärbten rotblonden Haaren, die sich in widerspenstigen Wellen um ihr Gesicht schmiegten. Keine klassische Schönheit, aber apart und offensichtlich glücklich. Lilly war eigentlich kein neidischer Mensch, aber jetzt fühlte sie doch einen kleinen Stich im Herzen. Ihr Freund Simon war als Kriegsfotograf in den Krisengebieten dieser Welt unterwegs und so leidenschaftlich mit seinem Beruf befasst, dass er noch nicht mal an Weihnachten nach Hause kommen konnte. »Frühestens im Februar«, hatte er verkündet, und Lilly hatte das erst mal verkraften müssen.

Schnell nahm sie, wie zum Trost, ein Stück Kuchen und eine ordentliche Portion Sahne auf die Gabel und ließ beides im Mund zergehen.

»Und was machen deine Kinder?«

Sonja lachte. »Sie werden immer frecher. Sechs und sieben sind sie jetzt. Zum Glück mögen sie Julian, und er kann gut mit den kleinen Rabauken umgehen.« Sie legte ihre Hand auf den Arm der Freundin. »Lilly, ich habe mir vorgenommen, über Weihnachten meine ältesten und liebsten Freunde einzuladen. Ich möchte meine Hochzeit nachfeiern, die Einweihung unseres Hauses, ich will euch meinen Mann vorstellen und so ein richtig schönes, altmodisches Weihnachtsfest feiern, so eins, wo man um den Baum tanzt. Ich würde mich schrecklich freuen, wenn du auch kommen könntest. Was meinst du dazu? Oder hast du schon was anderes vor? Gibt es einen Mann in deinem Leben?«

»Oh … ja … nein, das kommt jetzt etwas plötzlich. Ich …«

An dieser Stelle beschloss Lilly, mit dem Stottern aufzuhören und spontan zuzusagen. Der Elisenkoog war nicht aus der Welt, wenn es ihr zu viel wurde, konnte sie immer noch nach Flensburg zurückfahren. Und überhaupt, warum immer diese ganzen Bedenken?

»Babette wird übrigens auch da sein«, sagte Sonja eifrig, »Julian hat einen alten Ziegenstall für sie zu einem schnuckeligen kleinen Cottage umgebaut. Sie wohnt jetzt bei uns.«

»Ist sie nicht auch mit dir nach Heidelberg gezogen?«

»Ja, aber sie sagt, sie will nicht jedes Mal siebenhundert Kilometer fahren, wenn sie ihre Enkel sehen möchte!«

»Toll, dass dein Mann das alles mitmacht. Die Schwiegermutter in nächster Nähe, damit kommt nicht jeder zurecht.«

Lilly war früher im Haus der Neumeyers ein und aus gegangen und hatte besonders Babette, Sonjas etwas flippige alleinerziehende Mutter, gemocht. Nicht zuletzt deshalb, weil im Dorf gemunkelt wurde, sie habe einmal einen Sommer lang in einer »Kommune« gelebt. Lilly wusste damals nicht so genau, was das war – und niemand hatte sie aufgeklärt –, aber sie hatte den Eindruck gehabt, dass es anrüchig und verboten und irgendwie »pfui!« war … und damit natürlich wahnsinnig interessant.

Vielleicht konnte sie ja jetzt Genaueres darüber erfahren, dachte sie schmunzelnd.

»Ja, Julian ist ein wahrer Schatz!«, sagte Sonja, den Mund voller Sahne. »Lilly, du musst ihn unbedingt kennenlernen, ich würde mich so sehr freuen. Also, abgemacht?«

Lilly lachte und drückte Sonjas Hand. »Du hast einen Klecks Sahne auf der Nase. Ja. Natürlich komme ich, sehr gerne! Auf ein wunderschönes Weihnachtsfest in den Marschen.«

Ihre Freundin hob ihre Tasse mit dem Pharisäer, in dem sich, wie es sich gehörte, ein ordentlicher Schuss Rum befand. »Na dann mal prost!«, sagte sie strahlend und mit rollendem Friesen-R. »Ich freue mich!«

24. Dezember, Heiligabend

Der Tag begann schön, trübte sich dann aber immer mehr ein. An verschneiten Feldern und Wiesen vorbei, auf denen sich die unvermeidlichen Windräder drehten, fuhr Lilly in Richtung Nordsee. Sonjas neues Zuhause lag im Marschland, im Elisenkoog, direkt hinter den Nordseedeichen. Soweit Lilly wusste, bestanden die Marschen, die in Köge eingeteilt waren, aus flachen Salzwiesen, Land, das in Jahrhunderten dem Meer abgerungen worden war, durchzogen von Gräben und Kanälen.

Hinter Niebüll bog Lilly nach Norden ab und fuhr über eine hochgelegene Straße – offenbar auf einem einstigen Deich – in Richtung Elisenkoog. Sie hoffte, dass ihr kein anderes Fahrzeug entgegenkommen würde, denn das Sträßchen dritter Ordnung war schmal, und sie hatte keine Lust, mit dem Wagen in den tiefen Graben neben der abschüssigen Straße zu rutschen. Die Gegend hier schien ziemlich einsam. Lilly sah vereinzelt Häuser in weiter Entfernung, aber nirgendwo Menschen. Auf den Salzwiesen lag Schnee. Ab und zu tauchten Schafe auf, die gleichmütig hinter Lillys Wagen herstarrten.

Das Grundstück, das Sonja und ihr Mann gekauft hatten, lag auf einem kleinen Hügel, einer Warft, die das umgebende Land zum Schutz vor Überschwemmungen um zwei, drei Meter überragte. Es schien ein historischer Hof zu sein, beschattet von alten Eichen und Ulmen, ein lang gestrecktes Haus aus rotem Backstein mit zwei Nebengebäuden. Ein hölzerner Pavillon am Rande des Grundstücks, möglicherweise eine Sauna, schien neu erbaut worden zu sein. Lilly stellte den Wagen auf dem großen, von hohen Bäumen geschützten Hof ab, auf dem bereits vier weitere Pkw standen, und ging zu einer bemalten Friesentür, einer sogenannten »Klöntür«, deren oberen Teil man wie ein Fenster öffnen konnte. Unter dem Giebel prangte der Name des Hauses und eine Jahreszahl: »Sturmwind« 1774.

Lilly wurde von Sonja mit einer herzlichen Umarmung empfangen. Sie schien sich zu freuen, doch Lilly fand auch, dass sie nervös wirkte; hektische rote Flecken bedeckten ihren Hals.

»Du hast sicher viel Arbeit«, sagte sie teilnahmsvoll. »Sind die Gäste denn schon alle da?«

»Fünf, glaube ich, oder sechs?« Sonja lachte. »Aber keine Angst, meine Mutter und mein Mann helfen mir. Ab und zu kocht Julian nämlich ganz gern, und für Desserts ist er Spezialist. Hier kommt er übrigens gerade.«

Julian Liebertz war ein attraktiver Endvierziger mit grau meliertem Haar, künstlicher Bräune und langen, schlanken Fingern. Seine wachen hellen Augen und die Brille gaben ihm einen intellektuellen Touch.

»Willkommen im ›Sturmwind‹!«, begrüßte er Lilly, während sich seine Lachfältchen um die Augen vertieften und er Lillys Hand eine Sekunde zu lang in der seinen behielt.

»Lilly, Julian zeigt dir jetzt dein Zimmer, und wahrscheinlich wird er dich, wenn du möchtest, auch durchs Haus führen«, sagte Sonja lächelnd. »Er hat es in mühevoller Kleinarbeit und mit viel Liebe zum Detail umgebaut und eingerichtet und ist wild darauf, es jedem zu zeigen. Viel Spaß dabei!«

Ehe Lilly noch etwas sagen konnte, war ihre Freundin verschwunden.

»Wenn ich Sonja etwas helfen kann …«, sagte sie zu Julian, aber der winkte ab.

»Es laufen bereits genügend Weibsen in der Küche herum«, bemerkte er mit seinem charmanten Lächeln, und Lilly folgte ihm etwas irritiert in ihr Zimmer unter dem Dach. Es war bequem eingerichtet, mit Sofa und Sesseln, einem breiten Boxspringbett und einem chinesischen Hochzeitsschrank aus dunkelrotem Holz. Zweifellos hatte hier jemand Geschmack beim Einrichten bewiesen, aber Julian war schließlich Architekt und wohl auch für die Inneneinrichtung zuständig gewesen.

Dass er ungeniert zum Flirten neigte, stellte Lilly fest, als er mit ihr wenig später eine Führung durch das Anwesen machte.

»Ich verstehe ja nicht, wie eine so schöne Frau wie Sie zur Polizei gehen kann«, sagte er gleich zu Beginn des Rundgangs, während er Lilly galant – mit der Hand im Kreuz – durch einen langen Flur geleitete. »Werden Sie da nicht ständig blöd angemacht?«

»Nein, die meisten Kollegen respektieren mich«, erwiderte Lilly spitz und trat einen Schritt zur Seite. Sie mochte solche Anzüglichkeiten nicht. Außerdem fand sie sich nicht schön … Sicherlich recht hübsch mit den bernsteinfarbenen Augen und den glänzenden goldbraunen Haaren, aber für besonders glamourös hatte sie sich nie gehalten. Sie spürte die Absicht hinter Julians Gerede und war bereits jetzt leicht genervt von ihm.

Lilly bemerkte rasch, dass Sonjas Ehemann am liebsten sich selbst reden hörte und im Grunde nur Zustimmung erwartete. Stolz führte er sie von Raum zu Raum, stellte ihr die Gäste vor – zwei Frauen, zwei Männer –, ließ ihr aber kaum

Zeit, ein paar Worte mit ihnen zu wechseln, sondern zerrte sie weiter durch das wunderschöne Haus. Lilly hätte die Führung sehr genossen, wenn es nicht Julian gewesen wäre, der ihr das Haus zeigte und den sie recht anstrengend fand. In der Küche deutete er auf den rustikalen Esstisch aus Bruchsteinen, der in der Mitte des großen Raumes errichtet worden war.

»Wie Sie sehen, ist unsere Küche sehr modern ausgestattet, technisch auf dem neuesten Stand, aber dieser wunderbare Tisch aus alten, von Hand bearbeiteten Steinen soll eine Hommage an unseren historischen Hof sein. Wussten Sie, dass er bereits 1774 von einem wohlhabenden Deichvogt erbaut wurde?« Julian machte eine Kunstpause, und Lilly gestand, es nicht zu wissen, in der Hoffnung, dass Julian Liebertz ihr nun nicht die komplette Geschichte des Hofes erzählen würde.

Davon, dass »genug Weibsen« in der Küche waren, konnte keine Rede sein. Lilly entdeckte dort nur Babette, Sonjas Mutter, eine etwas herbe, aber elegante Erscheinung mit grauen wallenden Haaren in einem weiten handgearbeiteten Gewand, die neben dem überdimensionalen Herd stand und dabei war, einen Kuchen zu backen. Sie bedachte Lilly mit einem ironischen Zwinkern, das zweifellos ihrem Schwiegersohn und dessen Gehabe galt, bevor sie sie liebevoll umarmte. Lilly kannte Babette Neumeyer so lange, wie sie Sonja kannte, also seit knapp dreißig Jahren, seit sie im Kindergarten gewesen waren. Doch Julian ließ Lilly kaum Zeit, ein paar Worte mit Babette zu wechseln; er führte sie erbarmungslos weiter ins Eheschlafzimmer, dessen besonderer Clou das offene, verglaste Badezimmer war, das er ins Zimmer integriert hatte – offenbar sein ganzer Stolz.

»Das ist jetzt der neueste Schrei«, verkündete er mit geschwellter Brust. »Finden Sie heutzutage auch in modernen Hotels. Was halten Sie von einem offenen Bad?«

»Sehr kreativ, aber ich weiß nicht, ob ich beim Baden oder Duschen unbedingt beobachtet werden möchte.« Und dich, dachte Lilly, würde ich noch viel weniger dabei sehen wollen, Mister Angeber. Sie fragte sich, was Sonja davon hielt.

Julian lachte. »Lilly, da müssen Sie umdenken, das ist nicht mehr zeitgemäß, um nicht zu sagen vorsintflutlich. Sagen Sie, wollen wir uns nicht duzen? Wir sagen hier alle du.« Er legte eine gepflegte Hand auf ihren Arm. »Ehrlich gesagt, wundere ich mich, dass du die Zeit gefunden hast, zu unserer kleinen Party zu kommen. Jemand wie du hat doch sicher einen Freund, mit dem sich was Besseres anfangen lässt, als hier mit einem Haufen unbekannter Leute herumzuchillen? Oder ...« – er zwinkerte ihr zu – »... ist der Herr vielleicht verheiratet?«

»Entschuldige mich bitte«, sagte Lilly und lief mit versteinertem Gesicht aus dem Raum. Als sie an der Gästetoilette vorbeikam, erschien ihr diese wie ein Refugium. Aufatmend schloss sie sich ein.

Dies war das erste Mal, dass sie bedauerte, Sonjas Einladung angenommen zu haben.

Allerdings hatte sie auf dem stillen Örtchen auch nicht lange ihre Ruhe. Kurz darauf erhob sich draußen Geschrei, lautes Schimpfen, Fluchen und verschiedene Stimmen, darunter die von Sonja. Es schien, als stünde die halbe Gästeschar vor der Toilettentür. Lilly öffnete und trat auf den breiten Flur hinaus.

Julian schien außer sich vor Wut zu sein und war drauf und dran, auf einen Mann loszugehen, der etwas kläglich grinsend vor ihm stand. Sonja wollte vermitteln, doch Julian schob sie einfach beiseite. Offenbar war er so wütend, weil sein schickes Designerhemd von dunkelroten Flecken besudelt war.

Der Typ, der vor ihm stand, noch immer mit dem inzwischen leeren Rotweinglas in der Hand, sagte entschuldigend: »Es tut mir wirklich leid, dass ich so unachtsam war, mein Alter. Ich kann nur sagen, dass ...«

»Nenn du mich nicht ›mein Alter‹!«, rief Julian und trieb den Mann, den Lilly bisher noch nicht getroffen hatte, der ihr aber durchaus bekannt vorkam, rückwärts in Richtung Treppe, indem er ihm immer wieder einen Zeigefinger gegen die Brust stieß. »Weißt du, was dieses Hemd gekostet hat? So viel verdienst du in zwei Tagen nicht, *mein Alter!* Und jetzt ist es hin, verdammt noch mal!«

»Kein Grund, sich aufzuregen«, erklang in diesem Augenblick Babettes tiefe, ruhige Stimme vom Treppenabsatz her. »Zieh das Hemd aus, Julian, ich werde die Flecken sehr wahrscheinlich mit ein paar Hausmitteln entfernen können.«

»Du und deine Hausmittelchen«, schimpfte Julian. »Das funktioniert doch eh nie! Außerdem ist das Hemd nicht das Einzige, das Fredi besudelt hat. Er hat auch noch meine Armani-Hose mit Flecken verziert!« Er warf dem Mann, den Lilly mit einiger Verspätung als Sonjas Exehemann Fredi Osterhage erkannte, einen wütenden Blick zu.

»Dann ziehst du die eben auch aus«, sagte Babette gelassen. »Und je eher du es tust, mein Lieber, desto besser!«

Sie verschwand mit Julian im Schlafzimmer, und Sonja warf Lilly einen entschuldigenden Blick zu.

»Er ist sonst nicht so«, sagte sie leise, »nur heute ist er ein bisschen gestresst. Wir hatten ziemlich viel Arbeit mit dem Umbau des Hofes, ein paar Sachen gingen schief, immer wieder gab es Ärger, und Julian wollte doch unbedingt bis Weihnachten fertig werden und alles perfekt haben ...«

Fredi legte den Arm um Sonja und drückte sie leicht an sich. »Das versteht doch jeder, Sonjamaus, mach dir keine

Gedanken. Julian soll sich mal ein Weilchen ausruhen und entspannen, der Laden läuft auch ohne ihn.« Er wandte sich Lilly zu und begrüßte sie so herzlich, als hätten sie sich erst kürzlich gesehen, dabei war es Jahre her, dass Lilly ihn zuletzt getroffen hatte. Damals waren er und Sonja noch verheiratet gewesen. Auch er war mit ihnen in die Dorfschule in Ebstorf gegangen, und Sonja hatte ihn geliebt, solange Lilly denken konnte. Wahrscheinlich seit ihren ersten gemeinsamen Sandkastenspielen. Sie fragte sich, warum die Ehe auseinandergegangen war. Wegen Fredis Sprunghaftigkeit? Da war Julian sicher ein ganz anderer Typ, kleinkariert und sicher auch penibel korrekt. Aber von Fredis unbekümmerter Lebensfreude konnte er sich eine dicke Scheibe abschneiden.

Während Sonja im Schlafzimmer verschwand, gingen Fredi und Lilly gemeinsam die Treppe hinunter. Er erzählte ihr, dass Sonja und er sich im Guten getrennt hätten, dass er froh wäre, dass sie nun wieder im Norden sei und er seine Kinder öfter sehen könne. »Wir machen das so, dass sie zwei Wochen am Stück bei Sonja wohnen, dann wieder zwei Wochen bei mir in Niebüll. Mo und Flo finden das hammermäßig. Sie haben auch schon wunderbar den Bogen raus, ihre Mutter und mich gegeneinander auszuspielen.« Er lachte. »Waren wir eigentlich als Kinder auch schon so abgefeimt, Lilly?«

»Du bestimmt«, sagte Lilly, »ich hingegen war immer ziemlich brav.«

»Das wüsste ich aber!«, sagte Fredi grinsend. »Ihr beide, Sonja und du, habt mich übel benutzt, ihr habt doch geradezu Pingpong mit mir gespielt!«

»Ach, du Armer!« Lilly bemerkte, dass auch Fredi große dunkle Flecken auf seinem neu aussehenden gelben Sweatshirt hatte, doch es schien ihm nichts auszumachen, er hatte sie mit keinem Wort erwähnt. Lilly hatte Fredi schon in der Schule gemocht; er war unkompliziert, witzig und niemals nachtragend gewesen. Seine abstehenden Ohren und sein spitzbübisches Lächeln hatten ihm immer einen gewissen Lausbubencharme verliehen, den er auch im Erwachsenenalter noch kultivieren konnte. Sicher kam er noch immer bei den Frauen gut an. Neugierig fragte sie: »Hast du eigentlich eine neue Partnerin?«

Fredi schüttelte den Kopf. »Du wirst es nicht glauben, aber ich habe keine Zeit für so was, leider. In den letzten zwei Jahren habe ich meine Kunstgalerie aufgebaut, dann die Website. Das war eine Menge Arbeit, bis alles einigermaßen lief. Und dann ... verstehst du ... über unsere Trennung bin ich noch nicht so ganz hinweg ...«

Aus der Küche ertönte ein Schrei, gefolgt von Flüchen. Fredi und Lilly sahen sich an und rannten in die Küche. Auf dem Boden vor der Arbeitsplatte lag eine junge Frau, die Lilly vorhin als Rose-Marie Heine vorgestellt worden war, eine Freundin von Sonja. Fredi zog sie hoch. Ihre Augen blitzten wütend, sie deutete auf den glatten Küchenboden. »Wer hat hier Öl verschüttet und dann nicht weggeputzt? Eine Sauerei! Ich hätte mir alle Knochen brechen können!«

»Was ist eine Sauerei?« Babette betrat die Küche und betrachtete verwirrt den ölig glänzenden Boden. »Merkwürdig. Vor zwanzig Minuten war ich noch hier, da gab es noch kein Öl auf dem Boden. Wer könnte denn inzwischen in der Küche gewesen sein und mit Öl hantiert haben?« Ratlos sah sie von einem zum anderen.

»Mach dir keine Vorwürfe, Babsi«, beruhigte Fredi seine ehemalige Schwiegermutter. Anscheinend, dachte Lilly belustigt, hatte er sich vorgenommen, in diesem Haus, an diesem Wochenende, den Mediator zu geben. Und möglicherweise war das auch bitter nötig. »Vielleicht waren es unsere beiden kleinen Teufelsbraten, das sähe ihnen ähnlich. Ich werde gleich mal Tacheles mit ihnen reden.«

»Ein bisschen Erziehung kann manchmal nicht schaden«, sagte Rose-Marie säuerlich. Mit einer Handvoll Küchentüchern schrubbte sie energisch an sich herum, allerdings ohne Erfolg, schließlich handelte es sich um Öl. Sie blickte an sich hinunter. »Zu dumm, jetzt muss ich mich schon wieder umziehen.«

Lilly musste sich eingestehen, dass ihr diese Frau nicht sonderlich gefiel. Sie war groß und sehr mager, mit blassblauen Augen und schulterlangen dünnen Haaren. Mit ihren ständig herabgezogenen Mundwinkeln wirkte sie miesepetrig und schlecht gelaunt ... was bei ihr möglicherweise ein Dauerzustand war. Lilly hatte sie bisher kaum beachtet.

Nachdem sie die Küche verlassen hatte, sagte Fredi schnüffelnd: »Findet ihr nicht, dass es hier komisch riecht?«

»Oh Gott!«, rief Babette und stürzte zu dem großen, separaten Backofen, der in Julians rustikale Wand aus Feldsteinen eingebaut worden war. Als sie die Tür aufriss, quoll ihr Dampf entgegen, aber der Apfelkuchen war noch zu retten. »Irgendwer hat den Ofen auf die höchste Stufe eingestellt«, sagte Babette verärgert, »der Kuchen wäre in ein paar Minuten völlig verbrannt gewesen. Wer tut denn so was?«

»Doch bestimmt nicht deine Enkel«, sagte Lilly.

»Vielleicht ist ja ein kleiner Troll unter unseren Gästen, der Spaß an seltsamen Streichen hat«, überlegte Fredi, und offenbar meinte er es zur Hälfte ernst.

Babette seufzte. »Vielleicht war ich es ja auch selbst. Fredi, kannst du bitte Kaffee machen? Wenn wir zu spät Kaffee trinken, hat heute Abend kein Mensch mehr Hunger.«

Lilly half, den Tisch zu decken, wobei sie von Hedi Schuster unterstützt wurde, einer gut gelaunten Steuerfachangestellten, die Sonja durch einen Line-Dance-Kurs kennengelernt hatte. »Line Dance ist wirklich anstrengend«, plauderte sie vergnügt, während sie die Teller auf dem weihnachtlich dekorierten Tisch verteilte, »ich habe gedacht, das wäre eine coole Diätmaßnahme, aber …« – sie klopfte sich auf ihren runden Bauch – »… Pustekuchen! Danach hat man solchen Hunger, dass man sich ein paar schöne, fette Burger reinziehen muss, um die zitternden Knie zu stabilisieren, jedenfalls mir ging es so. Und das war's dann mit der Diät. Inzwischen habe ich beschlossen, wenn die Pfunde nicht von selbst purzeln, sollen sie eben bleiben, wo sie sind. Ich stress mich da nicht.« Anscheinend war auch das Eindecken ein hartes Geschäft, denn Hedi musste sich immer wieder mit Plätzchen und Schokopralinen stärken, wie Lilly belustigt feststellte. Sie fand, dass diese hübsche blondgelockte Frau mit dem unbekümmerten Wesen neben Sonja, Fredi und Babette zu den erfreulicheren Figuren auf dieser Party gehörte, trotz ihres Hundes, eines kleinen Mischlings namens Taxi, der die Angewohnheit hatte, wahllos nach Schuhen, Strümpfen und Fußknöcheln zu schnappen.

»Hey, Leute! Könnt ihr vielleicht mal mit anfassen? Oder glaubt ihr, wir Frauen sind dazu da, die Herren der Schöpfung zu bedienen?«

Der Hund, vom lauten Tonfall seines Frauchens aufgeschreckt, fing an zu bellen. Hedis Aufruf galt drei Männern, die gemütlich im Wohnzimmer auf der Couch saßen, Cognac tranken und sich angeregt unterhielten. Einer von ihnen war Julian. Die beiden anderen waren, soweit Lilly wusste, enge Freunde von ihm; ein etwas düster aussehender Mann namens Armin Töpfert und ein jungenhafter Typ mit punktförmigen Grübchen und samtigem kurzem Haar, der Wolfgang Runge hieß. Sie alle gehörten zu der Golf-Clique, die sich regelmäßig in der kleinen Heidelberger Pension traf, in der Sonja und Julian sich kennen- und lieben gelernt hatten.

»Stand das nicht auf eurer Einladungskarte?« Offenbar fand Armin Töpfert seine Aussage witzig, denn er grinste übers ganze Gesicht, und sein Freund Julian lachte pflichtschuldigst mit. Wolfgang Runge erhob sich und ging durch die weit geöffneten Doppeltüren hinüber ins Esszimmer. »Ich stehe zur Verfügung, meine Damen!«, sagte er mit großartiger Geste und breitete die Arme aus. »Was kann ich tun?«

Wenig später saß die ganze Weihnachtsgesellschaft, bestehend aus Lilly, Sonja, Julian, Fredi, der sauertöpfischen Rose-Marie Heine, Hedi Schuster, Armin Töpfert, dem gutmütigen Wolfgang Runge, Babette und den Kindern Mona und Florian – die den prächtig aussehenden Apfelkuchen nicht aus den Augen ließen – um den gedeckten Tisch. Babette tat ihren Enkeln als Ersten auf, damit sie mit dem Zappeln aufhörten. Hedi nahm ihren Hund auf den Schoß und steckte ihm einen der Weihnachtskekse in die Schnauze, worüber Mona kichern musste. Julian warf Hedi einen indignierten Blick zu, als der kleine Florian, der bereits den Kuchen mampfte, plötzlich vernehmlich zu würgen begann. Er gab sonderbare kehlige Laute von sich, dann spuckte er den Inhalt seines Mundes auf den Teller.

Jemand stöhnte laut auf.

»Was, zur Hölle, tust du da?«, rief Julian und sprang auf. Mit einem lauten Klirren fiel eine Kuchengabel zu Boden.

Fredi lachte etwas albern, während sich Rose-Marie mit dramatischer Geste die Hand vor den Mund hielt.

Eine verstört aussehende Sonja blickte die ihr gegenübersitzende Lilly Hilfe suchend an.

»Oh Gott«, sagte Babette dumpf, die ebenfalls den Kuchen probiert hatte, »oh mein Gott!«

»Florian, nimm deinen Teller und bring ihn in die Küche!«, rief Julian streng. »Und hör auf mit deiner Kotzerei!«

Fredi beugte sich zu Lilly hinüber. »Nicht essen«, mahnte er leise. »Das gute Stück ist total versalzen!«

Dies war das zweite Mal, dass Lilly am liebsten nach Hause gefahren wäre.

Später dachte sie, dass sie eigentlich spätestens zu diesem Zeitpunkt etwas hätte merken müssen.

Auch der zweite Kuchen, der noch in der Küche auf der Arbeitsplatte stand, war versalzen, ebenso die Sahne. Nichts davon war genießbar. Und um einen weiteren Kuchen zu backen, fehlte die Zeit. Die Gesellschaft musste sich mit Babettes Weihnachtskeksen begnügen, die zwar lecker, aber nicht für diesen Anlass gedacht waren.

Lilly hatte Babette, normalerweise immer elegant und souverän, noch nie so erschüttert gesehen. Julian hielt mit seiner Verärgerung nicht hinterm Berg. Sein Spott über die Backkünste der Schwiegermutter und die Senilität des Alters wurde irgendwann selbst Sonja zu viel, die ihn anschnauzte, er solle endlich den Mund halten.

Daraufhin war ihr Mann beleidigt und ihre Mutter den Tränen nah. Flo und Mo fütterten den Hund eifrig und unbemerkt mit dem Kuchen, den er trotz des salzigen Geschmacks mit Begeisterung fraß.

Der weitere Nachmittag verlief einigermaßen friedlich. Ein älterer, vierschrötiger Mann im Blaumann, den Sonja Lilly als Matte Blum vorstellte, kam mit einem Korb Kaminholz herein und brachte umständlich den alten Friesenkamin in Gang. Er sprach kein Wort, doch ein gutmütiges Lächeln lag die ganze Zeit auf seinem unfertigen Kindergesicht, was ihn unter seinem grauen, strubbeligen Haar seltsam jung erscheinen ließ.

»Matte ist unser Hausfaktotum, er ist schon lange bei Julian«, sagte Sonja leise zu Lilly. »Das muss ich sagen, Julian sorgt wie ein Vater für ihn, denn woanders bekäme er sicher keine Stelle.«

Lilly, die die Unsicherheit des Mannes angesichts der vielen fremden Leute spürte, bot ihm, als er mit dem Kamin fertig war, eine Tasse Kaffee an. Sie wunderte sich, wie sehr ihn das zum Strahlen brachte. »Ich geh eben meine H…H… Hände waschen«, sagte er, nachdem er mit einem Stirnrunzeln seine schmuddeligen Handflächen gemustert hatte. Als er zurückkam, nahm er von Lilly die Tasse entgegen, verriet ihr dann aber, dass er sie lieber in der Küche trinken wolle. »Sonst mach ich noch was schmutzig.« Er deutete auf seinen Overall. »Das m…m…mach ich nämlich immer. Die L…L… Leute mögen das nicht.«

Lilly half ihm, den Korb mit den restlichen Scheiten, ein Kehrblech und seine Kaffeetasse in die Küche zu bringen, zumal er sehr umständlich damit hantierte. Matte war darüber sehr erfreut, genierte sich aber auch etwas. »Wenn ich was für S…S…Sie tun kann«, sagte er und schlug die Augen nieder, »dann tue ich das auch. Sie müssen mich nur rufen.« Er nickte ihr lächelnd zu, bevor er zum Spülbecken schritt und sorgfältig seine Tasse abspülte.

Nachdenklich ging Lilly zurück zu den anderen. Irgendwie gefiel ihr die Vorstellung nicht, dass jemand wie Julian die Verantwortung für jemanden wie Matte Blum trug. Aber Sonja war ja auch noch da, beruhigte sie sich dann. Und vielleicht war Julian ja auch ganz anders, als sie dachte … zumindest wenn er mit Sonja allein war und nicht vor seinen Gästen glänzen musste.

Später am Nachmittag setzte sich Julian ans Klavier und spielte Weihnachtslieder. Die Kerzen des großen Weihnachtsbaums, der mitten in dem riesigen Wohnzimmer stand, waren angezündet, und alle stürzten sich auf die Geschenke, die eingepackt unter den grünen Zweigen lagen. Abgesehen von den Sachen für die Kinder waren die Päckchen nicht beschriftet, sodass jeder ein kleines Überraschungspräsent erhielt, was zu Geschrei und Gelächter führte. Fredi bekam ein 1950er-Jahre-Babydoll mit rosa Rüschen – was zu eifrigen Spekulationen führte, wie er darin wohl aussehen würde –, Rose-Marie stieß mit frostigem Lächeln auf eine Packung Kondome. Soweit Lilly wusste, war sie gerade von ihrem Mann verlassen worden.

Mona und Florian rannten freudestrahlend durch die Zimmer und probierten ihre Geschenke aus, laut bellend verfolgt von Taxi.

Danach gab es ein einfaches Essen, Kartoffelsalat mit Frikadellen nach Omas Rezept, und später tanzten alle um den Weihnachtsbaum. Sonja hatte Lilly verraten, dass es immer ihr Wunsch gewesen war, einen Weihnachtsbaum zu haben, um den man, wie in Skandinavien üblich, herumtanzen konnte. »Ich weiß zwar nicht, ob die das wirklich tun«, hatte sie lachend erklärt, »aber ich habe nun mal diese Vorstellung im Kopf. Carl Larsson, du weißt schon.«

Lilly hätte gern mit Sonja unter vier Augen gesprochen, sie gefragt, wie es ihr in Heidelberg ergangen war, wie sie Julian kennengelernt hatte und weshalb sie so fasziniert von ihm war. Aber Sonja und Babette hatten sich den größten Teil der Arbeit aufgeladen und ließen nicht zu, dass die Gäste halfen. Lediglich Fredi war es erlaubt, den Küchenjungen zu spielen. Lilly hoffte, dass sich am nächsten Tag die Gelegenheit zu einem ruhigen Stündchen mit ihrer Freundin ergeben würde.

Irgendwann am frühen Abend klingelte Lillys Handy, und Tommy Fitzen war dran. »Geht's dir gut, Lilly? Bist du immer noch im Elisenkoog? Bei uns steigt gerade die Party, nachher gibt's Fondue, und du bist immer noch herzlich eingeladen. Willst du nicht kommen?«

»Ist John mit Familie auch da?«

»Nee, der hat die liebe Verwandtschaft am Hals, seinen Vater und die Schwiegereltern.«

Lilly versicherte Tommy, dass es ihr gut ginge und sie sich wohlfühle, und dankte ihm für die Einladung. Gerührt steckte sie ihr Handy wieder ein. Ihr Wechsel von Lüneburg nach Flensburg war mit Sicherheit eine gute Entscheidung gewesen.

Später am Abend ging man zu albernen, aber durchaus lustigen Partyspielen über. Es wurde »Blinde Kuh« gespielt, und als Julian dran war, tastete er Babette ab, fummelte an ihrem Oberteil herum und kassierte eine schallende Ohrfeige. Ein paar der Gäste lachten. Lilly hatte den Eindruck, dass Julian genau wusste, wen er vor sich hatte, und dass Sonjas Mutter ihn auch genau deshalb geohrfeigt hatte.

Man machte Rätselspiele und später Paartanz mit einem Luftballon, der, durch die aneinandergedrückten Körper gehalten, möglichst nicht auf den Boden fallen durfte. Pikant wurde es, als der Luftballon durch eine Apfelsine ersetzt wurde. Lilly, die so erhitzt war, dass sie für ein paar Tänze aussetzen wollte, beobachtete vom Sofa aus die Tanzenden: Fredi, dessen Tanz mit seiner Exfrau eine einzige Umarmung war, Hedi, die Armin Töpfert nicht aus den Augen ließ, der wiederum die kichernde kleine Mona herumschwenkte, und eine fast schon strahlende Rose-Marie, die sich Julian an den Hals warf und pausenlos an seinem Ohr knabberte. Sonja schien es nicht zu bemerken.

Wolfgang Runge, der ordentlich schwitzte, setzte sich mit

einem Glas in der Hand neben sie. »Darf ich dir auch was bringen? Rotwein, Weißwein oder etwas ohne Alkohol? Du bist Lilly, richtig?« Er lächelte sie an, wodurch sich seine punktförmigen Grübchen vertieften. »Entschuldige, ich habe so ein schlechtes Gedächtnis für Namen!«

Lilly bestätigte, dass sie Lilly hieß, und bat um ein Glas Mineralwasser, dann plauderten sie ein Weilchen, froh, eine ruhige Ecke gefunden zu haben und dem Rummel entkommen zu sein. Runge versorgte sie ungeniert mit einer Menge Klatsch und Tratsch über die Anwesenden – Hedi wäre unsterblich in Armin verschossen, und er hätte mit Julian eine Wette laufen, wie lange es dauern würde, bis er sie leid wäre; Babette, glaubte er, würde hin und wieder fröhlich Koks konsumieren, wie man höre, sei sie früher mal ein Groupie gewesen ... und Rose-Pechmarie könne einfach keinen Mann länger als sechs Monate halten. »Jetzt hat sie sich in Julian verguckt, die Arme, sie ist ganz verrückt nach ihm. Sogar Sonja hat Mitleid mit ihr.« Er lachte.

Lilly fragte sich etwas beklommen, was er ihr wohl über Sonja erzählen würde, aber entweder gab es über sie nichts zu tratschen, oder er nahm doch so etwas wie Rücksicht darauf, dass Sonja Lillys gute Freundin und derzeit seine Gastgeberin war. Stattdessen erfuhr sie, dass Runge bei einer Bank arbeitete, seit Kurzem wieder Single war, dass er Geige und leidenschaftlich gern Backgammon spielte und gerade umgezogen war. »Meine Freundin hat mich rausgeworfen, weil sie mich zu ordentlich fand«, sagte er gespielt traurig, woraus Lilly schloss, dass die Trennung ihn nicht eben in den Boden gerammt hatte. Aber vielleicht war er auch ein Sensibelchen, das sich mühte, Lilly gegenüber so tough wie möglich rüberzukommen. Ganz schlau wurde sie nicht aus ihm.

Fast unheimlich war ihr dagegen dieser Armin Töpfert. Er wirkte melancholisch, sprach wenig, lachte oder lächelte nie, aber jedes Mal, wenn sie zufällig zu ihm hinsah, lag sein verschleierter Blick starr und intensiv auf ihr, als hätte er in der Zwischenzeit nie woanders hingesehen. Als wollte er ein Loch in ihre Stirn brennen. Wie ein nasser Sack hing er auf einem Stuhl am großen Esstisch und klimperte lustlos auf seiner Ukulele.

Es war spät geworden, und eine gewisse Müdigkeit legte sich über die Gäste. Die Stimmung war eingebrochen, wie so oft bei Veranstaltungen, auf denen sich jeder bemühte, sich von seiner besten Seite zu zeigen. Man gähnte verstohlen, nippte an seinem Glas oder schnappte sich Hedis Hund, um ihn traumverloren zu kraulen. Doch auch dem wurde es langsam zu viel; er lief davon, sobald ein Mensch nur in seine Nähe kam.

Zum Glück waren Sonjas Kinder Mona und Florian endlich im Bett, deren Energie einer Herde von Bonobos in nichts nachstand und die mit ihrem zahnlückigen Grinsen überall zu finden gewesen waren, wo sie nichts zu suchen hatten. Auch Runge, der sich mit Julian unterhielt, fielen bereits die Augen zu. Julian dagegen hatte – wie eigentlich den ganzen Abend – noch immer ein Glas in der Hand. Offensichtlich vertrug er eine Menge. Lilly konnte einfach nicht verstehen, wie ihre unkomplizierte Freundin Sonja einen solchen Blender und Schwätzer hatte heiraten können.

Sie ließ ihre Blicke weiter durchs Zimmer schweifen. Rose-Marie Heine saß allein zwei Meter entfernt von den beiden Männern und ließ Julian nicht aus den Augen; tiefsinnig saugte sie sich an jedem Detail seines Körpers fest. Hedi Schuster warf ihrem Hund Plätzchen hin, bevorzugt vor Armins Füße, doch der beachtete sie nicht. Zwischendurch bedachte sie Lilly mit feindseligen Blicken. War sie wirklich in Armin verliebt, in diesen großen, düsteren Schweiger, wie Runge vermutete? Es war der reinste Liebesreigen, dachte Lilly belustigt. Die blonde, fröhliche Hedi war verrückt nach Armin, der nichts von ihr wissen wollte oder zumindest so tat. Rose-Marie verzehrte sich nach Julian, der wiederum hemmungslos mit ihr, Lilly, flirtete, wann immer er die Gelegenheit dazu fand – ohne Rücksicht auf Sonja und sehr zu Lillys Missvergnügen.

Lilly fragte sich, warum sie nicht ins Bett ging, und fand auch gleich die Antwort: Sie war zu müde dazu! Außerdem wollten Sonja und ihre Mutter einen kleinen Mitternachtsimbiss servieren, seit fast einer Stunde werkelten sie nun schon in der Küche herum, und es wäre unhöflich gewesen, ihre Anstrengungen nicht zu würdigen. Dass irgendjemand der Weihnachtsgesellschaft nach dem Kartoffelsalat und zahlreichen Weihnachtsplätzchen allerdings schon wieder Hunger hatte, konnte sie sich nicht vorstellen.

Babette kam herein und ließ ihre Blicke durchs Zimmer schweifen. War etwa schon wieder etwas passiert?

»Habt ihr das große Fleischmesser gesehen, das in der Küche am Magnetband hing?«, fragte sie in die Runde. Lilly dachte, dass sie die selbstbewusste Babette noch nie so verunsichert gesehen hatte.

Julian sprang auf. »Himmel, du willst uns doch nicht wirklich sagen, dass unser schärfstes Messer aus der Küche verschwunden ist?«

Er lief hinaus, und Babette folgte ihm. Als Lilly laute, zornige Stimmen hörte, am lautesten die von Julian, ging auch sie in die Küche, wo ein heftiger Streit im Gange war. Sonja schien den Tränen nahe, während ihr Mann sie und Babette beschuldigte, schlampig und unzuverlässig zu sein. »Hast du dir schon mal überlegt, ob Mo und Flo das Messer genommen haben? Und was sie damit anstellen könnten? Das ist unverantwortlich!«

»Ich habe selten so einen Bockmist gehört«, sagte Babette ruhig. »Mona und Florian klauen keine Messer. – Und du, mein Lieber, bleibst jetzt hier!«, setzte sie etwas schärfer hinzu, als Julian Anstalten machte, aus der Küche zu laufen, offenbar um die schlafenden Kinder zu wecken und zu befragen.

»Matte!«, schrie Julian in den Flur hinein, doch dann fiel ihm offenbar ein, dass sein Hausfaktotum schon ins Bett gegangen war. Er zog sein Handy aus der Tasche, rief Matte Blum an und bestellte ihn unverzüglich her, um das Messer aufzufinden. Lilly fragte sich, wie der Mann das bewerkstelligen und wo er überhaupt mit der Suche anfangen sollte. Und vor allem, warum sich Julian dermaßen über ein verlegtes Messer echauffierte.

Kaum hatte sich die Aufregung gelegt, als Lilly neues Unheil auf sich zukommen sah. Während Runge auf den schneebedeckten Hof trat, um eine Zigarette zu rauchen, steuerte Julian mit zwei Gläsern in der Hand auf Lilly zu. Offenbar hatte er sich wieder beruhigt. Da sie keine Lust hatte, anzügliche Fragen zu beantworten und sich seiner aufdringlichen körperlichen Präsenz zu erwehren, stand sie schnell auf, lächelte ihm flüchtig zu und ging hinauf in ihr Schlafzimmer, wo sie sich im Dunkeln aufs Bett legte. Ein Blick auf die Uhr sagte ihr, dass es erst eine halbe Stunde vor Mitternacht war, aber von der Hitze, dem Essen und dem Mangel an Sauerstoff durch die vielen Kerzen war sie erschöpft und müde. Trotzdem, sie konnte jetzt nicht einschlafen. Sie erhob sich vom Bett und öffnete das Fenster. Unten sah sie Runge rauchend über den Hof schlendern. Als er das Geräusch des Fensterflügels hörte, blickte er hoch und winkte ihr lächelnd zu.

Kurz darauf erblickte sie Armin, der ebenfalls rauchend im Schnee stand, bevor er langsam auf den Holzpavillon zusteuerte, in dem sich, wie Lilly inzwischen wusste, eine neue, luxuriöse Sauna befand. Julian hatte sie ihr bei ihrem Rundgang vorgeführt und einen ebenso langen wie langweiligen Vortrag über seinen Zwölf-KW-Ofen, über Blockbohlen und Tropenhölzer und über die Technik der Be- und Entlüftung gehalten. Kaum hatte Armin die Hütte erreicht, beobachtete sie, wie Hedi Schuster leichtfüßig durch den Schnee lief und ebenfalls im Pavillon verschwand. Runge schien inzwischen wieder ins Haus zurückgekehrt zu sein.

Allerlei Gedanken gingen ihr durch den Kopf. Etwas war faul an dieser Weihnachtsfeier. Ihre Intuition sagte ihr, dass irgendwas hier ganz und gar nicht stimmte. Etwas Böses waberte wie ein übler Gestank durchs Haus.

Allein schon diese merkwürdigen häuslichen Vorfälle, der zu hoch eingestellte Backofen, der versalzene Kuchen, das Öl auf dem Küchenfußboden, für das offensichtlich niemand verantwortlich war. Gab es hier jemanden, der Sonja schaden wollte? Oder ihrer Mutter, ihrem Mann? Der wollte, dass diese Feier gründlich schieflief?

***

Ein altes, sentimentales Lied ging ihr durch den Kopf: *»Rose-Marie, Rose-Marie, sieben Jahre mein Herz nach dir schrie …«* Ihr Großvater hatte es manchmal gesungen, als sie klein war, und dabei liebevoll ihre lockigen blonden Haare verwuschelt. Ihr entfuhr fast ungewollt ein kurzes Lachen, trocken, spröde, mit einem Unterton von Hysterie. Ja, damals,

als sie klein war, da konnte sie die Menschen noch betören, aber heute schrie niemand mehr nach ihr, schon gar keine sieben Jahre ...

Wütend schrubbte sie mit der Bürste durch ihr Haar. Aus den kindlichen Locken waren dünne, glatte Strähnen geworden, und seitlich an der Nase hatte sie eine unschöne Hautirritation, mit 36 Jahren, wo gab es denn so was? Hässlich war sie, daran gab es nichts zu rütteln. Sie musterte sich im Spiegel. Die Mundwinkel hingen herunter, mindestens zwanzig Jahre zu früh, sie war hager geworden, fast sehnig, selbst ihr Busen war schlaff, dabei hatte sie noch nicht mal Kinder.

Unwillkürlich entfuhr ihr ein Jammerlaut. Sie hatte nichts. Keine Familie, keine Kinder, nicht mal ein Haustier, denn sie konnte doch einen Hund nicht den ganzen Tag allein in der Wohnung lassen? Bei der Glückslotterie des Lebens war sie die Nietenkönigin! Warum nur verliebte sie sich mit traumwandlerischer Sicherheit immer in die falschen Männer? Die, die nichts von ihr wissen wollten, oder die, die nur nach einem Abenteuer suchten, einer weiteren Kerbe an ihrem Bettpfosten?

Aber sie war selbst schuld, sie war einfach eine dumme Kuh. Nun ging wieder eine Beziehung zu Ende, und wieder stand sie allein da, mit wehem Herzen und zerbrochenen Träumen. Ihre ureigene Schuld! Warum musste sie sich auch mit einem verheirateten Mann einlassen? Einem, der jede aufgabelte, die am Wegesrand stand und irgendwie bedürftig wirkte, denn das schien ihn besonders anzumachen. Und der im Traum nicht daran dachte, seine Frau zu verlassen, auch wenn er das immer mal wieder hatte anklingen lassen.

Rose-Marie knirschte mit den Zähnen. Fünf Wochen hatte es diesmal gedauert, ganze fünf Wochen! Mein Gott, was für ein grandioser Minusrekord! Und dann hatte er den Nerv gehabt, sie hierher einzuladen – oder vielmehr, er hatte es Sonja überlassen –, um genüsslich seinen Abgang aus ihrem Leben zu zelebrieren. Wahrscheinlich war das ein besonderes Weihnachtsgeschenk, das er sich selbst gemacht hatte.

Sie riss einen Schal aus ihrem Koffer, legte ihn sich um den Hals und zog zu. Feste, immer fester! Ja, gut so, sie bekam schon keine Luft mehr, bald würde sie blau anlaufen. Ob sie es merkte, wenn sie ohnmächtig wurde, jedenfalls die Sekunden davor? Umbringen konnte man sich auf diese Weise nicht, hatte sie mal gelesen, weil man in dem Augenblick, in dem man das Bewusstsein verlor, den Druck auf den Hals unweigerlich verringerte. Würde es ihn überhaupt kümmern, wenn er sie tot in ihrem Zimmer fände? Wohl kaum. Nein, ganz sicher nicht!

Langsam wickelte sie den Schal ab. Und überlegte. Würde es ihr Spaß machen, ihm an die Gurgel zu gehen? Zuzusehen, wie langsam das Leben aus seinen Augen wich, wie sie glasig wurden in der Erkenntnis, dass er seinem Schicksal nicht entgehen würde? Dass sie ohne Erbarmen wäre? Sie lächelte freudlos. Oh ja, das würde ihr Spaß machen, und verdient hätte er es allemal! Endlich hätte einmal sie das Zepter in der Hand, würde sie den Kurs bestimmen, ohne jede Rücksicht.

Doch ihr war klar, dass sie nie den Mut haben würde, sich zu rächen. Wozu auch? Sie war eben eine dumme Kuh! Sie hatte es verdient, verlassen zu werden.

Als sie allmählich aufhörte zu schluchzen und sich selbst zu bedauern, vernahm sie auf dem Flur leise Schritte, die vor ihrer Tür stehen blieben. Jemand klopfte verhalten.

Langsam ließ sie den Schal, den sie gespannt zwischen den Händen gehalten hatte, auf den Boden fallen.

* * *

Ein Blick auf die Uhr sagte Lilly, dass es bereits kurz nach halb eins war. Aus der Küche war immer noch das Klappern von Geschirr zu hören. Lilly beschloss, hinunterzugehen und beim Tischdecken zu helfen, in der Hoffnung, dass dann alles nicht mehr so lange dauern würde und sie bald ins Bett gehen konnte.

Als sie auf den Flur trat, hörte sie gegenüber aus Rose-Maries Zimmer Geräusche, die sie als eine Art Schluchzen interpretierte. Sie zögerte. Was sollte sie tun? Rose-Marie ging ihr auf die Nerven, andererseits war sie offensichtlich sehr gestresst und heulte schon wieder. Vielleicht konnte sie wenigstens Sonja ein wenig damit helfen, wenn sie Rose-Marie beruhigte. Sie klopfte und öffnete gleichzeitig die Tür.

Was sie sah, waren Rose-Marie und Julian – im Bett. Ihr Kommen hatten die beiden gar nicht bemerkt.

Lilly konnte sich nicht beherrschen. »Leute, der Mitternachtsimbiss ist fertig«, rief sie in den Raum hinein, »kommt ihr nach unten?«

Noch auf der Treppe freute sie sich über die Gesichter der beiden.

***

Später, nachdem die Toten gefunden worden und John Benthien und Tommy Fitzen auf dem Hof eingetroffen waren, sagte Lilly zu John, dass ihrer Meinung nach alles mit dem seltsamen Auftritt des Weihnachtsmannes begonnen habe.

Kurz nach Mitternacht saßen alle um den ausladenden Tisch im Esszimmer herum. Einzig Fredi und Armin fehlten. Fredi hatte sich mit Magenproblemen entschuldigt, und Armin hatte erklärt, so spät am Abend könne er nichts mehr essen, sonst bekomme er Sodbrennen. Lilly nahm an, dass er sich irgendwo zum Rauchen zurückgezogen hatte.

Julian und Rose-Marie waren als Letzte gekommen; Rose-Marie wirkte ziemlich erhitzt, ihr an sich blasses Gesicht zeigte rote Flecken. Beide mieden Lillys Blick. Hedis Hund schien mit ihnen auch nicht einverstanden zu sein; aus unerfindlichen Gründen bellte er mal Julian, mal Rose-Marie an.

Stumm und mit nicht allzu viel Appetit stocherte die Gesellschaft in den exzellenten Rinderfiletstückchen im Blätterteig herum, die sicher viel Arbeit gemacht hatten. Lilly tat es ein wenig leid um Sonja und ihre Mutter, die gleichzeitig noch das morgige Menü vorbereitet hatten. Als es draußen energisch an der Tür klopfte, stand Sonja auf und kehrte wenig später mit dem Weihnachtsmann zurück. Sie schien unsicher zu sein, offensichtlich war sie über den späten nächtlichen Besucher nicht informiert. Alle anderen legten heiter und interessiert das Besteck beiseite und warteten, was da kommen sollte, zumal der Weihnachtsmann einen verheißungsvoll dicken Jutesack mit sich trug.

»Ho, ho, ho!«, sagte er mit leicht nasaler Stimme, die Lilly verstellt vorkam. Salbungsvoll fuhr er fort: »Ich komme von draußen, von den Schneewiesen her, um euch zur Weihnacht eine Freude zu machen. Seid ihr denn auch alle brav gewesen?«

Es wirkte steif und einstudiert. Die Gesellschaft antwortete im Chor mit »Ja«, und Rose-Marie konnte ein nervöses Lachen kaum unterdrücken. Hedis Hund kam unter dem Tisch hervorgestürzt und zerrte knurrend an dem weißen Pelzbesatz des Hosensaums. Lilly schien es, als wollte der Weihnachtsmann dem Hund spontan einen Tritt versetzen, doch Sonja, die dem Fremden am nächsten saß, erwischte Taxi am Halsband und zog ihn außer Reichweite.

Nachdem der Weihnachtsmann gefragt hatte, ob jemand

ein Gedicht aufsagen könne, und die Gesellschaft fröhlich mit »Nein« geantwortet hatte, schien er unsicher, was jetzt zu tun sei.

Schließlich trat er einen Schritt beiseite, um dem Hund nicht zu nahe zu kommen, und nestelte den Sack auf.

»Hier sind eure Geschenke«, sagte er mit der Überbetonung eines Laienschauspielers. »Wichtig ist, dass ihr sie erst am Weihnachtsmorgen öffnet. Wollt ihr mir das versprechen?«

»Ja, Herr Nikolaus«, sagte Sonja und hatte Mühe, nicht vor Lachen herauszuplatzen.

»Ja, Herr Nikolaus«, bestätigten auch die anderen fast unisono im Chor.

»Nun denn.« Er beugte sich hinunter in seinen Sack, holte ein in Weihnachtspapier gewickeltes Päckchen heraus und überreichte es feierlich. »Für Sonja Liebertz.«

Das nächste Päckchen drückte er Rose-Marie in die Hand, dann kamen der Reihe nach Julian, Hedi Schuster, Wolfgang Runge und Babette an die Reihe. Auch für Armin Töpfert und Fredi gab es kleine Präsente, doch der Nikolaus-Darsteller schien irritiert, dass sie nicht mit am Tisch saßen. Zuletzt wandte er sich an Lilly. »Sie standen leider nicht auf meiner Liste«, sagte er und lächelte sie an. »Aber ich habe doch noch etwas für Sie.« Er fasste in die Tasche seines Nikolauskostüms und zog eine kleine Pralinenschachtel hervor, die er ihr mit einer kurz angedeuteten Verbeugung überreichte.

Dann richtete er sich auf, ließ seine Blicke über die Anwesenden gleiten und mahnte noch einmal: »Bitte dran denken, die Päckchen dürfen erst am Weihnachtsmorgen geöffnet werden! Ho ho, ho, und euch allen eine fröhliche Weihnacht!«

Dann war er verschwunden, und draußen fiel die Tür ins Schloss.

Sonja wandte sich lächelnd an ihren Mann. »Das war eine tolle Idee von dir, Julian! Aber warum kam er so spät? Mo und Flo hätten sich bestimmt auch gefreut.«

Julian blickte seine Frau verwirrt an. »Ich habe keinen Weihnachtsmann bestellt! Ich dachte, du hättest ihn beauftragt.«

»Mutter?«

Nein, Babette hatte auch keinen Weihnachtsmann bestellt und ebenso keiner der Gäste. Auch Fredi, der kurz darauf das Zimmer betrat, leugnete, irgendetwas mit dem Weihnachtsmann zu tun zu haben. Er war oben gewesen bei den Kindern, weil es Moritz schlecht geworden war und er befürchtete, er müsste sich übergeben. »Ich habe ihm eine Tablette gegen Übelkeit verabreicht, jetzt geht es wieder. Nein, geh nicht rauf«, wehrte er Sonja ab, »er schläft jetzt, weck ihn nicht auf.«

Doch Sonja ließ sich nicht davon abhalten, nach ihrem Sohn zu sehen, und lief nach oben.

»Kann ich dir eine Hühnersuppe anbieten, Fredi, die wird auch dein Magen vertragen?«, fragte Babette gerade, als ein lauter Schrei ertönte. Er kam von Hedi Schuster. Sie hatte ihr Geschenk geöffnet und starrte voller Entsetzen in den kleinen Karton. Lilly bemerkte, wie sich ein ekelhafter Geruch im Zimmer verteilte.

»Ich weiß nicht, was es ist«, sagte Hedi erschüttert, »aber es muss eine total verfaulte Frucht sein, einfach widerlich. Und ein Zettel liegt dabei.« Sie zog ein Post-it hervor, das durchtränkt war von einer schmierigen Flüssigkeit und fürchterlich stank. In großen Blockbuchstaben stand nur ein Wort darauf: »Verfaule!«

Während die anderen nun auch ihre Päckchen öffneten, sprang Wolfgang Runge von seinem Stuhl und rannte nach draußen, dicht gefolgt von Julian. Lilly schloss sich ihnen an, doch von dem Weihnachtsmann war nichts mehr zu sehen, zumal es trotz des Schnees außerhalb der Hoflichter stockdunkel war. Sie erschraken alle drei, als sie knirschende Schritte im Schnee hörten und eine vermummte Gestalt im Lichtkegel einer Lampe auf sich zukommen sahen.

»Verdammt, Armin!«, schimpfte Julian. »Erschreck uns doch nicht so!«

»Was ist denn hier los?«, fragte Armin Töpfert und schüttelte den Schnee von seinen Stiefeln. Er nahm Julian und Wolfgang Runge ins Visier. »Was blafft ihr mich so an? Entspannt euch mal ein bisschen.«

»Haben Sie jemanden aus dem Haus kommen sehen?« Lilly ging dazwischen, ehe es zu einem Streit kommen konnte.

Töpfert betrachtete sie so intensiv, als wäre sie ein interessantes, aber missgebildetes Insekt unter seinem Mikroskop. »Haben wir uns nicht schon mal geduzt?«

»Beantworten Sie bitte meine Frage!«, fuhr Lilly ihn an.

»Sie ist Polizistin, falls du das noch nicht weißt«, informierte ihn Wolfgang Runge.

»Oh! Aber was, um Himmels willen, ist denn passiert? Wen soll ich gesehen haben?« Töpfert kramte seine Zigaretten hervor und zündete sich in aller Ruhe eine an, während Julian ihn über den sonderbaren Auftritt des Weihnachtsmannes informierte.

»Wo warst du eigentlich die ganze Zeit?«, beendete er schließlich seinen Bericht.

»Zigaretten rauchen«, erwiderte Töpfert. »Wenn ich noch spätabends was esse, habe ich am nächsten Morgen Sodbrennen.«

»Und hast du nun jemanden gesehen oder nicht?«, forschte Runge nach, doch Töpfert schien keine Hilfe zu sein. Er erzählte, dass er bis zum Rand der Warft hinter dem Pavillon gegangen war und sich dort die Füße vertreten hatte. Aber gesehen habe er niemanden, keinen Menschen, kein Tier.

Aus dem Haus erklangen erneut erregte Stimmen. Sie eilten ins Wohnzimmer und blickten in lauter verstörte Gesichter. Inzwischen hatten auch die anderen ihre faulen Früchte ausgepackt – schwarze, matschige Bananen, eine geschälte Ananas, die nur aus dunklen Flecken bestand, süßlich stinkende Weintrauben, fast schon verflüssigte Pfirsiche. Und in jedem Karton lag ein Post-it, auf dem nur jeweils ein einziges Wort stand: *Verrecke!, Verwese!, Verschwinde!, Verrotte!* und ähnliche Nettigkeiten. Auch Fredi und Töpfert hatten inzwischen ihre Präsente geöffnet, auch darin befanden sich stinkende, verfaulte Lebensmittel. Lilly dachte, dass sich da einer sehr viel Mühe gegeben hatte. Aber warum? Wen wollte er treffen? Doch wohl nicht sie alle? War es ein Geistesgestörter, der durch verschiedene Häuser die Runde machte? Oder sollte es einfach ein schlechter Scherz sein?

»Und hier ist noch etwas.« Rose-Maries Stimme klang ganz klein und ängstlich. »Unter meinen Bananen.« Sie hielt ein weiteres stinkendes, mit Flüssigkeit durchtränktes Post-it hoch, auf dem die Worte »sie tot« zu lesen waren.

Nun sahen auch alle anderen unter ihren faulenden Präsenten nach und brachten weitere Zettel mit Botschaften zum Vorschein. Am Schluss lagen sechzehn Post-its auf dem Tisch, jeder – außer Lilly – hatte zwei erhalten, und auf jedem standen ein, zwei oder drei Wörter.

Lilly las sie der Reihe nach vor, den Anfang machte Sonja mit dem Wort »Königin«. Dann kamen: »Wachst – Morgenrot … – die Gäste – du? – machen – oder – zum – dann sind –

sie schlafen – du? – schläfst du – was – bis – sie tot – was machst …«

»Hä?«, machte Armin Töpfert und verzog das Gesicht. »Was für ein Bullshit ist das denn?«

»Es ist eine Botschaft an uns«, sagte Rose-Marie mit zitternden Mundwinkeln. »Hier ist doch von Gästen die Rede, die irgendwann tot sind.«

»*Bis zum Morgenrot* vielleicht?«, warf Fredi ein.

»Ich verstehe nur nicht, warum wir alle gemeint sind? Was haben wir dem Kerl denn getan?« Rose-Marie sah aus, als würde sie gleich in Tränen ausbrechen.

»Vielleicht sollten wir den Text erst mal richtig zusammensetzen«, schlug Babette vor, »das wäre bestimmt hilfreich.«

»Ich glaube, ich kenne ihn«, sagte Sonja wie geistesabwesend.

»Den Kerl im Weihnachtskostüm?«, fragte Fredi erstaunt.

»Nein, den Text. Er ist aus einem Märchen der Brüder Grimm. Erinnerst du dich nicht? Wir haben es den Kindern oft vorgelesen. Eines von Monas Lieblingsmärchen.«

»Ja und? Wie geht der Text?«, drängte Julian, der Fredi missbilligend musterte, vielleicht weil er nachträglich eifersüchtig war auf dieses häusliche Idyll.

Sonja stand auf. »Ich muss das Buch holen.«

Wenig später kam sie mit einem abgegriffenen roten Band zurück, dessen Seiten vom häufigen Gebrauch weich wie Papiertaschentücher waren.

»Das ist doch dein altes Märchenbuch, daraus habe ich dir schon vorgelesen, als du noch ganz klein warst«, bemerkte Babette sichtlich gerührt.

»Hier ist es!« Sonja blätterte und schlug eine Seite auf, die mit Bleistiftkritzeleien versehen war.

»Der Spruch heißt: ›*König, was machst du? Schläfst du*

oder wachst du? Was machen meine Gäste? Sie schlafen feste. Was macht mein Kindelein? Es schläft in der Wiege fein.‹ Es ist sozusagen ein Zwiegespräch zwischen einer Ente, die in Wahrheit die Königin ist, und dem Küchenjungen. Aus dem Märchen *Die drei Männlein im Walde.*«

Babette runzelte die Stirn. »Aber dies hier ist ein anderer Text.«

Sie stand auf, holte einen Schreibblock, schnitt ein Blatt Papier in 16 Teile und schrieb die Wörter in der Zusammensetzung auf je einen Zettel, wie es auch der Besucher im Weihnachtsmannkostüm gemacht hatte. Nun konnten sie sich mit den Zetteln beschäftigen, ohne von dem fauligen Geruch erschlagen zu werden.

Sie brauchten eine ganze Weile, bis sie das Puzzle zusammengesetzt hatten.

Dann las Babette vor:

»Königin, was machst du?
Schläfst du oder wachst du?
Was machen die Gäste?
Sie schlafen bis zum Morgenrot –
Dann sind sie tot.«

»Das ist sicherlich an den Märchentext angelehnt, aber er hat ihn umgedichtet und ergänzt«, sagte Lilly. »Ich frage mich nur, warum?«

»Er bedroht uns, eindeutig«, sagte Rose-Marie Heine.

Julian ließ die Faust auf den Tisch niedersausen. »Was, zum Teufel, soll dieser Scheiß eigentlich?«

Unwillkürlich sahen alle zu Lilly, vermutlich weil sie Polizistin war und daher vielleicht eine Idee hatte. Doch Lilly war genauso verwirrt wie alle anderen. Ratlos fragte sie: »Kam dieser Mensch irgendjemandem bekannt vor?«

»Ich glaube, er hatte seine Stimme verstellt«, sagte Rose-Marie. Anklagend blickte sie sich im Zimmer um. »Das kann doch nur bedeuten, dass jemand von euch weiß, wer er ist.«

Hedi, die neben ihr saß, drückte zitternd ihren Hund so fest an die Brust, dass er zu jaulen begann. Ihr sonst so freundliches, heiteres Gesicht war verkniffen.

»Klappe halten!«, schnauzte Julian in Richtung Hund.

Eine lähmende Stille breitete sich aus. Babette stand auf und sammelte leise das Geschirr ein. Nach kurzem Zögern half ihr Fredi.

»Warum zum Teufel gibt keiner von euch zu, dass er den Kerl kennt?«, schluchzte Rose-Marie Heine.

Da das Rätsel nicht zu lösen war, zumindest nicht in dieser Nacht, machte sich langsam eine seltsam aufgedrehte Stimmung breit. Runge erzählte eine komisch sein sollende Geschichte von einer unheimlichen nächtlichen Begegnung in Venedig, die er im Urlaub gehabt und die ihm Angst eingejagt hatte, und Babette spendierte einen edlen französischen Rotwein, der das Prädikat »Wein des Jahres« erhalten hatte. »An sich wollte ich die Flaschen bis zu meinem Sechzigsten aufheben«, erklärte sie nervös, »aber ich glaube, jetzt haben wir alle eine Stärkung nötig.«

Julian ging hinaus, um das Dessert zu holen, das er schon am Vortag vorbereitet hatte. Desserts, erklärte er, seien seine Spezialität, darin sei er unschlagbar. Und was Süßes wäre jetzt gut für die Nerven. Alle zuckten zusammen, als kurz darauf seine Wutschreie aus der Küche zu hören waren.

Rose-Marie verdrehte die Augen. »Nicht schon wieder!«, flüsterte sie. Sonja und Lilly liefen in die Küche. Dort hatte Lilly den Eindruck eines Déjà-vu-Erlebnisses, als sie Julian der Länge nach auf dem ölig glänzenden Boden liegen sah.

Fettflecken zierten seine Hose. Er machte keine Anstalten aufzustehen, sondern lag, nach Beendigung seines Wutausbruchs, nun still und bewegungslos und mit geschlossenen Augen da, das Gesicht zu einer Grimasse verzogen. Lilly fand diese Pose reichlich theatralisch, zumal seine Wut mit Händen zu greifen war.

Als Sonja ihm aufzuhelfen versuchte, schlug er ihre Hand grob zur Seite. Er öffnete die Augen. Seine Kiefer mahlten. »Was ist eigentlich mit euch beiden los?«, sprach er mit gefährlich leiser Stimme. »Ist es euch ganz und gar unmöglich, die Küche in einem halbwegs sauberen Zustand zu verlassen? So, dass man nicht Gefahr läuft, sich das Genick zu brechen?«

Als er aufsprang, wich Sonja für einen kurzen Moment erschrocken zurück. Doch dann wurde auch sie wütend, was Lilly mit großer Befriedigung registrierte.

Keine zwölf Stunden später wurden die Toten in der Sauna gefunden.

25. Dezember, erster Weihnachtsfeiertag

John Benthien stand in der Küche und rührte in einer Pfanne. Vor einigen Jahren war er zum Spezialisten für die Herstellung von Soßen geworden, aber wie das gekommen war, wusste er selbst nicht so genau, denn aus Zeitgründen kochte er nur selten. Aber er aß gerne Soßen, und Karin, seine Lebensgefährtin, hatte eines Tages überraschend erklärt, da ihre Soßen ständig misslingen würden, sei das ab sofort seine Aufgabe. Irgendwie hatte es geklappt, hatte das, was er zusammenrührte, tatsächlich Geschmack und eine akzeptable Konsistenz. Seitdem musste er ran, wenn es eine Soße zu kochen galt.

»Gibst du mir mal den Portwein?«, forderte er Celina, Karins Tochter, auf, die ihre Beine schwingend auf der Waschmaschine saß und sich zu seiner Assistentin erklärt hatte.

»Keinen Alkohol, bitte!« sagte Karin, die gerade die Küche betrat. »Du kannst dem Kind doch keine Soße mit Portwein geben!«

»Ach, Mama, du verstehst rein gar nichts vom Kochen«, protestierte ihre Tochter.

»Der Portwein ist ein Geschmacksträger«, erklärte Benthien, »er verkocht vollständig. Am Schluss ist kein Alkohol mehr drin.«

»Na gut. Aber kannst du deine Kocherei vielleicht mal unterbrechen und den Tisch decken?«

John schüttelte entschieden den Kopf. »Es ist dringend notwendig, dass ich die Soße beobachte«, erklärte er feierlich.

Karin schnaufte. »Meine Güte, du rührst doch nur eine braune Pampe an und keinen Impfstoff!«

Zu seinem Glück wurde sie durch die Türklingel unterbrochen. Vermutlich waren es ihre Eltern, die zum Essen kamen. Aber auch Benthiens Handy klingelte, und das bedeutete nichts Gutes.

Drei Telefonate später stand Benthien am Fenster und sah hinaus in die Landschaft. Er wollte nicht die Küche aufräumen, nicht mit dem Besuch im Zimmer sitzen und Kaffee trinken, sondern mit Celina nach draußen gehen und im Schnee herumtoben, Schneebälle werfen und einen Schneemann bauen. Wie oft gab es schon so einen schönen, klaren Wintertag? Die Felder und Wiesen waren dick verschneit, darüber leuchtete ein fast sommerlich blauer, wolkenloser Himmel, und über der gesamten Landschaft lag eine feierliche Festtagsstille. In den umliegenden Häusern brannte die Weihnachtsbeleuchtung.

Am wenigsten wollte er einen Mordfall untersuchen! Trotzdem stand er nun hier und wartete auf Fitzen, der aus Flensburg im Anmarsch war. Inzwischen hatte Benthien ausführlich mit Lilly telefoniert und wusste, dass drei Leichen in einer Sauna im Elisenkoog gefunden worden waren. Die Niebüller Polizei war bereits vor Ort, aber da die Todesursache nicht eindeutig schien, musste die Kripo ermitteln. Daraufhin hatte Benthien Thyra Kortum, die Oberstaatsanwältin, angerufen und war von ihr beauftragt worden, die Ermittlungen zu leiten.

Als Fitzen ankam, stieg er in Johns Wagen, dann ging es los in den Elisenkoog. Autofahrten wirkten auf Fitzen stets appetitanregend; Benthien war es schon gewöhnt, dass sein Freund den Wagen mit Schokoriegeln, Nüssen, Salzbrezeln und Burgern vollkrümelte. Diesmal futterte er Frikadellen. »Weil ich kein Mittagessen hatte«, verteidigte sich Fitzen. »Willst du auch eine?«

Benthien langte zu. »Wie war eure Party gestern?«

»Die war okay, ganz lustig. Aber jetzt herrscht dicke Luft. Natürlich mal wieder wegen meines Jobs! Katharina hat ab sechs Notdienst im Krankenhaus, und ich sollte auf Jenny aufpassen, aber jetzt ist sie am Rotieren, weil sie eine andere Lösung finden muss.« Er drückte Senf aus der Tube auf seine Frikadelle, bevor er herzhaft hineinbiss. »Polizist und Ärztin, das ist einfach nicht kompatibel. Kein Wunder, dass die Leute in unseren Berufen alle geschieden sind.«

Benthien warf ihm einen Blick zu. »Du willst dich doch nicht etwa schon wieder trennen?«

Er fand, dass Fitzen in seinem Liebesleben allzu schnell die Flinte ins Korn warf, allerdings war er auch schon einige Male von seinen Freundinnen verlassen worden und hatte darunter sehr gelitten. Von einem bestimmten Zeitpunkt an hatte er dann offensichtlich den Spieß umgedreht und die Geschichte beendet, bevor seine Partnerin es tun konnte. War es mal wieder so weit? Aber diesmal hatte er eine kleine Tochter, da sollte er, fand Benthien, vielleicht ein bisschen mehr um die Beziehung kämpfen.

Fitzen wiegte den Kopf hin und her. »Ich habe jemanden kennengelernt, weißt du, sie heißt Ulrike …«

»Tommy, das darf doch nicht wahr sein! Ich kapiere nicht, wie man sich alle naselang neu verlieben kann. Sei doch mal ein bisschen beständig. Eure Jenny ist noch klein, und sie braucht euch beide!«

Fitzen knabberte an seiner Frikadelle. »Weiß ich doch!

Aber das ist alles so verflucht kompliziert! Lass uns das Thema wechseln, okay? Erzähl mal, wohin wir überhaupt fahren.«

Das tat Benthien, und Fitzen meinte fröhlich: »Mit etwas Glück hatten sie alle einen Herzinfarkt. Kommt in der Sauna ja häufiger vor. Dann wären wir wenigstens pünktlich zur Sahnetorte wieder daheim.«

Benthien lachte. »Klingt plausibel! Bestimmt ein kollektiver Herzinfarkt. Ich bewundere immer wieder deinen kriminalistischen Scharfsinn, du alter Fuchs.«

Fitzen wischte Krümel von seinen Knien. »Arme Lilly. So hat sie sich ihr Weihnachten bestimmt nicht vorgestellt. Hat sie sonst noch was gesagt?«

»Sie hat etwas von einem Weihnachtsmann, faulen Früchten und Drohungen erzählt, aber so ganz habe ich den Zusammenhang nicht verstanden.«

»Scheint ja eine aufregende Weihnachtsfeier gewesen zu sein«, brummelte Fitzen und biss in einen Apfel.

* * *

Stumm betrachteten Lilly, Benthien und Fitzen die drei Männer in der Sauna, die so friedlich aussahen, als ob sie schliefen. Einer von ihnen lag halb unter der Bank, einen Arm ausgestreckt, eine Hand flehend geöffnet, als wollte er eine unbekannte Macht um einen letzten Aufschub bitten. Doch vergebens – auch hier war kein Leben mehr. Sie bemühten sich, nicht in die Lachen von Alkohol zu treten, die den Boden bedeckten.

»Die SpuSi hat schon Proben von dem Zeug genommen«, sagte Lilly.

Drei Menschen, drei Tote an diesem idyllischen Weihnachtstag, gestern noch fröhlich feiernd, essend, trinkend, tanzend, und heute war alles vorbei.

Fitzen wandte sich an Lilly. »Kennst du ihre Namen?«

Seine Kollegin deutete auf einen der Männer, untersetzt, mit ein paar weichen Barthaaren auf der Oberlippe und deutlich der Älteste von den dreien. »Das ist Matte Blum, das treue Hausfaktotum. Seit vierzehn Jahren bei Julian angestellt, zog ein paarmal mit ihm um und wohnte auch hier im Haus.«

»Dass es so was noch gibt«, wunderte sich Fitzen und kratzte seinen Dreitagebart. »Erinnert mich an die Burschen, die nach dem Krieg ihren Herren auch im zivilen Leben dienten. Liest man manchmal in alten Büchern.«

»Er war etwas ›simple minded‹, wenn ihr versteht, was ich meine, aber sehr freundlich und gutmütig. – Der hier«, Lilly zeigte auf einen rundlichen Typ mit braunem Haar, der noch im Tod aussah, als lächelte er selig, »ist Wolfgang Runge, ein guter Freund von Julian. Und der da« – sie deutete auf einen schlanken, attraktiven Mann, der zusammengesunken auf der obersten Bank saß – »ist Julian Liebertz, der Mann meiner Freundin Sonja.«

»Hatten die nicht gerade erst geheiratet?«, fragte Benthien.

»Ja, vor ein paar Wochen in Dänemark.«

Viel mehr gab es hier nicht mehr zu sehen. Zwei Polizisten der Schutzpolizei Niebüll standen draußen und bewachten den Pavillon; der Arzt und die Leute der Spurensicherung waren gerade abgezogen. Letztere hatten alles eingetütet, was sie vor Ort hatten finden können – Gläser, Handtücher, auch eine Flasche edlen Scotch Whiskys, die zu zwei Dritteln geleert war. Lilly zeigte ihnen die entsprechenden Fotos auf ihrem Handy.

»Ein ziemlicher Wahnsinn, so viel Alkohol in der Sauna zu bechern«, sagte Benthien kopfschüttelnd. »Nicht gut für den Kreislauf. Aber auch nicht unbedingt tödlich«

»Von Matte Blum weiß ich es nicht, aber Julian und Wolfgang Runge haben schon seit gestern Nachmittag ganz schön getrunken«, sagte Lilly. »Ich bin wirklich gespannt, wie viel Promille die haben.«

»Ist möglicherweise ein bedauerlicher Unfall gewesen, basierend auf purem Leichtsinn«, sagte Fitzen. »Und das nicht zum ersten Mal. Besoffen soll man eben nicht saunieren. Was haben wir, also die Kripo, damit zu tun?«

»Gehen wir in mein Zimmer«, schlug Lilly vor, »ich muss euch ein paar Sachen erzählen.«

»Es ist doch keineswegs sicher, dass diese Weihnachtsmann-Geschichte in einem Zusammenhang steht mit den Toten in der Sauna«, sagte Fitzen, nachdem Lilly ihnen die Vorkommnisse am Weihnachtsabend geschildert hatte. »Vielleicht hat der Kerl einfach nur einen schlechten Scherz gemacht? Und überhaupt, wie soll er das bewerkstelligt haben? Falls einer für den Tod der drei verantwortlich ist, muss es jemand aus diesem Haus sein!«

»Und die Aussage ›*sie schlafen bis zum Morgenrot … dann sind sie tot*‹ hat deiner Meinung nach nichts zu sagen?«, fragte Lilly.

»Gehen wir das Ganze einfach mal chronologisch durch«, schaltete sich Benthien ein. »Was geschah, nachdem der Weihnachtsmann weg war und du und Sonja diesen Liebertz in der Küche gefunden habt?«

»Sonja und Julian haben sich ein bisschen gekabbelt, weil Julian wegen der Ölflecken auf seiner Hose ziemlich wütend war. Es war bereits das zweite Mal an diesem Tag, dass er Flecken auf seiner Kleidung hatte, und er regte sich immer ziemlich schnell auf. Er war ein echter Choleriker. Nachdem er sich beruhigt und umgezogen hatte, haben wir sein Dessert gegessen, auf das er so stolz war, Schokoküchlein mit selbst gemachtem Eis. Danach saßen wir noch eine Weile zusammen und haben Partyspiele gemacht, Klohocker, Flaschen drehen und so was. Wir waren alle ziemlich albern. Ich hatte den Eindruck, keiner wollte alleine sein, obwohl alle so taten, als hätten sie den Weihnachtsmann schon längst wieder vergessen oder nähmen seinen Auftritt nicht ernst. Als ich gegen drei nach oben ging, waren die meisten noch im Wohnzimmer, nur Babette war hinübergegangen in ihr kleines Cottage. Sie wohnt ja jetzt hier. Später in der Nacht haben sich Leute gestritten, draußen auf dem Hof, das habe ich so halb im Schlaf gehört, aber nachgesehen habe ich nicht.«

Lilly saß mit untergeschlagenen Beinen auf dem Bett, Benthien und Fitzen machten es sich auf zwei Sesseln in Lillys Zimmer bequem. Offenbar hatte sich die gesamte Weihnachtsgesellschaft auf ihre Zimmer zurückgezogen, denn niemand war ihnen auf dem Weg durchs Haus begegnet.

»Und was geschah heute Morgen?«, fragte Benthien. Er betrachtete die gepflegten Einrichtungsgegenstände im Zimmer. Julian Liebertz schien kein armer Mann gewesen zu sein.

Lilly zwirbelte eine Haarsträhne um ihren Finger. »Sonja und ihre Mutter haben in der Küche ein kleines Büfett aufgebaut, da konnte sich jeder bedienen. Ein gemeinsames Frühstück gab es nicht, jeder konnte aufstehen, wann er wollte. Nur Fredi hat zusammen mit den Kindern gefrühstückt. Mittags sollte es eine Gans geben. Dafür war Matte Blum zuständig. Anscheinend war es an Weihnachten immer seine Aufgabe, sich um den Gänsebraten zu kümmern.

Rose-Marie Heine schlug vor, einen Spaziergang im Schnee zu machen, aber die Männer hatten keine Lust, sie wollten lieber die neue Sauna ausprobieren. Also sind wir Frauen mit den Kindern allein losgezogen. Als wir zwei Stunden später zurückkamen, war die Gans ausgetrocknet und an manchen Stellen bereits verbrannt. Blum hatte sie in den Ofen gesteckt, sich aber danach nicht mehr um sie gekümmert. Sonja machte sich auf, die Männer zu suchen, und fand sie dann tot in der Sauna. Es muss ein schrecklicher Schock für sie gewesen sein. Der Arzt hat ihr ein Beruhigungsmittel gegeben, ich glaube, sie schläft jetzt.«

»Und wo waren die zwei Typen, die nicht mit in der Sauna waren? Sonjas Ex und dieser Töpfert?«, fragte Tommy Fitzen.

Lilly zuckte mit den Schultern. »Vermutlich hier im Haus, ich konnte noch nicht mit ihnen sprechen. Töpfert habe ich heute überhaupt noch nicht gesehen.«

»Erinnert ihr euch?«, sagte Fitzen. »Es stand vor Jahren in der Zeitung. Da sind schon einmal drei Männer in der Sauna ums Leben gekommen. Man hat sie obduziert, aber ein Fremdverschulden konnte damals ausgeschlossen werden. Sie sind an Herz-Kreislauf-Versagen gestorben, verbunden mit Alkohol, und weil sie nach einer Feier total übermüdet waren.«

»Das könnte theoretisch natürlich auch hier der Fall gewesen sein«, meinte Lilly und gähnte dezent. »Sorry. Wir alle sind spät ins Bett gekommen, Julian und Wolfgang Runge waren noch wer weiß wie lange auf, als ich schon oben war. Ab und zu habe ich sie singen hören. Wie ich schon sagte, sie haben ziemlich viel Alkohol getrunken, Wein, Cognac, Whisky. Angemerkt hat man es ihnen kaum, offenbar haben sie eine beachtliche Menge vertragen. Was wollen wir eigentlich wegen dieses Weihnachtsmannes unternehmen, John?«

»Natürlich müssen wir unbedingt mit ihm sprechen und erfahren, was für ein Motiv er für diesen denkwürdigen Auftritt hatte. Sagtest du nicht, Lilly, du hättest den Eindruck gehabt, dass ihn jemand von den Gästen kannte?«

»Rose-Marie Heine hat das vermutet. Mir ist nur aufgefallen, dass er eine etwas merkwürdige Sprechweise hatte, wie einer, der seine Stimme verstellt. Es klang unnatürlich und ziemlich hoch für einen Mann. Außerdem kannte er alle Namen außer meinem und hatte für jeden ein ›Geschenk‹ dabei. Dass ich auch da sein würde, wusste er offenbar nicht, das hat sich ja auch erst vor ein paar Tagen ergeben …«

»Also hatte er diese Aktion schon länger geplant«, äußerte Fitzen.

»Ja, vermutlich.«

Es klopfte an der Tür, und eine Frau mit schulterlangen grauen, wallenden Haaren, gehüllt in ein flatterndes Cape, trat ins Zimmer. Benthien, der sie aufmerksam betrachtete, schätzte sie als einen im Normalfall selbstbewussten, energischen Menschen ein, doch jetzt wirkte sie aufgelöst und atemlos. Er nahm an, dass sie Sonjas Mutter sein musste, da sie das entsprechende Alter hatte, was Lilly auch gleich darauf bestätigte.

»Ist schon wieder etwas passiert?«, fragte sie besorgt. »Du siehst so verschreckt aus.«

Alle zuckten zusammen, als Babette stumm eine Waffe aus der Tasche ihrer langen Wolljacke zog und aufs Bett legte. Soweit Benthien erkennen konnte, war es ein alter Armeerevolver.

»Was … was …?«, keuchte Lilly, ohne ihren Satz zu Ende zu führen.

»Die Kinder haben sie gefunden«, sagte Babette bedrückt, »in einer Schneewehe hinter der alten Eiche. Gerade eben, als sie mit Fredi einen Schneemann bauen wollten.«

Tatsächlich hörte man von draußen die fröhlichen, etwas aufgeregten Rufe der Kinder.

Fitzen stand auf, schnappte sich den Revolver und untersuchte ihn. »Keine Munition«, meldete er. »Er ist schon lange, wahrscheinlich seit Jahren, nicht mehr abgefeuert worden, außerdem müsste er dringend geölt und gesäubert werden.«

»Erst vor zwei Tagen hat es so stark geschneit, dass der Schnee auch liegen geblieben ist«, überlegte Benthien. »Folglich kann er auf keinen Fall länger als zwei Tage hier auf dem Hof liegen. Man hätte ihn ja sonst gefunden.« Er wandte sich an die ältere Frau. »Kennen Sie diese Waffe, Frau Neumeyer?«

»Natürlich nicht! Ich habe noch nie eine Pistole oder einen Revolver gesehen, außer im Fernsehen. Vielleicht hat er diesem Menschen gehört, der bei uns als Weihnachtsmann aufgetreten ist.«

»Aber warum sollte er seine Waffe dann in den Schnee werfen?«, fragte Fitzen. »Das ergibt keinen Sinn.«

Babette Neumeyer zuckte die Achseln. »Dazu kann ich nichts sagen. Falls Sie mich brauchen, ich bin in der Küche. Der Mensch muss schließlich essen, trotz allem. Sie beide sind herzlich eingeladen«, fügte sie, an Fitzen und Benthien gewandt, hinzu, bevor sie mit müden Schritten das Zimmer verließ.

»Wie gehen wir jetzt vor?«, fragte Lilly.

Benthien zögerte. »Im Grunde sollten wir erst einmal wissen, woran die drei Männer in der Sauna gestorben sind. Aber das werden wir frühestens morgen erfahren. Dann der Revolver … Es ist ganz offensichtlich kein Verbrechen damit begangen worden. Vielleicht hat ihn nur jemand verloren …«

»Aber den Drohungen des Typen, der hier als Weihnachtsmann aufgetreten ist, müssen wir nachgehen«, fiel ihm Fitzen ins Wort. »Das ist schließlich kein Kavaliersdelikt.«

»Wir sollten in Erfahrung bringen, ob er mit dieser Nummer – also den Drohungen, den faulen Früchten – auch in anderen Häusern unterwegs war«, meinte Lilly. »Bei uns tauchte er erst gegen Mitternacht auf. Könnte ja sein, dass er bis dahin schon eine lange Besuchstour hinter sich hatte.«

»Du meinst, dieses Haus war vielleicht nur eines von vielen?«, fragte Benthien. »Aber woher kannte er dann die Namen der Gäste? Das sieht mir eher nach einem gezielten Vorgehen aus.«

»Vielleicht war es ja er, der den Revolver verloren hat«, spekulierte Fitzen munter drauflos. »Wenn wir Glück haben, finden wir seine Fingerabdrücke darauf, und wenn wir noch mehr Glück haben, sind sie auch noch registriert. Dann haben wir ihn.«

Lilly stand auf. »Ich werde mal ein bisschen in der Nachbarschaft herumtelefonieren. Kann ja sein, dass er seine Nummer auch in anderen Häusern abgezogen hat.«

»Tommy und ich werden inzwischen mit den Gästen sprechen«, sagte Benthien. »Vielleicht finden wir ja den Besitzer der Waffe.«

»Töpfert war gestern Nacht draußen im Hof, angeblich hat er dort geraucht. Er erzählte uns, dass er bis zum Rand der Warft gewandert sei, bis hinter den Pavillon. Aber gesehen hat er angeblich niemanden«, informierte Lilly ihre Kollegen.

»Dann sprechen wir doch als Erstes mit ihm«, sagte Benthien entschlossen.

Armin Töpfert hatte offenbar lange geschlafen. Als Benthien, Fitzen und Lilly sein Zimmer betraten, hockte er, bekleidet mit Schlafanzug und Bademantel, gähnend auf dem Bettrand. Er roch noch nach Schlaf, fand Benthien, und nach Zahnpasta. Auf dem Nachttisch stand ein Becher mit Kaffee, im Glas daneben sprudelte eine Tablette. Töpferts wirre schwarze Haare hatten seit Langem keinen Kamm mehr gesehen und sein Gesicht keinen Rasierer. Immerhin wusste er bereits, was vorgefallen war.

»Babette hat es mir erzählt«, murmelte er, nachdem Lilly ihre Kollegen vorgestellt hatte. »Weiß man denn schon, was da überhaupt passiert ist und wie?«

Fitzen antwortete mit einer Gegenfrage. »Vielleicht können *Sie* uns etwas darüber erzählen?«

Töpfert erwachte aus seiner Versunkenheit und blinzelte ärgerlich. »Natürlich nicht! Würde ich sonst fragen?«

Benthien griff ein. »Wann haben Sie Ihre Freunde zum letzten Mal gesehen?«, wollte er wissen.

Töpfert schüttete das Wasser in einem Zug herunter. »Herr Blum war nicht mein Freund«, antwortete er mürrisch. »Ich kannte ihn, weil er bei Julian angestellt war. Und Julian und Wolfgang? Das muss so gegen vier Uhr gewesen sein. Kurz danach bin ich nach oben und ins Bett gegangen.«

»Wissen Sie, warum auch Matte Blum in der Sauna war?«

»Keine Ahnung. Vielleicht kam Julian mit dem Ofen nicht zurecht? Er hat mir mal erzählt, dass er Schwierigkeiten damit hat. Und Matte ist sozusagen mit einem Werkzeugkasten auf dem Buckel geboren. Wahrscheinlich hat ihn Julian anschließend in die Sauna eingeladen, wenn er schon mal da war. Matte liebte die Wärme, er war furchtbar verfroren. Armer Kerl.«

Benthien registrierte, dass dies die erste mitfühlende Bemerkung war, die er von Töpfert bisher gehört hatte.

Fitzen fragte: »Warum waren *Sie* eigentlich nicht in der Sauna?«

Töpfert wühlte in seinen dichten schwarzen Haaren, die ihm in einer Spitze bis tief in die Stirn wuchsen. Er brauchte eine Weile, bis er antwortete. »Ich muss mich berichtigen«, sagte er dann. »Julian habe ich zuletzt irgendwann heute

Morgen gesehen, ganz schrecklich früh, als er in mein Zimmer kam und wissen wollte, ob ich mit in die Sauna wolle. Ich sagte ihm, er solle sich zum Teufel scheren, und schlief wieder ein.«

»Hatten sie Krach mit ihm?«

»Teufel nein, Mann! Ich war müde und wollte einfach nur schlafen! Außerdem ging's mir nicht gut, ich hatte zu viel Sprit getankt. Passiert mir manchmal. Ihnen nicht?«

»Mit anderen Worten«, schloss Benthien, »Sie lagen im Bett und haben nichts gesehen und nichts gehört und mit niemandem gesprochen an diesem Vormittag …«

»Bis Babette kam, mir Kaffee und Aspirin brachte und mir so ganz nebenbei erzählte, dass zwei meiner besten Freunde nicht mehr am Leben sind, richtig!«

Benthien wanderte durch das muffig riechende Zimmer. »Wie lange kannten Sie Julian Liebertz und Wolfgang Runge schon?«

Töpfert nippte an seinem Kaffee. Langsam schien er etwas wacher zu werden. »Seit Jahren. Wir haben uns bei einem Golfturnier kennengelernt. Damals lebten wir alle drei in Heidelberg, auch Carsten Schütz gehörte zu unserer Clique.« Betroffen hielt er inne und sann seinen Worten nach. »Und Carsten ist auch tot, vor sechs Monaten einfach umgekippt … Wenn ich an Flüche glauben würde, an schlechtes Karma … na ja. Später ist Wolfgang wegen seines Jobs nach Mannheim gezogen; er war Banker, wissen Sie. Aber wir vier haben uns weiterhin regelmäßig getroffen, da wir ja alle das gleiche Hobby hatten.«

»Das Golfen?«

Töpfert nickte und vergrub sein Gesicht in den Händen. Allmählich schien es seinem vernebelten Hirn zu dämmern, dass er gerade – sozusagen in Sichtweite, während er schlief –

zwei seiner Freunde verloren hatte. Der Pavillon war aus seinem Fenster gut zu sehen. Aus der Vierer-Clique war nur noch einer übrig, überlegte Benthien und fragte sich gleichzeitig, ob das nur einer jener sonderbaren Zufälle war, die das Leben manchmal bereithielt.

Auf die Frage, ob er gestern Nacht, als er draußen seine Zigaretten rauchte, den ominösen Weihnachtsmann bemerkt habe, antwortete er mit einem energischen Nein, und eine Schusswaffe, erklärte Töpfert, habe er nie besessen, denn er hasse diese Dinger.

»Übrigens, spricht etwas dagegen, dass ich heute noch nach Heidelberg zurückfahre? Jetzt, wo Julian und Wolfgang durch diesen tragischen Unfall ums Leben gekommen sind, gibt es für mich keinen Grund mehr, noch länger hierzubleiben.«

»Sie bleiben bitte so lange in der Gegend, bis wir wissen, woran Ihre Freunde gestorben sind«, sagte Benthien und blickte von nicht unbeträchtlicher Höhe auf Töpfert hinab, der noch immer wie ein Haufen Elend auf dem Bettrand hockte.

»Haben Sie nicht das Bedürfnis«, fragte Lilly, »bei der Beerdigung von Julian dabei zu sein? Oder seiner Witwe zur Seite zu stehen? Aus alter Freundschaft?«

Armin Töpfert schürzte spöttisch die Lippen. »Wollen Sie jetzt die große Moralkeule schwingen? Ich bezweifle sehr, dass Sonja gesteigerten Wert auf meine Anwesenheit legt. Unser Verhältnis ist ziemlich distanziert, und eigentlich kennen wir uns nur flüchtig. Sie kann mich nämlich nicht leiden.«

»Warum nicht?«, fragte Fitzen.

Töpfert stand auf und vergrub die Hände, zu Fäusten geballt, tief in den Taschen seines Bademantels. Offenbar, dachte Benthien, fühlte er sich unbehaglich, da er im Zimmer der Einzige war, der nicht auf seinen Beinen stand und nicht angezogen war.

»Weibersolidarität«, erklärte Töpfert. »Sie ist mit meiner Ex befreundet und hat es mir übel genommen, dass wir uns getrennt haben. Wann findet die Obduktion denn statt?«

»Wir lassen es Sie wissen, wann Sie abreisen können«, sagte Benthien, gab Lilly und Fitzen ein Zeichen, dass er aufbrechen wollte, und verließ das Zimmer.

»Was für ein unangenehmer Mensch«, sagte Lilly draußen auf dem Flur. »Ein Mensch ohne jede Empathie.«

»Habt ihr das Damenhöschen in seinem Bett gesehen?«, fragte Fitzen. »Der Gute hat die Nacht definitiv nicht allein verbracht. Ich frage mich nur, warum er so ein Geheimnis daraus macht!«

Nachdem Lilly nahezu vierzig Leute in einem gewissen Radius um den Hof herum erfolglos abtelefoniert hatte – nirgendwo hatte es einen ähnlich spektakulären Auftritt eines Weihnachtsmannes gegeben –, hatte sie die Nase voll und wollte nur noch raus an die frische Luft. Dabei fiel ihr etwas ein, was sie über den Todesfällen ganz aus den Augen verloren hatte: Der Weihnachtsmann hatte ihr eine Pralinenschachtel geschenkt, auf der vermutlich seine Fingerabdrücke zu finden waren. Die musste natürlich ebenfalls, genau wie die Waffe, von der KTU untersucht werden. Doch als sie danach suchte, stellte sich heraus, dass die Schachtel nicht mehr da war. Sicherheitshalber durchsuchte Lilly ihren Koffer und das gesamte Zimmer, die Pralinen blieben unauffindbar. Lilly zog sich dick an, da es draußen sehr kalt war, doch die innere Kälte blieb und ließ sich nicht vertreiben.

***

Da es kein Mittagessen gegeben hatte, ließ Babette es sich nicht nehmen, einen späten Brunch zu servieren, zu dem sie auch Benthien und Fitzen einlud, was die beiden sehr zu schätzen wussten. Bei dieser Gelegenheit lernten sie die anderen Gäste kennen, die alle ziemlich lustlos in ihrem Essen herumstocherten. Eine lähmende Stille lag über dem Raum, zumal die Kinder zusammen mit ihrem Vater oben ihre Mahlzeit einnahmen. Benthien fragte sich, wo Lilly steckte. Sie musste den Gong doch gehört haben? Doch sie war nicht da, nicht in ihrem Zimmer und auch nicht im Haus. Hatte sie etwa einen Alleingang unternommen?

Er spürte, wie sein Appetit stark nachließ, im Gegensatz zu Fitzen, der genussvoll seine Suppe in sich hineinlöffelte.

Lilly erschien erst, als alle mit dem Essen fertig waren. Benthien kam sie sehr blass und schweigsam vor, aber sie aß brav ihre Suppe, die Babette für sie aufgewärmt hatte. Seine Besorgnis kehrte zurück, als er ihren Blick auffing. Irgendetwas wollte sie ihm sagen, etwas Wichtiges, aber offenbar nichts Erfreuliches. Unmerklich deutete er mit dem Blick nach oben.

Sonja, die Benthien gegenübersaß, hatte kaum gegessen. In ihrem schneeweißen Gesicht traten die Sommersprossen deutlich hervor, ihre Haut wirkte trocken und mitgenommen, doch die Augen waren nicht gerötet. Das Weinen würde wohl erst später kommen, wenn der Schock abgeklungen war.

»Werden Sie noch länger hierbleiben?« Sonjas Frage richtete sich an Benthien, und ihre Mutter warf ihr einen leicht indignierten Blick zu. Anscheinend fand sie die Frage ungehörig, zumindest unhöflich.

Zu seinem Erstaunen gab Lilly die Antwort. »Wir müssen euch alle noch befragen. Bleibt also bitte im Haus, am besten auf euren Zimmern, wir kommen dann zu euch.«

Ein Gemurmel erhob sich, doch sie kümmerte sich nicht darum.

Als sie wenig später Lillys Zimmer erreichten, konnte Benthien kaum noch an sich halten. »Was ist passiert, Lilly? Gibt es etwas, das wir wissen müssen?«

»Ich habe Blut im Schnee gefunden, unter einem großen Baum am Fuß der Warft, dort, wo ein zugefrorener Wassergraben durch die Wiesen verläuft«, erklärte Lilly. »Nicht weit entfernt von der Sauna. Das Blut ist der Farbe nach ziemlich frisch, wahrscheinlich von gestern Nacht.« Als Benthien sein Handy aus der Hosentasche angeln wollte, fügte sie hinzu: »Die KTU habe ich schon verständigt, die sind auf dem Weg.«

Fitzen sprang auf. »Na dann mal los! Ich frage mich langsam, was hier noch so alles passiert ist!«

Viel Blut war es nicht, aber Benthien vermutete, dass ein Teil davon unter dem Schnee lag. Das Blut, das Lilly gefunden hatte, war anscheinend übersehen worden; vielleicht weil es sich im schneefreien Windschatten eines Baumes über welkes Laub ergossen hatte, da fiel es weniger auf als auf dem leuchtend weißen Schnee. Dummerweise hatte es heute Morgen in den Marschen wieder geschneit, sodass keine Fußspuren mehr zu erkennen waren. Da die Kraft der Sonne allmählich nachließ, mussten sie sich außerdem ein wenig beeilen. Fitzen dachte laut darüber nach, von wem wohl das Blut stammte und ob es möglicherweise zu einer gewaltsamen Konfrontation zwischen Töpfert und diesem ominösen Weihnachtsmann gekommen war. »Lilly, du, Liebertz und Runge, ihr habt doch gestern Nacht mit Töpfert gesprochen, der zugegeben hat, dass er hinter dem Pavillon Zigaretten geraucht hat …«

»Und Liebertz und Runge sind jetzt tot!«, warf Benthien stirnrunzelnd ein.

»Ja, verdammt«, sagte Fitzen betroffen. »Glaubst du, dass Lilly jetzt auch in Gefahr sein könnte?«

»Blödsinn«, sagte Lilly. »Töpfert war nicht verletzt – und wenn er in eine Schlägerei verwickelt gewesen wäre, hätte er es doch sein müssen. Außerdem war er ganz entspannt und gelassen, und das nehme ich ihm durchaus ab.«

»Aber es lässt sich nicht leugnen, dass Töpfert in nächster Nähe des Tatorts gewesen ist.« Benthien deutete auf den Pavillon, der keine zwanzig Meter von dem Baum entfernt war, an dessen Fuß das Blut gefunden worden war. »Wir müssen auf jeden Fall nochmals mit ihm sprechen.«

»Und wir sollten überprüfen, ob jemand verletzt ist oder Hämatome hat«, schlug Fitzen vor. »Offenbar gehen hier auf dem Hof einige äußerst merkwürdige Dinge vor sich. Vielleicht sind unsere Saunatoten ja nur die Spitze des Eisbergs.«

»Kommt, lasst uns ein Stück am Wassergraben entlanggehen und die letzten Sonnenstrahlen genießen, dieses Haus deprimiert mich einfach«, schlug Benthien vor, und eine Weile stapften sie schweigend durch den Schnee, entlang an einem der unzähligen Wassergräben, die die Salzwiesen durchzogen. Der Himmel färbte sich mehr und mehr rot, bis im Westen die aufziehenden Wolken im tiefsten Purpur leuchteten, dramatisch wie in einem Bühnenbild.

»Trollartige Streiche, faules Obst und Drohungen von einem unbekannten Weihnachtsmann, den niemand bestellt hat, dazu drei Tote, ein alter Armeerevolver und Blut im Schnee, das aber nicht von einem Schuss herrühren kann«, zählte Fitzen auf, »wie zum Teufel hängt das alles zusammen?«

Die Frage war rein rhetorisch, er erwartete keine Antwort.

»Ich mache mir Sorgen um Sonja«, sagte Lilly, »sie sollte, wenn alle abgereist sind, auf keinen Fall mit Babette alleine hierbleiben.« Da es ihr kalt war, schwang sie ihre Arme vor und zurück und klatschte rhythmisch in ihre behandschuhten Hände, was Tommy Fitzen offenbar nervös machte.

Auch Benthien hatte seine Hände in den Taschen vergraben und wünschte sich, er hätte eine Mütze aufgesetzt. Zwar besaß er dichtes braunes Haar, in dem er zu wühlen pflegte, wenn er scharf nachdachte, sodass es dann wild in alle Richtungen stand, aber heute blies ein so heftiger Wind über die Felder, dass seine Ohren zu Eiszapfen erstarrten.

Trotzdem war es ein schöner Tag. Die untergehende Sonne ließ den Schnee noch einmal glitzern, als wäre er mit Diamanten besetzt. In der Ferne, vor dem Deich, blinkte blau ein Gewässer. Ab und zu erhoben sich Schwärme von Austernfischern in den Himmel. Wäre schön, dachte Benthien, wenn man einfach den Spaziergang genießen könnte, stattdessen musste er über verschiedene Verbrechen nachdenken und darüber, ob und wie sie möglicherweise zusammenhingen.

Er wandte sich an Lilly. »Wir werden gleich mit jedem Einzelnen auf dem Hof sprechen müssen. Aber vorher kannst du uns vielleicht erzählen, was du über diese Leute weißt?«

»Na ja, über Sonja und ihre Mutter weiß ich einiges, Fredi Osterhage kenne ich auch seit etlichen Jahren, aber die anderen? Die habe ich gestern zum ersten Mal gesehen.«

»Egal, erzähle einfach, was dir einfällt.«

»Also, Sonja und ihre Mutter haben nur ein paar Häuser weiter von uns gewohnt«, begann Lilly. »Wir waren Spielkameraden, jede ist im Haus der anderen ein und aus gegangen, und wir waren auf denselben Schulen. Was ich an Sonja immer mochte, war ihre fröhliche, unbekümmerte Art und ihre verrückten Ideen, zum Beispiel, als sie eines Tages ihren weißen Gartenzaun mit Schmetterlingen und bunten Strichmännchen bemalt hat. Babette fand das nicht so lustig, aber sie hat es gelassen, was mir damals sehr imponiert hat.

Später machte Sonja eine Ausbildung zur Erzieherin, und ich ging auf die Polizeihochschule, und dann haben wir uns leider ein bisschen aus den Augen verloren, wie das Leben eben so spielt. Ab und zu haben wir telefoniert. Nach ihrer Scheidung beschloss Sonja, einen endgültigen Schnitt zu machen, und zog nach Süddeutschland, nach Heidelberg. Danach brach unser Kontakt erst einmal ab. Ich wusste gar nicht, dass sie zum zweiten Mal geheiratet hatte und jetzt wieder hier oben wohnt, bis wir uns vor ein paar Tagen zufällig in Flensburg über den Weg gelaufen sind.«

»Und ihre Mutter, Babette Neumeyer? Was macht die beruflich?«

»Sie arbeitete in einem Krankenhaus«, sagte Lilly und lachte leise. »Als kleines Kind habe ich sie fürchterlich bedauert, weil ich mir immer vorgestellt habe, wie sie den Leuten den Hintern abwischen und ihre Nachttöpfe ausleeren muss. Dabei war sie im psychosozialen Dienst tätig, zum Beispiel auf der Onkologie. Als Sonja nach Heidelberg ging, litt Babette unter einem Burn-out – das hat sie mir gestern auf unserem Spaziergang erzählt. Sie kündigte also und ging mit Sonja in den Süden, auch weil sie sich nicht von ihren Enkeln trennen wollte.

In Heidelberg war sie wieder in einem Krankenhaus tätig. Sonja hatte das Glück, in einer Pension eine Dachgeschosswohnung mieten zu können, die als Pensionszimmer nicht geeignet war. Und praktischerweise bekam sie in dem kleinen Bed & Breakfast auch gleich einen Job als Geschäftsführerin.«

»Und da hat sie dann ihren Mann kennengelernt?«

»Ja, so hat sie es mir erzählt. Immer wenn er sich mit seinen Freunden auf dem Golfplatz getroffen hat, haben sie den Abend in der Pension ausklingen lassen. Oft haben sie dort auch übernachtet, besonders wenn sie zu viel getrunken hatten und Wolfgang Runge nicht mehr nach Mannheim und Julian nicht mehr nach Schriesheim zurückfahren wollte.«

»Also ›Ende gut, alles gut‹?«, bemerkte Fitzen, der damit beschäftigt war, Schneebälle in den Wassergraben zu werfen.

Lilly zuckte die Achseln. »Offenbar verstand sich Julian gut mit den Kindern, obwohl ich mir das bei seinem cholerischen Temperament nur ganz schlecht vorstellen kann.«

»Das klingt nicht so, als hättest du ihn besonders gemocht«, sagte Benthien.

Daraufhin erzählte Lilly, wie sie Julian und Rose-Marie im Bett entdeckt hatte. »Er glaubte wohl, er wäre für die holde Weiblichkeit die Erfüllung all ihrer Gebete. Selbst mich hat er die ganze Zeit angebaggert. Arme Sonja. Keine Ahnung, ob sie wusste, wen sie da geheiratet hat.«

»Immerhin hatte er mächtig Kohle«, sagte Fitzen zynisch. »Damit kann man sogar in einer gescheiterten Beziehung ganz komfortabel leben.«

»Sonja ist nicht der Typ, der auf so was gesteigerten Wert legt«, entgegnete Lilly. »Sie glaubt an die romantische Liebe, an das ›bis dass der Tod euch scheidet‹! Dir würde ein Schuss Romantik übrigens auch nicht schaden, Fitzen!«

»Hoppla, bin ich da etwa in ein Wespennest getreten?«, sagte Fitzen grinsend. »Gehörst du auch zu der Fraktion, die abends am Strand händchenhaltend und Prosecco schlürfend mit dem Liebsten den Sonnenuntergang genießen will, Lillymaus? Die alle naselang rote Rosen und Liebesgedichte erwartet? Die …«

»Halt die Klappe, Fitzen«, schaltete sich Benthien ein, denn Lilly sah aus, als wollte sie Fitzen in der nächsten Sekunde in den Wassergraben schubsen.

Erstaunt beobachtete er, wie Tommy Fitzen auf einmal ganz blass wurde.

»Da!« Fitzen deutete mit ausgestrecktem Finger auf den Wassergraben. »Seht ihr das nicht? Das Gesicht unter der dünnen Eisdecke? Jede Wette, da liegt einer drin!«

Die Wasserleiche aus dem Graben, die von den Scheinwerfern der Techniker ausgeleuchtet wurde, war männlich und schon tot gewesen, als man sie ins Wasser gebracht hatte. Doch man hatte ihn weder erschossen noch erstochen; gestorben war er an einer Kopfwunde, die offenbar ein Schädel-Hirn-Trauma verursacht hatte.

Es war ein Mann Mitte dreißig, schlank, mit unscheinbaren, aber angenehmen Gesichtszügen, mittelgroß, bekleidet mit Stiefeln, Jeans, Wollschal und einer Thermojacke. Persönliche Dinge führte er nicht mit sich, sodass seine Identität nicht festgestellt werden konnte. Die Frage war, überlegte Benthien, ob sein Tod etwas mit dem Haus »Sturmwind« zu tun hatte. War vielleicht er der Weihnachtsmann gewesen? Dann musste sein Wagen hier in der Nähe stehen, was allerdings nicht der Fall war, wie die Schutzpolizei von Niebüll recht schnell festgestellt hatte. Da die Gegend nur spärlich besiedelt war und alle Besitzer der Autos, die man in der näheren Umgebung aufgefunden hatte, zu Hause waren, kam man hier nicht weiter.

Fitzen machte ein paar Fotos von dem Opfer, das noch recht ansehnlich war und eher einem Schlafenden glich, sodass man es den Gästen vom Haus »Sturmwind« ohne Weiteres zeigen konnte.

Gegen halb fünf am Nachmittag hatte der Arzt die Leiche ins Auto gepackt und war davongedüst, um zu veranlassen, dass sie in die Gerichtsmedizin gebracht wurde. Die Spurensicherung unter der Leitung von Stefano Rossi war auch danach noch im Gelände zugange.

Benthien versammelte die Gästeschar im Wohnzimmer. Er bat Fitzen, die Fotos des Opfers zu zeigen, doch alle behaupteten, den Mann noch nie gesehen zu haben.

»Könnte er der Weihnachtsmann gewesen sein?«, drängte Fitzen. »Frau Neumeyer? Frau Schuster? Frau Heine? Frauen haben doch im Allgemeinen eine gute Beobachtungsgabe.«

»Bestimmt nicht«, antwortete Rose-Marie, die bisher noch nicht viel gesagt hatte. »Der hatte einen Spitzbauch und war viel älter.«

Rose-Marie Heine sah zum Erbarmen aus, fand Benthien. Ihre Stimme war kraftlos, ihr Blick unstet, und ihre Bewegungen waren wie die einer Schwerkranken. Das Gesicht war vom Weinen geschwollen.

»Er könnte es gewesen sein«, meinte dagegen Lilly. »Den Bauch hatte er sich natürlich umgebunden, und ein weißer Vollbart und weiße Augenbrauen werden wohl jeden Mann älter erscheinen lassen. Mir fiel auf, dass seine Arme schmal waren, was zu seinem dicken Bauch nicht so recht passte. Seine Hände schienen mir auch eher zierlich zu sein, trotz der kompakten Lederhandschuhe. Auch von der Größe her würde es passen.«

»Aber warum muss er etwas mit uns, mit diesem Haus zu tun haben?«, fragte Babette. »Er wurde doch im Wassergraben gefunden, zwei Kilometer von hier entfernt. Könnte er nicht angetrieben sein und schon länger im Wasser liegen?«

Benthien schüttelte den Kopf. »Nein. Der Mann ist nicht länger als vierundzwanzig Stunden tot. Und wenn er abgetrieben ist, dann vom Haus weg.«

Hedi Schuster drückte ihren Hund an sich, und die Tränen liefen. Armin Töpfert schaute wütend drein, und Fredi hatte liebevoll den Arm um Sonja gelegt, die mit einem Finger gedankenverloren die Stickereien der Weihnachtsdecke nachzog. Die Kinder spielten oben in ihrem Zimmer, doch plötzlich flog die Türe auf, und Mo und Flo spazierten herein.

Mona lief schnurstracks auf die drei Beamten zu. »Warum werden wir immer weggeschickt?«, beschwerte sie sich mit einem Blick auf ihre Oma. »Immer wenn es spannend wird! Warum sagt ihr uns nicht, dass die Polizei da ist? Wir wollen die Polizei auch sehen!«

»Die haben gar keine Uniform an«, sagte der blondgelockte Florian enttäuscht. Er baute sich vor Fitzen auf. »Kannst du uns nicht mal deine Pistole zeigen? Und damit schießen? Oder hast du etwa gar keine?«

Benthien entfuhr beinahe ein Lachen. Er konnte die Enttäuschung der beiden – keine Uniform, kein Polizeiwagen, noch nicht mal eine Waffe – durchaus nachvollziehen. Wie armselig war das denn? In ihrem Alter hätte er wohl ähnlich reagiert.

Babette sprang auf und wollte die Kinder gerade aus dem Zimmer schicken, als die ein Jahr ältere Mona das Foto des Opfers entdeckte, das noch auf dem Tisch lag. »Papa, das ist doch der Weihnachtsmann, der keinen Bart anhatte!«, rief sie und starrte auf das Foto. »Der uns den Schoko-Nikolaus geschenkt hat!«

25. Dezember, erster Weihnachtsfeiertag, abends

Benthien hatte Lilly inständig gebeten, mit ihm und Fitzen am Abend nach Flensburg zurückzufahren und nicht im Haus »Sturmwind« zu übernachten, doch Lilly hatte dies entschieden abgelehnt. »Wir dürfen keine Zeit verlieren«, hatte sie gesagt, »und hier im Haus kann ich in Ruhe mit den Leuten sprechen, in entspannter Atmosphäre. Da finde ich wahrscheinlich eher etwas heraus als in einem offiziellen Verhör. Außerdem möchte ich in Sonjas Nähe bleiben.«

»Aber du könntest in Gefahr sein«, hatte Fitzen moniert.

»Ich bin Polizistin, Tommy! Ich kann auf mich aufpassen, da macht euch mal keine Sorgen!«

Benthien und Fitzen ließen Lilly schweren Herzens auf dem Hof zurück, fuhren aber am Abend noch ins Polizeipräsidium und arbeiteten bis spät in die Nacht. Das, was sie herausfanden, war, wie Benthien fand, äußerst beunruhigend. Doch als er Lilly auf dem Handy anrufen wollte, meldete sich nur die Mailbox.

* * *

»Mein Problem ist, dass ich so ein schlechtes Personengedächtnis habe«, sagte Fredi entschuldigend, als Lilly ihn nach dem Abendessen noch einmal nach dem Foto der Wasserleiche befragte. Dasselbe hatte er auch schon Benthien gesagt.

»Fredi, kannst du dich wenigstens an seinen Namen erinnern, oder wann er bei dir in der Galerie war? Es ist wichtig!«

»Er hat bar gezahlt, sonst könnte ich ja nach seinen Kreditkartendaten sehen. Und wenn er Mona einen Schoko-Nikolaus geschenkt und ein Weihnachtsmannkostüm getragen hat, muss es wohl in der Vorweihnachtszeit gewesen sein. Aber«, er strahlte Lilly an, »ich kann dir sagen, was er gekauft hat!«

»Ein Bild?«, fragte Lilly mit leichtem Spott.

»Nein, eine Glasfigur, ein Tier, so was wie eine Eule, die gleichzeitig eine Lampe war. Er erzählte mir, seine Freundin würde so was sammeln.«

Lilly hatte nicht den Eindruck, dass dieses Wissen sie weiterbrachte. Daher hoffte sie auf die Fingerabdrücke, die man der Leiche abnehmen würde. Und darauf, dass sie irgendwann einmal registriert worden waren und man so die Identität feststellen konnte.

Die Nächste, mit der sie nun endlich in aller Ruhe und unter vier Augen sprechen wollte, war Sonja. Doch als sie über den Flur zu Sonjas Zimmer ging, hörte sie aus einem der Gästezimmer lautes Weinen. Sollte sie nachsehen? Vielleicht konnte sie hier etwas erfahren?

Vorsichtig öffnete Lilly die Tür. Rose-Marie Heine lag bäuchlings auf ihrem Bett und schluchzte in die Kissen.

Unsicher blieb Lilly an der Tür stehen, doch Rose-Marie, die den Luftzug spürte, winkte sie zu sich. Ihr verhärmtes Gesicht war geschwollen und fleckig, ihre Nase lief.

Mit einem tränenumflorten Blick sah sie Lilly an. »Ist schon bekannt, wie Julian … Julian und die anderen gestorben sind?«

Lilly schüttelte den Kopf. »Das weiß man erst in ein bis zwei Tagen. Aber darf ich dich etwas fragen? Wie lange ging das schon mit Julian und dir?« Sie setzte sich auf den Bettrand.

Rose-Maries Tränen fingen wieder an zu laufen. »Seit fünf Wochen. Ich weiß, ich hätte es nicht tun dürfen, aber ich habe mich sofort in ihn verliebt.« Sie angelte nach einem Taschentuch und setzte sich auf. »Bis vor fünf Wochen kannte ich ihn gar nicht. Sonja und ich haben uns ab und zu in einem Café in Husum – ich wohne in Husum – oder in Niebüll getroffen, weil das Haus eine einzige Baustelle war, viel zu ungemütlich, um sich dort aufzuhalten, fand Sonja. Als Julian sie einmal in Niebüll abgeholt hat, habe ich ihn zum ersten Mal gesehen.«

»Und hat Julian sich auch gleich in dich verliebt?«

Rose-Marie nickte, doch dann verzerrte sich ihr Gesicht. Ihre Hände verkrampften sich im Betttuch. »Ja ... zumindest dachte ich es. Zwei Tage später haben wir schon miteinander geschlafen. Aber ...«

Sie verstummte.

»Aber?«, insistierte Lilly.

»Es ist so schrecklich«, flüsterte Rose-Marie. »Ich ... wir ... hatten gestern einen so schlimmen Streit, und danach ... danach habe ich ihn nicht mehr wiedergesehen. Das Letzte, was er von mir gehört hat, waren Vorwürfe und Beleidigungen. Und das kann ich jetzt nie mehr wiedergutmachen!« Weinend warf sie sich erneut in die Kissen.

»Aber gestern ... das sah nicht nach einem Streit aus«, warf Lilly ein. Sie war verwirrt. »Ihr wart doch im Bett, als ich einen Blick in dein Zimmer geworfen habe?«

»Danach, es war danach«, flüsterte Rose-Marie mit erstickter Stimme. »Da hat er mir gesagt, dass wir uns nicht mehr sehen dürften. Wegen Sonja und den Kindern. Und er hatte ja recht. Aber ich war so einsam. Und er hat sich so über den Whisky gefreut, den ich ihm geschenkt habe. Einen sehr seltenen, achtzehn Jahre alten Single Malt.« Sie schnaufte. »Julian liebte alten Single Malt Whisky, etwas anderes trank er gar nicht. Und ich war so froh, dass ich diesen besonderen Whisky gefunden hatte!«

Lilly hatte den Eindruck, dass Rose-Marie etwas durcheinander war und den Überblick verloren hatte, was wichtig war und was nicht.

Sie räusperte sich. »Und warum hast du Julian dann beschimpft?«

»Er sagte – und ich glaube, es hat ihm wirklich Spaß gemacht, mich zu kränken –, ich solle mich nicht so anstellen und unsere Affäre nicht überbewerten. Für ihn sei es ein Abenteuer gewesen, ein paar unbedeutende One-Night-Stands ... Frauen zu erobern sei eine Art Sport für ihn, spannend eben, besonders wenn er merkt, dass eine Frau sehr ... sehr bedürftig ist. Das hat er genauso gesagt, wortwörtlich. Bedürftig!« Rose-Marie ließ ihre Faust mit aller Gewalt auf den Nachttisch niedersausen. »Er war so gemein, so verletzend, ohne jeden Respekt!« Wütend hämmerte sie auf den Nachttisch, was Lilly schon vom Zusehen wehtat. »Ich war so schrecklich dumm! Ich habe doch genau gewusst, was für ein Schuft er war!«

»Und dieser Streit fand gestern Nacht statt?«

»Ja, nachdem wir im Bett waren. Das konnte er sich natürlich nicht entgehen lassen! Danach teilte er mir beiläufig mit, dass er sich trennen wolle, dass wir beide zusammen keine Zukunft haben würden!«

Zum ersten Mal streifte Lilly der Gedanke, dass Sonja sich glücklich schätzen konnte, dass sie den Mistkerl losgeworden war ... vielleicht nicht auf diese schreckliche Weise, aber früher oder später hätte die Ehe wohl in einer Katastrophe geendet.

»Wusste Sonja von eurem Verhältnis?«

Rose-Marie nickte. »Er hat es ihr erzählt. Das gehörte nämlich zum Spiel dazu. Er war wirklich schamlos!«

Rose-Marie war es offenbar nicht, denn eine tiefe Röte stieg ihr ins Gesicht.

»Ja, er hat es mir gesagt, gleich nachdem er zum ersten Mal mit ihr geschlafen hatte. Er kam nach Hause und informierte mich, dass er Rose-Marie ›gerade aufs Kreuz gelegt‹ habe. Im selben Tonfall hätte er mir auch erzählen können, dass der Wetterbericht für den nächsten Tag Regen meldet. Für Julian war Sex nichts Besonderes, er konsumierte ihn wie seinen geliebten Single Malt.«

»Ich frage mich immer noch, warum du ihn eigentlich geheiratet hast«, sagte Babette.

Das fragte sich Lilly mittlerweile auch. Sie hatte Sonja, die erstaunlich entspannt wirkte, zusammen mit ihrer Mutter in dem oberen kleinen Wohnzimmer angetroffen, das sich neben dem ehelichen Schlafzimmer befand. Sie war gerade dabei, für Mo oder Flo ein Paar Wintersocken zu stricken. Babette hatte einen Ordner vor sich auf dem Tisch liegen, den sie aber schnell zuklappte, als Lilly das Zimmer betrat.

»Da Gelegenheitssex für Julian nur eine Art Sport war, ohne Gefühle und Emotionen, warum sollte ich dann eifersüchtig sein?«, führte Sonja weiter aus. »Rose-Marie hat mir geradezu leidgetan. Sie hat immer nur Pech mit den Männern. Vor zwei Jahren wurde sie von ihrem Mann verlassen, und dann ...«

»Für mich ist sie die klassische Pechmarie«, erklärte Babette. »Das arme Ding hat einfach ein angeborenes Talent, ins Unglück zu stürzen. Nachdem sie nach der Trennung von ihrem Mann zu Hause ausgezogen ist, hat es in der Nachbarwohnung ihres neuen Hauses gebrannt, und ein Großteil ihrer Möbel musste sie wegen des Löschwassers entsorgen. Kurz darauf hat sie ihren Job als Laborantin im Krankenhaus verloren, ihr Kinderwunsch war in weite Ferne gerückt, und im Urlaub hat sie sich eine langwierige Hepatitis zugezogen. Und dann verliebt sie sich auch noch ernsthaft in solch einen Frauenverächter wie Julian.«

»Er war kein Frauenverächter, Mama, da tust du ihm unrecht«, protestierte Sonja, »mich hat er jedenfalls geliebt. Er konnte sehr charmant und liebenswert sein, das weißt du selbst. Und er war zuverlässig, im Gegensatz zu Fredi.« Nun liefen auch bei Sonja wieder die Tränen.

»Fredi hängt immer noch an dir, Kind. Ich wünschte, ihr beide würdet wieder zusammenkommen. Lilly, trinkst du mit mir ein Gläschen?«

Da Lilly sich nicht mehr im Dienst fühlte, stimmte sie zu. Sie wusste, dass Babette einem Glas Wein oder Whisky nicht abgeneigt war, während ihre Tochter nur selten Alkohol trank. Als Sonja das Holz im Kamin entzündete, machte sich eine warme, gemütliche Atmosphäre im Zimmer breit. Für eine kurze Weile stellte Lilly ihre Grübeleien über die unerfreulichen Vorfälle auf dem Hof ein und unterhielt sich mit den beiden über die letzten Jahre, in denen sie nichts von ihrer Freundin gehört hatte.

»Aber jetzt bleibst du doch hier im Norden?«, fragte Lilly schließlich und machte eine alles umfassende Handbewegung. »Der Hof, die Landschaft, die gesunde Salzluft, das ist doch wunderschön und für Kinder ideal zum Spielen.«

»Ich habe noch keine Pläne gemacht«, sagte Sonja nach kurzem Zögern. »Es käme eben darauf an, ob ich hier einen Job finde. In Heidelberg könnte ich wieder in der Villa Pauline arbeiten, das hat mir Spaß gemacht. Der Hof ist vielleicht ein bisschen zu groß für uns drei.«

»Dann verkauf ihn und zieh nach Niebüll oder in ein Dorf hier in der Gegend. Oder vermiete den Hof. Ich fände es sehr schade, wenn ich dich gleich wieder verlieren würde.«

Lilly, auf der Suche nach Bestätigung, warf Sonjas Mutter einen Blick zu, doch die schenkte sich noch einen Wein ein und schwieg.

»Wo sind eigentlich die anderen?«, fragte Lilly, um das Thema zu wechseln. »Fredi, Hedi Schuster und dieser Töpfert?«

Babette lächelte, wahrscheinlich über ihre verräterische Wortwahl. »Fredi und Töpfert sind in irgendeine Kneipe gefahren, sie sagten, sie könnten die Atmosphäre im Haus nicht mehr ertragen. Sie trauern um Matte Blum.« Zögernd fügte sie hinzu: »Um den tut es mir auch besonders leid. Das hat er nicht verdient.«

»Hedi ist nicht gut drauf«, bemerkte Sonja, »sie wollte nur noch ihre Ruhe haben und hat sich aufs Zimmer zurückgezogen. Würde mich nicht wundern, wenn sie auch eine Affäre mit Julian hatte und jetzt um ihn trauert. Sie ist schon seit gestern so komisch.«

Lilly zuckte zusammen. Ihre Freundin schien Julians Affären erstaunlich gelassen zu nehmen.

Da Lilly den Eindruck hatte, dass sie in ihren Ermittlungen noch nicht recht weitergekommen war, klopfte sie auf dem Rückweg zu ihrem Zimmer leise an Hedis Tür. Innen hörte sie das gedämpfte Knurren des Hundes, aber Hedi Schuster meldete sich nicht. Sie öffnete die Tür. Im Zimmer war es dunkel, und sie konnte die gleichmäßigen Atemzüge der jungen Frau hören. Das Hundeknurren wurde lauter, doch Hedi rührte sich nicht. Sie schien fest zu schlafen … oder tat wenigstens so.

Lilly zog sich zurück.

* * *

Sonja lag im breiten Ehebett und drückte ihre Kinder an sich. Mona und Florian hatten nicht allein in ihren Betten schlafen wollen und so lange gebettelt, bis Sonja sie mit in ihr Zimmer genommen hatte. Nun waren sie eingeschlafen, nach zwei Gutenachtliedern und einem langen, nachdenklichen Gespräch über Gott und die Wolken, auf denen die Verstorbenen saßen und als Schutzengel über ihre Lieben wachten. »Mama, kriegen wir jetzt einen Hund?«, war das Letzte, was Mona gefragt hatte.

Sonja beobachtete, wie die Schatten der Baumgerippe, die Geisterfingern gleich über die Zimmerdecke strichen, den Raum auf schauerliche Weise belebten, als handelte es sich um menschliche, atmende, lebende Wesen. Wieder einmal schossen ihr Tränen in die Augen, sie weinte lautlos vor sich hin, ohne das salzige Nass von ihrer Wange zu wischen. Das Leben konnte schön sein, aber es war eine Tatsache, dass es manchmal auch fürchterlich grausam und ungerecht war! Menschen wurden bestraft, litten stumm und wehrlos, während andere ein unverdientes Glück genossen.

Ihre kleine Tochter bewegte sich, kuschelte sich enger an sie. »Gehen wir wieder nach Hause?«, fragte sie schlaftrunken, noch halb gefangen in ihrem Traum.

Sonja drückte sie fest an sich. »Ja, Schätzchen, das machen wir.« Sie blinzelte ihre Tränen weg und mühte sich um einen heiteren Ton. »Und vielleicht, gaaanz vielleicht, reden wir dann auch mal über einen Hund.«

Mona gluckste leise vor Glück. »Das ist gut! Leo liebt nämlich Hunde, weißt du!«

Ihr war heiß, und an Schlaf war nicht zu denken. So viel musste geplant und bedacht werden, ihr gesamtes Leben würde sich nun wieder ändern. Vor allem Mona und Florian waren wichtig. Würde sie ihnen gerecht werden? Was würde

Fredi zu alldem sagen? Und ihre Mutter? Wäre sie weiterhin an ihrer Seite?

Leise stand sie auf, die Kinder schliefen ruhig weiter. Sonja gab Mo und Flo einen Kuss, zog ihre Bettdecke höher, dann verließ sie das Zimmer. Sie ging über den verschneiten Hofplatz zum Häuschen ihrer Mutter, dem ehemaligen Ziegenstall. Der gute Julian! Sie war ihm fast dankbar, dass er so bereitwillig zugestimmt hatte, auch Babette bei sich aufzunehmen und den Stall für sie umzubauen. Für die Zukunft, überlegte Sonja, könnte man vielleicht eine Ferienwohnung daraus machen.

Zu ihrem Erstaunen war ihre Mutter draußen, dick eingemummelt in einen Wollmantel und einen langen Schal, ein dunkler Schatten vor dem weißen Schnee.

»Mama!« Sonja schossen die Tränen in die Augen, und Babette nahm sie liebevoll in den Arm.

»Es wird alles gut werden«, sagte sie leise, als spräche sie zu einem kleinen Kind. »Alles wird gut.«

Sonja wischte sich die Tränen aus dem Gesicht, dabei blieben sie wie kleine transparente Perlen an ihren Handschuhen hängen. Erst dann bemerkte sie den Eimer voll mit Wasser und das Putztuch, das ihre Mutter in der Hand hielt. »Was machst du da, mitten in der Nacht?«

»Blut«, sagte Babette, »an der Fassade klebt Blut. Kantors Blut. Ich will es wegwischen. Die Leute von der Spurensicherung haben es noch nicht entdeckt.«

»Aber du hast dir doch nichts vorzuwerfen?«

Babette lächelte und streichelte flüchtig die Wange ihrer Tochter. »Es ist immer besser, nicht in den Fokus zu rücken, Kind. Schon gar nicht, wenn jemand vor der eigenen Haustüre ermordet wurde.«

26. Dezember, zweiter Weihnachtsfeiertag

Am Morgen des zweiten Feiertags trafen Benthien und Fitzen schon früh auf dem Hof ein, zusammen mit der Spurensicherung und Beamten der Schutzpolizei. Für den Hof hatten sie einen Durchsuchungsbeschluss mitgebracht.

»Ihr glaubt tatsächlich, dass einer der Gäste verantwortlich ist für den Tod dieses Mannes?«, fragte Lilly betroffen. Der Gedanke, dass dieses Gewaltverbrechen geschehen war, während sie nicht weit davon entfernt im Bett gelegen und geschlafen hatte, machte ihr zu schaffen. Draußen hatte es eine Auseinandersetzung gegeben; sie erinnerte sich schwach an laute Stimmen auf dem Hof, mitten in der Nacht. Warum bloß hatte sie darauf nicht weiter geachtet?

Auch von John erhielt sie einen leichten Rüffel. »Warum war dein Handy gestern Abend nicht an, Lilly? Hast du wenigstens deine Mailbox abgehört?«

»Ich dachte, ich hätte es an die Steckdose gehängt«, sagte Lilly zerknirscht, »aber ich habe es vergessen. Was wolltest du mir denn mitteilen?«

»Komm, wir gehen in dein Zimmer«, sagte Fitzen. »Wir haben«, fügte er bedeutungsvoll hinzu, »gestern Abend noch hart gearbeitet. Und weißt du, was dabei herausgekommen ist?«

»Tommy«, mahnte Benthien, »mach kein Quiz daraus. Dazu haben wir keine Zeit.«

»Osterhage, Liebertz, Runge und Matte Blum«, dozierte Fitzen, nachdem sie hinter sich die Tür geschlossen und er sich in einen der Sessel geworfen hatte, »wir haben ihre Namen gestern durch diverse Datenbanken gejagt. Gegen Fredi Osterhage gab es vor gut einem Jahr ein Verfahren wegen Betrugs. Es wurde aber eingestellt. Ein Künstler, der in Osterhages Galerie ein Aquarell in Kommission gegeben hatte, behauptete, Osterhage habe ihn beim Verkauf über den Tisch gezogen. Angeblich soll er ihm erzählt haben, der Kunde wolle nur einen viel geringeren Preis als ausgemacht zahlen, und schweren Herzens hat der Künstler, der fast pleite war, dem zugestimmt. In Wirklichkeit aber hätte der Kunde den geforderten Preis bezahlt. Da Aussage gegen Aussage stand und es keine Beweise gab – der Kunde war nicht mehr aufzutreiben –, wurde das Verfahren eingestellt.«

»Ich kenne Fredi seit der Schulzeit«, sagte Lilly, »und habe ihn immer für einen ehrlichen Menschen gehalten. Ein bisschen ungestüm vielleicht, aber integer. Ich kann mir nicht vorstellen, dass er wissentlich einen Betrug begeht.«

»Viel interessanter sind aber Wolfgang Runge und Julian Liebertz«, fuhr Fitzen fort, ohne auf ihren Einwand einzugehen. »Beide standen vor zehn beziehungsweise elf Jahren vor Gericht, wurden allerdings freigesprochen. Runge war wegen sexueller Nötigung verklagt worden, bei Liebertz ging es um die mutmaßliche Vergewaltigung einer Kollegin. In beiden Fällen konnte nichts bewiesen werden. Es ging aus wie das Hornberger Schießen.«

»Wo haben diese angeblichen Übergriffe stattgefunden?«, fragte Lilly gespannt. »In Heidelberg oder hier in Nordfriesland?«

»Du meinst, die damaligen Opfer könnten sich gerächt haben? Nach so langer Zeit?« Benthien trat ans Fenster und beobachtete die Leute der Spurensicherung in ihren weißen Anzügen, die noch immer nach der Waffe suchten, mit der man den unbekannten Mann erschlagen hatte. »Eher unwahrscheinlich, aber wir werden es auf jeden Fall überprüfen. Das fand aber alles nicht hier, sondern in Süddeutschland statt. Die Kollegen arbeiten daran. Und wenn wir Glück haben, bekommen wir noch heute die Obduktionsergebnisse, sowohl von unserer Wasserleiche als auch von den Toten in der Sauna.«

»Und was ist mit Matte Blum?«

»Er ist völlig unauffällig, erkennungsdienstlich nie in Erscheinung getreten. Seine Kindheit hat er in Heimen verbracht, dann machte er eine Schreinerlehre. Seit vierzehn Jahren ist er bei Liebertz angestellt, ganz offiziell mit Lohnsteuerkarte.«

»Irgendwie gefällt mir das nicht«, sagte Fitzen.

Die Ergebnisse der Spurensicherung waren ernüchternd. Den ganzen Vormittag über durchsuchten die Beamten Grundstück und Haus, ohne irgendetwas zu entdecken, das sich mit den Todesfällen in der Sauna, dem Auftritt des Weihnachtsmannes oder dem Gewaltverbrechen an dem Unbekannten in Verbindung bringen ließe. Nur das aus der Küche verschwundene Messer wurde unerwartet in Rose-Maries Zimmer gefunden. Jemand hatte es in einem dicken Sofakissen versteckt.

Rose-Marie war außer sich.

»Ich habe dieses Messer noch nie gesehen und schon gar nicht aus der Küche entwendet. Warum sollte ich das tun?« Sie wurde immer hysterischer. »Warum passiert so was immer mir? Was habe ich denn für ein Scheißleben? Warum glaubt mir niemand?«

Sonja kam und versuchte, Rose-Marie zu beruhigen, was ihr nach einer Weile auch gelang.

»Was hat es nur mit diesem seltsamen Messer auf sich?«, fragte Fitzen. »Was für einen Sinn hat es, es aus der Küche zu entwenden und es dann in dem Sofakissen einer völlig unbeteiligten Person zu verstecken?«

»Ich denke, dass Rose-Marie von dem Messer nichts wusste«, meinte Lilly. »Für mich klang sie glaubwürdig.«

»Fingerabdrücke«, sagte Benthien. »Wir werden jetzt von jedem Hausbewohner Fingerabdrücke nehmen und dann sehen, ob wir auch welche auf dem Messer finden. Bei der Gelegenheit können wir auch gleich überprüfen, ob jemand Verletzungen oder blaue Flecke hat. Lilly, bist du bereit, dir die Frauen anzusehen?«

Lilly nickte.

Benthien zückte sein Handy und rief den jungen Stefano Rossi an, den feschen temporären Leiter der Spurensicherung, und beorderte ihn ins Haus.

* * *

Am Nachmittag trafen sie sich wieder in Lillys Zimmer, Benthien, Fitzen und diesmal auch Stefano Rossi, der offensichtlich Neuigkeiten hatte.

Sonja hatte ihnen inzwischen freundlicherweise einen Tisch ins Zimmer gestellt.

»Fingerabdrücke, Leute«, begann Rossi, und seine samtbraunen italienischen Augen zwinkerten freundlich. »Um von vorn anzufangen: Unsere Wasserleiche hat eine weiße Weste, die Fingerabdrücke sind nicht registriert, ihr müsst also weiter nach seiner Identität suchen. Aber«, er warf einen Blick auf seine Unterlagen, »auf dem Revolver haben wir etliche Fingerabdrücke gefunden, die meisten alt und verwischt, aber ein paar neue haben waren auch dabei, und die wiederum gehören unserer Wasserleiche!«

»Ob der Kerl einfach nur einbrechen wollte?« Fitzen kratzte sich wild am Kopf.

»Könnte aber auch sein, dass der Unbekannte der ominöse Weihnachtsmann war«, überlegte Benthien.

Lilly wunderte sich. »Und der soll einen Revolver dabeigehabt haben? – Tommy, wehe, du verteilst deine Läuse in meinem Schlafzimmer!«

Fitzen streckte ihr die Zunge heraus und kratzte weiter.

»Auf dem Fleischmesser aus der Küche befinden sich sehr viele, meist verwischte Fingerabdrücke, die niemandem eindeutig zuzuordnen sind«, fuhr Stefano Rossi fort. »Jedenfalls konnte ich bei Weitem keine zwölf Minutien feststellen. Es gibt aber Ähnlichkeiten zwischen den Abdrücken am Messer und denen von Babette Neumeyer, Sonja Liebertz und Fredi Osterhage im Rahmen von sechs bis acht Minutien.«

»Das ist nicht verwunderlich, die haben ja auch am häufigsten damit gearbeitet«, warf Lilly ein.

Stefano nickte. »Die Waffe, die die Kopfverletzungen bei der Wasserleiche verursacht hat, wurde bisher noch nicht gefunden. Laut dem Rechtsmediziner könnte es ein Stück Holz, aber auch ein Stein gewesen sein, das Wasser hat leider viele Spuren vernichtet. Ich soll euch übrigens von Dr. Radtke ausrichten, dass die Obduktion fast beendet ist, auch die der drei Toten aus der Sauna. Er ruft dich dann für einen Vorabbericht an, John.«

Benthien war zufrieden. »Großartig, das ging ja mal richtig schnell.«

»Ist bei der Hausdurchsuchung eigentlich die Pralinenschachtel gefunden worden, die mir der ›Weihnachtsmann‹ geschenkt hat?«, erkundigte sich Lilly.

»Wir haben im Müllcontainer eine Pralinenschachtel entdeckt, eine, die noch in Zellophan verpackt, also nicht geöffnet war. Meinst du die, Lilly?«

»Ja! Könntest du überprüfen, ob da Fingerabdrücke drauf sind? Irgendjemand muss sie ja aus meinem Zimmer geklaut haben …«

»Und offenbar in den Müll geschmissen«, ergänzte Fitzen. »Warum um alles in der Welt?«

Benthien wühlte mal wieder in seinen Haaren, wie er es oft tat, wenn er scharf nachdachte. »Ich vermute, alle Fingerabdrücke sind abgewischt worden. Das war vielleicht auch der Grund, warum die Schachtel aus deinem Zimmer gestohlen wurde, Lilly. Das wiederum würde bedeuten, dass einer der Gäste mit dem ›Weihnachtsmann‹ im Bunde steht und dessen Fehler – der ihn hätte verraten können – ausbügeln wollte.«

»Habt ihr denn das Vorleben der Leute hier schon überprüft?«, fragte Stefano. »Von ihren Fingerabdrücken her sind sie jedenfalls unauffällig. Niemand hat den Revolver angefasst, es sei denn mit Handschuhen.«

»Auch sonst scheinen sie alle ganz harmlos zu sein, bis auf Runge, Liebertz und Osterhage«, antwortete Fitzen. »Und niemand hat eine Verletzung oder Hämatome am Körper. Oder hast du bei den Frauen welche gefunden, Lilly?«

Lilly verneinte, und Benthien stand auf. »Ich würde mir gern ansehen, was ihr im Müllcontainer gefunden habt, Stefano. Nichts ist doch so interessant wie der Müll fremder Leute«, sagte er und zog eine Grimasse.

Die Müllcontainer standen in einem unauffälligen Verschlag hinter dem Sauna-Pavillon. Die Leute von der Spurensicherung hatten sie bereits ausgeräumt und den Inhalt in der Sauna und im Vorraum auf Planen ausgebreitet.

»Ein Glück, dass wegen der Feiertage noch nicht geleert wurde«, sagte Stefano, »morgen wäre alles weg gewesen!«

»Ziemlich viele Schluckspechte hier«, stellte Fitzen fest und deutete auf einen Haufen leerer Wein-, Cognac- und Whiskyflaschen. »Und immer die edelsten Marken ... achtzehn Jahre alten Scotch kann *ich* mir bei meinem jämmerlichen Gehalt jedenfalls nicht leisten.«

»Einen anderen Single Malt trank Julian nicht«, sagte Lilly leicht zerstreut, »das hat mir Rose-Marie erzählt. Nur von achtzehn in edlen Eichenfässern gereiften Jahren an aufwärts genehmigte sich der Herr den Whisky.« Sie deutete auf eine eingetütete Flasche einer zwölf Jahre alten schottischen Marke, die etwas abseits stand und zu zwei Dritteln geleert war. »Stefano, was hat es mit dieser Flasche auf sich? Ist das nicht die, die ihr gestern bei den Toten in der Sauna gefunden habt? Warum ist die noch hier?«

Der junge Mann wirkte verlegen. »Es gab ein Missverständnis. Ein neuer, junger Kollege war der Ansicht, sie sollte in den Müll, nicht ins Labor.«

Lilly betrachtete die Flasche irritiert. »Stefano, seid ihr sicher, dass es dieser Whisky war, der in der Sauna vorgefunden wurde? Wie gesagt, unser anspruchsvoller Hausherr hat nie einen so jungen Whisky getrunken!«

Benthien nahm die Flasche in die Hand, hielt sie schräg und versuchte, durch das Zellophan etwas zu erkennen. »Willst du uns damit etwas sagen, Lilly? Vielleicht war ihm ja schlicht und einfach der achtzehn Jahre alte Scotch ausgegangen, und der Arme musste sich mit diesem begnügen.«

Lilly schüttelte den Kopf. »Das kann nicht sein. Rose-Marie hat mir gestern erzählt, sie hätte Julian einen sehr seltenen, teuren einundzwanzig Jahre alten Scotch zu Weihnachten geschenkt.«

»Aber vielleicht wollte er ihn nicht mit den anderen teilen?«, überlegte Fitzen, während Benthien die auf einer Holzbank aufgereihten Whiskyflaschen, die die Spurensicherung aus dem Glasmüll gefischt hatte, einer genaueren Inspektion unterzog.

»Das könnte dieser hier sein«, sagte er, streifte sich Latexhandschuhe über und hielt eine Flasche in die Luft. »Zumindest ist es ein Spitzenwhisky, Limited Edition, eine echte Rarität. Soweit ich weiß, kostet er um die zweihundert Euro.«

»Ich hätte nicht gedacht, dass du dich so gut mit Whisky auskennst!«, sagte Lilly staunend.

Stefano Rossi hingegen staunte über den Preis. Und über den Alkoholgehalt. »61,8 Volumenprozent, Junge, Junge!« Er wandte sich an Benthien. »Wenn ich dich richtig verstanden habe, willst du, dass wir die Flasche untersuchen?«

»Genau! Und am liebsten gestern.«

»Du glaubst also«, sagte Fitzen langsam, »dass die Heine ihm gestern diesen Whisky überreicht und Liebertz ihn mit in die Sauna genommen hat, und alle drei haben ihn ausgesüffelt.«

»Irgendwer muss ihn ja getrunken haben.«

»Und warum haben wir dann vor Ort den zwölf Jahre alten Whisky gefunden?«, fragte Stefano.

»Weil die Flaschen ausgetauscht wurden?«, antwortete Fitzen an Benthiens Stelle.

»Das würde allerdings auf Mord hindeuten und auf Vorsatz«, sagte Lilly.

Benthien seufzte. »Langsam glaube ich, dass wir vorerst überhaupt nur die Spitze des Eisbergs sehen.«

Gegen Abend bekam Benthien einen Anruf der Polizei aus Niebüll mit der Mitteilung, dass sie möglicherweise den Wagen des »Weihnachtsmannes« gefunden hätten. »Eine Frau hat sich Sorgen gemacht, weil ihr Nachbar, ein gewisser Eric Kantor, anscheinend nicht zu Hause ist und sie ihn nicht erreichen kann«, sagte der junge Beamte am Telefon. »Kantor und diese ältere Frau sind gut befreundet – laut ihrer Aussage ist sie so eine Art Muttterersatz für ihn –, daher war sie informiert darüber, dass er über die Feiertage zu Hause sein wollte. Anscheinend ist er gerade frisch getrennt und neu in diesem Wohnblock. Und sie hält ihn für depressiv. Wir sind also hingefahren und haben festgestellt, dass sein Pkw vor dem Haus steht, aber in der Wohnung öffnete niemand. Im Wagen liegt auf dem Rücksitz ein Nikolauskostüm, und im Fußraum befindet sich ein Jutesack. Das könnte zu eurer Beschreibung passen.«

»Klingt erst mal nicht schlecht«, meinte Benthien. »Ist aber auch nicht gerade ungewöhnlich in diesen Tagen. Lebt Kantor allein in der Wohnung?«

»Mit einer Katze.«

»Hm. Die Nachbarin hat nicht etwa einen Schlüssel? Es wäre nicht schlecht, wenn wir an die Fingerabdrücke von diesem Mieter herankommen könnten, um sie mit denen unserer Wasserleiche abzugleichen. Andernfalls müsst ihr versuchen, von seinem Pkw Fingerabdrücke abzunehmen. Selbst wenn das Auto abgeschlossen ist, sollten dort welche zu finden sein.«

Der Kollege versprach, noch einmal hinzufahren, um zu sehen, was er tun könne. Schließlich müsse ja auch die Katze versorgt werden.

Der nächste Anrufer war der Gerichtsmediziner Dr. Radtke. Benthien wusste, dass der bärbeißige Pathologe Witwer war und dass es hieß, er lebe nur für seinen Beruf und übernachte manchmal im Leichenschauhaus. Wahrscheinlich war er sogar froh gewesen über die drei Obduktionen, die ihm den langweiligen zweiten Feiertag versüßt hatten. Doch gleich darauf schalt sich Benthien für diesen Gedanken. Was wusste er denn schon über den Mann?

»Fangen wir von hinten an, mit der Wasserleiche«, begann Dr. Radtke. Und gnädig fügte er hinzu: »Ich will mal versuchen, mich so auszudrücken, dass auch Sie es verstehen, Benthien. Im Grunde genommen ist es ganz einfach: Es gab eine Schlägerei, das Opfer hat eine Menge Hämatome, besonders im Bereich des Oberkörpers. Gestorben ist es an seinen schwerwiegenden Kopf- und Gesichtsverletzungen; jemand hat es brutal getreten und geschlagen. Danach wurde es ins Wasser geworfen.«

»Wir müssen also nicht weiter nach einer Mordwaffe suchen?«

»Die Mordwaffe muss ein Stiefel oder Ähnliches gewesen sein, jedenfalls ein Schuh mit neuer Profilsohle.«

Benthien horchte auf. »Konnten Sie davon Abdrücke nehmen?«

Dr. Radtke erlaubte sich ein dezentes Schnaufen. »Haben Sie vergessen, dass die Leiche etliche Stunden im Wasser lag? Nein, man erkennt nur an der Form der Verletzungen, dass es sich um einen Stiefel handelt.« Benthien hörte Papier rascheln. »Kommen wir nun zu den Toten in der Sauna. Sie sind alle drei an einem Herz-Kreislauf-Versagen gestorben, Liebertz hatte dazu noch eine Verletzung an der Hand …«

»Demnach war es also doch eher ein Unglücksfall?«

»Habe ich das gesagt?«, entgegnete der Gerichtsmediziner unwirsch. »Alle drei Männer waren erheblich alkoholisiert, sie hatten zwischen 1,9 und 2,5 Promille im Blut. Aber das war nicht alles. Im Labor hat man außerdem noch Flunitrazepam in ihrem Urin festgestellt; es gehört zur Gruppe der Benzodiazepine und ist ein starkes Beruhigungsmittel, etwa zehnmal so stark wie Valium. Zusammen mit Alkohol kann es tödlich sein.«

»Was meinen Sie, könnten sie das Flunitrazepam freiwillig eingenommen haben? Als Schlafmittel?«

»Und dann gehen sie anschließend in die Sauna? Dazu gehört schon eine gehörige Portion Wahnsinn oder Todessehnsucht! Außerdem haben sie das Zeug in flüssiger Form eingenommen.«

»Und woher kam die Verletzung an der Hand von Julian Liebertz?«

»Ist das nicht Ihr Job, Benthien? Ich kann nur sagen, sie war relativ neu und könnte von einem Werkzeug herrühren, es ist eher ein blauer Fleck als eine offene Wunde …«

Nachdem Benthien das Gespräch beendet hatte, dachte er noch lange über Radtkes Informationen nach. Eine freiwillige Einnahme des Flunitrazepams schied ja wohl aus. War das Zeug etwa im Whisky gewesen? Aber in welcher Flasche? In der, die sie in der Sauna gefunden hatten, dem zwölf Jahre alten Scotch, oder in der teuren »Rarität«, die Julian von Rose-Marie geschenkt bekommen hatte? In jedem Fall handelte es sich ziemlich sicher um einen glasklaren Mord. Irgendjemand, vermutlich eine Person aus diesem Haus, hatte Julian, Wolfgang Runge und Matte Blum töten wollen. Oder vielleicht auch nur einen von ihnen? Dann wären die beiden anderen so etwas wie Kollateralschäden gewesen, zwei Männer, die sich einfach nur zur falschen Zeit am falschen Ort befunden hatten. Und was hatte es mit dem blauen Fleck auf sich? Konnte der wichtig sein? Oder hatte sich Liebertz einfach mit dem Hammer auf die Hand geschlagen? Schwierig, sich darauf einen Reim zu machen.

Nachdem Benthien Stefano mit den neuesten Informationen versorgt hatte, bat er darum, jetzt *alle* Whiskyflaschen, die gefunden worden waren, einzutüten und auf Rückstände zu untersuchen, als Erstes die einundzwanzig Jahre alte »Rarität«.

Anschließend beorderte er Lilly und Fitzen in Lillys Zimmer, das zu ihrem provisorischen Rückzugsort geworden war, und informierte sie über die neuesten Erkenntnisse.

»Es sieht also tatsächlich ganz so aus, als hätte jemand aus diesem Haus Liebertz, Runge und Blum ermordet«, konstatierte Lilly sichtlich betroffen.

»Wahrscheinlich in der Hoffnung, es würde als Unfall durchgehen, eine fatale Mischung aus Alkohol und Müdigkeit«, ergänzte Benthien. »Versuch doch mal, dich genau zu erinnern, Lilly. Hat irgendjemand den Vorschlag gemacht, in die Sauna zu gehen? Wurde darüber gesprochen? Wenn ja, wann, und von wem kam dieser Vorschlag?«

»Soweit ich weiß, war das Julian«, sagte Lilly langsam. »Er war ja außerordentlich stolz auf seine Sauna und konnte es kaum erwarten, sie sobald wie möglich auszuprobieren.«

»Sodass man davon ausgehen konnte«, überlegte Fitzen, »dass er nicht allzu lange damit warten würde.«

»Aber konnte der Täter auch damit rechnen, dass er während des Saunagangs Alkohol trinken würde?«, fragte Benthien, mehr sich selbst als die anderen. »Das ist doch bodenloser Leichtsinn.«

Lilly überlegte. »Ganz abwegig wäre das aber nicht. Julian war die meiste Zeit, die ich ihn kannte, mit einem Glas in der Hand unterwegs. Er trank Whisky wie Wasser, und offenbar vertrug er eine Menge, ohne dass man es ihm anmerkte.«

»Erzähl mal, Lilly«, sagte Benthien, »wie lief das gestern Morgen ab? Habt ihr alle zusammen gefrühstückt, und dann haben die Männer entschieden, in die Sauna zu gehen, und die Frauen wollten einen Spaziergang machen? Oder wie war das?«

»Nein, Julian hat schon am Abend davor davon gesprochen, dass er in die Sauna wollte, und zwar zusammen mit Runge und Töpfert.«

»Warum hat er nicht auch Osterhage dazu eingeladen?«, fragte Fitzen.

»Fredi mag keine Sauna, hat mir Sonja gestern erzählt. Das schlägt ihm zu sehr auf den Kreislauf. Jedenfalls, weil Julian an Heiligabend nicht dazu gekommen war, wollte er unbedingt am nächsten Morgen seinen Saunagang machen. Was in der Nacht geschehen ist, weiß ich nicht; als ich nach oben ging, waren Julian und Armin Töpfert noch im Wohnzimmer, und ab und zu habe ich sie singen hören.«

»Laut Töpfert sind sie gegen vier Uhr ins Bett gegangen«, erinnerte sich Tommy Fitzen. »Und laut Töpferts Aussage stand Julian dann in aller Herrgottsfrühe in seinem Zimmer und fragte ihn, ob er mit in die Sauna wolle, aber Töpfert wollte lieber weiterschlafen.«

»Ich frage mich, wer die Frau war, die er in seinem Zimmer hatte«, sagte Benthien.

»Wahrscheinlich Hedi Schuster«, vermutete Lilly. »Ich wüsste nicht, wer sonst noch infrage käme.«

Fitzen grinste. »Vielleicht deine Freundin Sonja? So nach dem Motto ›Wie du mir, so ich dir‹?«

»Nie im Leben! Ich bin sicher, Sonja hat ihren Mann geliebt, trotz allem, was er getan hat. Außerdem mochte sie Armin nicht.«

»Apropos: Wusste Sonja eigentlich, dass ihr Mann vor zwölf Jahren wegen Vergewaltigung vor Gericht gestanden hat?« Benthien wanderte, die Hände in den Hosentaschen, mal wieder im Zimmer umher.

»Keine Ahnung, aber ich werde sie nachher mal fragen.«

»Wissen wir eigentlich, wer die Frau war, die Liebertz damals angezeigt hat?«, fragte Fitzen. »Und Runge ist doch ebenfalls wegen sexueller Nötigung angeklagt worden. Und beide wurden wegen Mangels an Beweisen freigesprochen. Kann doch sein, dass Lillys Vermutung richtig war und sich tatsächlich jemand dafür rächen wollte? – Sag mal John, musst du so durchs Zimmer eiern? Das macht mich ganz nervös!«

»Rache nach zwölf Jahren?« Benthien blieb abrupt vor Fitzen stehen und blickte auf ihn hinab. »So was gibt's nur in Kriminalromanen, Tommy!«

»Das hieße außerdem, dass entweder irgendjemand hier im Haus eine der damaligen Anklägerinnen ist – und das ist sehr unwahrscheinlich, denn Julian oder Runge hätten sie ja wohl erkannt – oder dass einer mit ihnen verwandt oder eng befreundet ist. Aber das kann ich mir schwer vorstellen. Wie sollte sich der Betreffende hier hereingeschmuggelt haben? Aber kommen wir noch einmal auf gestern Morgen zurück«, fuhr Lilly fort. »Wir haben, wie gesagt, nicht gemeinsam gefrühstückt, sondern uns vom Büfett in der Küche bedient. Da haben sich die Frauen, außer Hedi Schuster, dann zufällig getroffen, und Babette schlug vor, weil das Wetter so schön war, einen Spaziergang auf dem Deich zu machen. Wir fanden die Idee gut, weil wir alle noch ziemlich verkatert waren. Als Julian dazukam und wir ihn fragten, ob die Männer mitkommen wollten, meinte er, nein, sie würden jetzt in die Sauna gehen. Fredi wollte sich noch mal aufs Ohr hauen, die Kinder hatten ihn schon sehr früh aus dem Bett getrommelt. Deshalb bat er uns inständig, Mo und Flo mitzunehmen.« Lilly überlegte. »Es muss so gegen zehn gewesen sein, als wir loszogen. Als Hedi bemerkte, dass wir uns für einen Spaziergang zurechtmachten, beschloss sie mitzugehen. Babette hatte mit Matte Blum besprochen, dass er sich um die Gans kümmern sollte.« Sie holte tief Luft. »Gegen zwölf Uhr waren wir zurück. Wir haben uns gewundert, dass die Männer nicht da waren, Sonja ging zur Sauna und hat sie dort tot aufgefunden.«

»Und wo waren Fredi Osterhage und Armin Töpfert?«, fragte Benthien.

»Fredi duschte, er war erst kurz vor unserer Rückkehr aufgestanden. Töpfert lief irgendwo draußen herum, kam aber kurz nach uns zurück.«

»Und wo ist er gewesen?«

Lilly zuckte mit den Schultern. »Ich weiß es nicht.«

Benthiens Handy klingelte, doch diesmal war es ein privater Anruf von seinem Vater Ben. Er war seit Kurzem verwitwet und lebte in Flensburg. An Heiligabend war er bei ihnen gewesen, aber danach hatte ihn sein Sohn nicht mehr gesehen. Im Grunde hätte er sich über die Feiertage mehr um ihn kümmern müssen. Jetzt war Ben in Plauderlaune, aber John musste ihn auf später vertrösten. Etwas enttäuscht fragte sein Vater, ob John ihn nicht am Wochenende in Flensburg besuchen könnte. »Wir haben so lange nicht mehr allein miteinander geredet.«

Was, wie Benthien wusste, so viel heißen sollte wie *Ich vermisse unsere Gespräche, und ich fühle mich einsam.*

»Ich will sehen, was ich tun kann, Vater«, sagte er. »Pass auf, wir sind bald fertig für heute. Ich lass gleich Tommy fahren und rufe dich während der Fahrt an. Ist das okay?«

»Du hast recht«, sagte er danach zu Fitzen. »Unser Beruf ist mit den Erfordernissen des Lebens nicht sehr gut kompatibel. Ich hätte mein Psychologiestudium zu Ende führen sollen. Dann säße ich jetzt in der eigenen Praxis und hätte pünktlich um 17 Uhr Feierabend. Und müsste nicht ständig an den Feiertagen auf Verbrecherjagd gehen.«

»Nur Mut, Partner«, erwiderte Fitzen und klopfte ihm aufmunternd auf den Rücken. »Du machst das schon.«

27. Dezember

Bereits am frühen Morgen, noch ehe Benthien in den Elisenkoog aufbrach, erhielt er telefonisch neue Informationen. Der erste Anruf kam von der KTU. Stefano Rossi bestätigte, dass aus dem alten Armee-Revolver seit Jahren, wenn nicht seit Jahrzehnten, nicht mehr geschossen worden war.

Außerdem informierte er Benthien darüber, dass das Weihnachtsmannkostüm von Eric Kantor inzwischen eingetroffen war und nun kriminaltechnisch untersucht werde.

»Ach ja, und noch was«, fügte er schnell noch hinzu, als Benthien gerade auflegen wollte: »Es betrifft das, was wir gestern besprochen haben …«

Benthien machte sich Notizen. Ihm war klar, dass diese Nachrichten Lilly wenig gefallen würden. Aber es war auch offensichtlich, dass sie sich auf der richtigen Spur befanden. Erleichtert atmete er auf.

Der zweite Anruf kam von Dr. Radtke. Etwas verlegen erklärte er Benthien, dass er gestern vergessen habe, ihm mitzuteilen, dass einer der Toten, Julian Liebertz, auch Hämatome an den Armen habe, »als ob er mit jemandem gekämpft hätte«. »Aber«, fügte er, griesgrämig wie immer, hinzu, »wenn Sie meinen Obduktionsbericht gelesen haben, wissen Sie das ja schon!«

Den Obduktionsbericht hatte Benthien natürlich noch

nicht gelesen, schließlich war er noch zu Hause in Leck. Er nahm an, dass Fitzen ihn mitbringen würde.

Als Benthien und Fitzen im Haus »Sturmwind« eintrafen, war noch niemand auf den Beinen außer Lilly und Babette. Die Stimmung im Haus war von blankem Entsetzen gekennzeichnet, seit Lilly ihnen gestern Abend mitgeteilt hatte, dass die Männer in der Sauna ermordet worden waren. Offenbar blieb jetzt jeder am liebsten auf seinem Zimmer.

Lilly versorgte die Kollegen mit Kaffee, Babette mit warmen Croissants. Der Konferenzraum war mal wieder Lillys Schlafzimmer.

»Die Heidelberger haben uns die Akten über die mutmaßliche Vergewaltigung und die sexuelle Nötigung geschickt«, begann Fitzen und packte einen Stapel Ausdrucke auf den Tisch. »Die Frau, die Julian angezeigt hat, heißt Ingrid Wagner und war eine Kollegin von ihm, damals achtundzwanzig Jahre alt und wohnhaft in Heidelberg. Sie lebt auch heute noch an derselben Adresse.«

»War sie denn glaubhaft? Hatte sie Verletzungen?«

»Sie war eine seriöse, zuverlässige junge Frau, und das Gericht glaubte ihr, auch wenn sie nur ein paar blaue Flecke an den Oberschenkeln vorweisen konnte. Liebertz behauptete, die habe sie sich selbst beigebracht, um ihn zu diskreditieren, weil er die besten Aussichten hatte, in dem Architekturbüro, in dem beide damals angestellt waren, der Partner des Inhabers zu werden. Genau das, behauptete Liebertz, wollte Ingrid Wagner, die sehr ehrgeizig war, mit ihrer Anklage hintertreiben.«

»Und wie kam es, dass er freigesprochen wurde, wenn das Gericht der Klägerin glaubte?«

»Er soll zum Zeitpunkt der mutmaßlichen Vergewaltigung, abends gegen 20 Uhr, mit Frau Wagner allein im Architekturbüro gewesen sein – was er allerdings bestritt. Tja, und dann kam er mit einem Alibi um die Ecke: Angeblich hatte er in seinem Garten Rosen gepflanzt. Zeugen waren Matte Blum, der ihm dabei geholfen habe, ein Freund namens Carsten Schütz sowie eine Nachbarin, eine alte, freundliche, möglicherweise leicht senile Frau. Das reichte für seinen Unschuldsbeweis. Die Tatsache, dass man Rosen üblicherweise im Herbst pflanzt und nicht im Sommer, hat seiner Aussage nicht geschadet. Übrigens, Ingrid Wagner gehört jetzt, zusammen mit dem damaligen Inhaber, das Architekturbüro. Sie sollen sehr erfolgreich sein, habe ich gehört. Hier ist übrigens ein Foto von Frau Wagner.«

Lilly betrachtete das Bild einer dunkelhaarigen Frau, die ihr völlig fremd war. Auf jeden Fall hatte sie nicht die geringste Ähnlichkeit mit Hedi Schuster oder Rose-Marie Heine.

»Auch im Fall Wolfgang Runge konnte nichts bewiesen werden«, sagte Benthien. »Das war ein Jahr später. In seinem Verfahren ging es um eine Bankkundin, Hannelore Klopstock, damals 42 Jahre alt und wohnhaft in Eppelheim. Sie hatte einen Kredit beantragt, der abgelehnt worden war. Runge besuchte sie angeblich nach Absprache zu Hause, um ihr ein Angebot zu machen. Welches, könnt ihr euch wohl denken. Sie behauptete, er hätte sie außerdem unsittlich berührt und sie hätte Probleme gehabt, ihn überhaupt aus der Wohnung rauszukriegen. Runge bestritt alle Vorwürfe, sogar, dass er bei ihr zu Hause gewesen war. Auch er hatte ein Alibi, das von Julian Liebertz und Matte Blum bestätigt wurde. Das Verfahren wurde eingestellt.«

»Es ist doch kein Zufall«, sagte Lilly, »dass ausgerechnet die zwei Leute, die in diese beiden angeblichen Straftaten involviert waren, zusammen mit ihrem damaligen Zeugen hier in dieser Sauna eines nicht natürlichen Todes sterben. Habt ihr auch ein Foto von Hannelore Klopstock?«

Benthien reichte ihr einen Papierausdruck. Aber auch diese Frau war ihr unbekannt.

»Ich bin sicher«, sagte Lilly, »dass Matte Blum schamlos benutzt wurde. Wahrscheinlich war er sich der Tragweite seiner Aussage gar nicht bewusst.«

Benthien informierte sie noch über Julians blaue Flecke. »Es scheint Liebertz gewesen zu sein, der sich mit Kantor geprügelt, ihn vielleicht auch ins Wasser gestoßen hat. Nur: Warum? Da blicke ich noch nicht ganz durch.« Er holte tief Luft. »Und Stefano hat mir noch etwas Interessantes mitgeteilt. In dem zwölf Jahre alten Scotch – das war die Flasche, die wir in der Sauna vorgefunden haben – war nichts anderes drin als reiner, purer Whisky, keine Spuren von Flunitrazepam! Aber in der leeren, einundzwanzig Jahre alten Rarität, die Frau Heine ihm geschenkt hat, konnten noch Anhaftungen von Flunitrazepam festgestellt werden!«

»Die Flasche ist also ausgetauscht worden, wie du schon vermutet hast«, fasste Lilly zusammen.

»Liebertz' Frau, seine Schwiegermutter, Rose-Marie Heine, Fredi Osterhage, Armin Töpfert oder Hedi Schuster«, zählte Benthien den Kreis der potenziellen Verdächtigen auf.

»Vielleicht auch dieser Kantor«, warf Lilly etwas zögerlich ein.

»Bevor er selbst getötet wurde?«, sagte Fitzen. »Sehr unwahrscheinlich! Überhaupt glaube ich, dass wir es hier mit zwei ganz unterschiedlichen Verbrechen zu tun haben. Das eine war ein geplanter Mord, das andere sieht auf den ersten Blick eher nach Totschlag aus.«

»Ich könnte mir vorstellen, dass Töpfert, als guter Freund von Runge und Liebertz, etwas darüber weiß«, sagte Benthien und nippte an seinem Kaffee. »Wir sollten ihn uns schleunigst noch einmal vorknöpfen.«

Während Benthien und Fitzen im Haus nach Armin Töpfert suchten, ging Lilly mit ihrem Tablett voller Tassen und Teller in die Küche. Ein bisschen ärgerte sie sich darüber, wie selbstverständlich ihre lieben Kollegen davon ausgingen, dass es ihre, Lillys, Aufgabe war, das schmutzige Geschirr wegzubringen. Warum nicht Tommy? Oder John? War sie hier etwa die Hilfskraft?

In der Küche war niemand. Lilly räumte das Geschirr in die Spülmaschine. Da sie nach dem süßen Croissant Lust auf etwas Herzhaftes hatte, beschloss sie, sich ein Ei zu kochen. So viel Zeit musste sein. Während sie darauf wartete, dass das Wasser kochte, sah sie sich in der schick designten Küche um. Die Wand mit den Bruchsteinen, in die Herd und Mikrowelle eingebaut worden waren, gefiel ihr gut; Geschmack hatte Julian zweifellos gehabt. Oder war es Sonjas Idee gewesen?

Auch der amerikanische Kühlschrank mit den Doppeltüren hatte es ihr angetan. Leider passte ein solches Gerät schon vom Platz her nicht in ihre Küche. Lilly betrachtete die zahlreichen Fotos, die mit Magnetknöpfen an den Türen hingen. Es schienen Freunde von Sonja und Julian zu sein, Schnappschüsse von Einladungen, Partys, Spieleabenden, sie erkannte Rose-Marie und Armin auf den Bildern. Und Hedi Schuster. Sie saß auf einem Sofa, vermutlich in ihrer Wohnung, und prostete dem unbekannten Fotografen lachend zu. Neben ihr, auf dem Beistelltisch, stand eine gelbe Glaslampe mit einem Vogelgesicht. Sehr geschmackvoll, sehr künstlerisch. Hatte nicht Fredi erst gestern noch genau eine solche Lampe erwähnt?

Lilly fuhr zusammen, als die Tür aufging und Hedi hereinkam. Ein flüchtiger Gruß, dann ging sie zur Kaffeemaschine.

»Eine schöne Lampe hast du da«, sagte Lilly und deutete auf das Foto. »Ausgefallen, aber doch geschmackvoll. Wo bekommt man so etwas?«

»Keine Ahnung«, sagte Hedi unfreundlich, »ich habe sie geschenkt bekommen.«

Lilly beschloss, auf ihr Ei zu verzichten.

»Ich kenne diese Frauen nicht, habe sie noch nie gesehen«, sagte Töpfert, der allein am großen Tisch saß, an dem noch vor zwei Tagen der versalzene Kuchen und später der »Weihnachtsmann« für Aufregung gesorgt hatten, und bestrich sich ein Brötchen mit Erdbeerkonfitüre. »Aber von diesen Vorwürfen gegen Julian und Wolfgang weiß ich natürlich. Die waren völlig haltlos, alle beide. Es kam dann ja auch zu keiner Verurteilung.«

»Meine Kollegin hat Ihnen doch gestern mitgeteilt, dass der Tod Ihrer Freunde vermutlich kein Unfall war«, sagte Benthien.

Töpfert ließ das Messer sinken. »Was wollen Sie damit sagen? Dass es Mord war? Verdächtigen Sie etwa einen von uns?«

Hedi Schuster, gefolgt von ihrem Hund, trat mit einem Tablett in der Hand ins Zimmer. Offenbar hatte sie die letzten Worte mitbekommen. Man konnte förmlich dabei zusehen, wie ihr Blutdruck anstieg.

»Nie im Leben glaube ich, dass die drei ermordet wurden. Besonders Matte war der harmloseste Mensch, den man sich denken kann.«

»Und Runge und Liebertz waren nicht so harmlos?«, fragte Fitzen gespielt naiv.

»Quatsch!«, fauchte Hedi, was ihren Hund dazu brachte, Fitzen heftig anzubellen. »Drehen Sie mir nicht die Worte im Mund herum, Herr Kommissar! Die Idee, dass einer von uns die drei umgebracht hat, ist einfach absurd!«

Benthiens Handy klingelte, und er ging hinaus.

Fitzen sagte ungerührt: »Und wie es aussieht, hat Julian Liebertz den Weihnachtsmann umgebracht, zumindest war er wohl in eine Schlägerei mit ihm verwickelt.«

»Woher kommt diese plötzliche Erkenntnis?«, fragte Töpfert leicht aggressiv.

»Tja, woher wohl?«

»Ich glaube Ihnen kein Wort«, fauchte Hedi Schuster.

Lilly dachte bei sich, dass diese Frau in den letzten drei Tagen eine erstaunliche Wandlung durchgemacht hatte. Am ersten Tag war sie freundlich und entspannt gewesen und hatte fröhlich mit ihr geplaudert. Nach dem Besuch des »Weihnachtsmannes« war sie in sich gekehrt und schweigsam geworden; entsetzt und leicht panisch hatte sie auf die Entdeckung der drei Leichen reagiert. Und heute schien sie wie gegen den Strich gebürstet und ziemlich aggressiv. Während Hedi ihren Kaffee trank und dazu einen trockenen Zwieback aß, würdigte sie niemanden eines Blickes.

Fitzen zeigte ihr und Töpfert die ausgedruckten Fotos von Ingrid Wagner und Hannelore Klopstock. »Haben Sie diese Frauen schon einmal gesehen? Vielleicht sogar erst kürzlich?«

Beide verneinten, was im Fall Armin Töpfert erstaunlich war, dachte Lilly, denn er hatte doch wohl die Zeitungsberichte damals über die Gerichtsprozesse seiner Freunde mitverfolgt und die Fotos in den Medien gesehen. Hatte er ein so schlechtes Gedächtnis?

»Brauchen Sie noch was von mir?«, fragte Hedi patzig, doch Fitzen verneinte; und wenn, wüsste man ja, wo sie zu finden sei. Daraufhin verließ Hedi Schuster das Zimmer, während Töpfert mit unvermindert gutem Appetit weiteraß.

John schaute kurz herein und machte Lilly und Fitzen mit den Augen ein Zeichen, dass sie zu ihm nach draußen kommen sollten.

»Wir haben den Weihnachtsmann«, sagte er im Flur und strebte zur Tür, »zieht euch an, wir fahren nach Niebüll.«

»Es war dieser Kantor?«, fragte Lilly. »Der, in dessen Wagen das Weihnachtsmannkostüm lag? Stimmten seine Fingerabdrücke mit denen unserer Wasserleiche überein?«

»Exakt«, sagte Benthien zufrieden. »Außerdem kann die KTU anhand von Schmierflecken beweisen, dass sich der Revolver in der Tasche des Weihnachtsmannkostüms befunden hat. Offenbar ist er Kantor bei der Schlägerei auf dem Hof aus der Tasche gerutscht.«

Während der Fahrt nach Niebüll berichtete Lilly von dem Foto, das sie eben in der Küche entdeckt hatte.

»Wir wissen ja jetzt, dass Eric Kantor die Lampe von Fredi gekauft hat. Wenn er sie der Schuster geschenkt hat und der verkleidete Weihnachtsmann war, müsste sie ihn doch wohl zumindest an der Stimme erkannt haben, selbst wenn sie verstellt war«, kommentierte Fitzen vom Rücksitz her. »Aber sie hat kein Wort davon gesagt. Und behauptet, ihn nicht zu kennen, als wir sein Foto herumgereicht haben. Warum? Wäre denkbar, dass sie ihn schützen wollte – immerhin hat er die ganze Weihnachtsgesellschaft bedroht. Aber auch das war ja eigentlich nicht mehr nötig, nachdem er tot aufgefunden wurde!«

»Kann es nicht sein, dass sie jemand anders schützen wollte?«, überlegte Lilly. »Jedenfalls war sie nach dem Besuch des Weihnachtsmannes reichlich ›neben der Kappe‹, wie man so schön sagt. Wir müssen unbedingt mit ihr reden.«

»Wir kommen eben immer wieder auf Armin Töpfert zurück! Bist du sicher, John, dass der kein Vorstrafenregister hat?«

***

»Was machst du da?«

Hedis Stimme klang erschreckt, Adrenalin rauschte durch ihre Adern, ungläubig betrachtete sie Armin, der im Schlafzimmer hastig seinen Koffer packte.

Sie fasste nach seinem Arm. »Schatz, du willst doch nicht etwa abreisen? Das wird die Polizei nicht zulassen! Außerdem machst du dich damit verdächtig.«

Töpfert hielt inne und sah Hedi lange an. Sein Blick war so intensiv, so zärtlich und gleichzeitig melancholisch, dass sie eine Gänsehaut bekam.

»Komm mit!«, sagte er weich. »Ich nehme mir Urlaub, und wir fahren nach Südafrika oder Thailand, irgendwohin, wo es warm ist und wir weit weg und in Sicherheit sind.«

Hedi trat einen Schritt zurück. »In Sicherheit? Was soll das heißen?«

»Julian ist tot, Wolfgang ist tot, Carsten ist tot, und ich wäre es wohl auch, wenn ich mitgegangen wäre in die Sauna.«

»Du vergisst Eric! Auch er ist tot!«

Töpfert warf einen Pullover nachlässig in seinen Koffer. »Ja, natürlich, Eric auch. Aber das hat nichts mit uns zu tun, mit der Clique.«

Hedi griff nach seinen Händen und trat einen Schritt näher. »Armin, bist du für Erics Tod verantwortlich? Oder war es Julian? Sag es mir, bitte, ich muss das wissen, wenn wir eine gemeinsame Zukunft haben wollen!«

Töpferts melancholisches Gesicht wurde noch um eine Nuance düsterer. Er zögerte, dann setzte er sich aufs Bett und zog Hedi mit sich.

»Ich liebe dich«, sagte er so sachlich wie möglich, »das weißt du. Ich will nicht ohne dich leben …«

»Dann sei ehrlich zu mir«, drängte Hedi.

Töpfert seufzte. »Also gut. Ich habe diesen albernen

Weihnachtsmann aus dem Haus gehen sehen, als ich zum Rauchen draußen war. Als er seinen Rauschebart vom Gesicht zog, sah ich, dass es Eric war. Er hat auch mich bemerkt. Ich glaube, er wollte sich auf mich stürzen, aber er rutschte im Schnee aus und rannte dann davon, weil er jemanden kommen hörte. Es waren Julian und Wolfgang und diese Polizistin …«

»Die du später den ganzen lang Abend angeglotzt hast!«

»Liebling, sei nicht immer so eifersüchtig! Das galt nicht dieser Frau, ich war völlig in Gedanken …«

»Und dann?«

»Ich habe ihnen nichts gesagt, weil Eric so ein armseliger Tropf war und ich dich nicht mit hineinziehen wollte. Als ich eine Stunde später wieder zum Rauchen nach draußen ging, war Eric immer noch da. Ich habe ihn ums Haus lungern sehen, er guckte durch die Fenster und beobachtete, was drinnen so vor sich ging. Ich wusste ja inzwischen von dem faulen Obst und den Drohungen und behielt ihn daher im Auge. Dann entdeckte er mich und ging auf mich los. Es gab eine Prügelei, aber, Hedi, ich schwöre dir, ich habe ihn nicht umgebracht! Als ich ins Haus ging, war er noch quietschfidel … Na ja, nicht wortwörtlich. Er war natürlich wütend und rasend eifersüchtig, und ich glaube, er dachte immer noch, er könnte dich zurückgewinnen …«

»Ich habe ihn ziemlich mies behandelt«, sagte Hedi und ließ den Kopf hängen.

»Auch ein Eric Kantor muss begreifen«, sagte Töpfert heftig, »dass man kein lebenslanges Besitzrecht an einem Menschen hat! Also hör auf, dir Vorwürfe zu machen.«

»Kann es sein, dass du ihn am Kopf verletzt hast und er später daran gestorben ist?«, fragte Hedi beklommen. »Aber wie könnte er dann in den Wassergraben geraten sein? War es ein Unfall? Hat er das Bewusstsein verloren und ist ins Wasser gefallen? Oder hat Julian ihn etwa hineingestoßen?«

Töpfert legte den Arm um Hedi und drückte sie an sich. »Unser Kampf fand ganz woanders statt, weit weg von dem Graben, in der Nähe des Hauses. Warum sollte er zum Graben gehen? Sein Wagen stand vermutlich auf der Zufahrt, also in entgegengesetzter Richtung. Dort am Wasser ist nur einsame, schneeverwehte Landschaft. Was sollte er dort wollen, mitten in der Nacht?«

»Irgendjemand muss ihn umgebracht haben«, wiederholte Hedi.

»Wer weiß!«, antwortete Töpfert kryptisch. »Jedenfalls war dieser Jemand nicht ich. Was hältst du nun von Südafrika?«

Hedi wand sich aus seinen Armen. »Ich kann das nicht so leicht nehmen wie du! Und ich würde dir sehr raten, jetzt nicht plötzlich abzuhauen. Was glaubst du, was die Polizei davon denkt?«

»Ich habe Angst um mein Leben, Hedi. Jeder aus unserer Clique ist tot, sogar Matte Blum. Und denk an die Grabschändung! Was glaubst du wohl, wie lange ich überleben werde?«

***

Eric Kantors kleine Wohnung in einem Mehrfamilienhaus aus rotem Backstein war bescheiden eingerichtet. Etliche Umzugskartons standen noch unausgepackt auf dem Boden herum. Der einzige Wandschmuck im Schlafzimmer waren Fotos, auf denen immer nur zwei Personen zu sehen waren: Eric Kantor und Hedi Schuster. Ganz eindeutig waren sie ein Paar gewesen, hatten sich aber offensichtlich vor Kurzem erst getrennt. Die Nachbarin, eine freundliche ältere Dame, die ihnen die

Tür aufgeschlossen hatte, erzählte, dass Kantor schwer unter der Trennung gelitten und nie die Hoffnung aufgegeben habe, Hedi zurückzugewinnen. Dafür waren sein Auftritt als Weihnachtsmann und das verfaulte Obst aber sicherlich nicht zielführend, ging es Lilly durch den Kopf.

»Er konnte nicht schlafen, aß kaum etwas und war ständig krankgeschrieben«, erzählte die weißhaarige alte Dame. »Ich hatte schon Angst, er würde auch noch seine Stellung verlieren.«

»Was hat er denn beruflich gemacht?«, fragte Benthien.

»Er war Sanitäter beim Roten Kreuz.«

Fitzen, der durch die schmucklose Wohnung schlenderte und dabei sämtliche Schranktüren und Schubladen öffnete, wurde im Schlafzimmer fündig. »Oh mein Gott!«, stöhnte er und apportierte ein kleines Päckchen, in dem ein romantisches Foto aus besseren Zeiten von Eric und Hedi lag, dazu ein kunstvoll geflochtener Zopf aus Hedis blonden und Erics dunklen Haaren, gebunden mit einer roten Schleife. An der Schleife hatte Eric einen herzförmigen Granat-Anhänger befestigt, der vor hundert Jahren vielleicht mal in Mode gewesen war. Auf dem Boden des kleinen Kartons lag eine winzige Karte mit einem eher gut gemeinten als gut gemachten Liebesgedicht.

»Oh mein Gott!«, wiederholte Fitzen später auf der Rückfahrt im Auto. »Was für ein grandioser Kitsch! Und damit wollte er seine Freundin zurückgewinnen?«

»Wie ich schon sagte, ein bisschen Romantik könnte dir auch nicht schaden!«, konterte Lilly. »Er hat sich wenigstens Gedanken gemacht!«

»Aber dann entschied er sich doch lieber für das faule Obst«, sagte Benthien nachdenklich. »Und jetzt ist er tot.«

Der Himmel war grau geworden, und es hatte wieder angefangen zu schneien. Hin und wieder standen Schafe auf den Feldern, die aussahen, als frören sie.

* * *

»Warum«, fragte Lilly, »hast du uns nicht gesagt, wer der ›Weihnachtsmann‹ ist? Er hat immerhin handfeste Drohungen ausgestoßen, die so aussahen, als wären sie an alle gerichtet, aber er meinte ja nur dich. Und erzähle mir nicht, Hedi, dass du Kantor nicht erkannt hast.«

Hedi Schuster, die auf ihrem Bett saß, brach in Tränen aus. Als der Hund die Haare aufstellte und zu bellen begann, nahm ihn Hedi hoch und schloss ihn in ihre Arme. Lilly fand allmählich, dass hier ein paar Heulsusen zu viel unterwegs waren. Und waren alle diese Tränen überhaupt echt?

»Glaubst du ... glauben Sie, dass Eric deswegen sterben musste? Hätte ich es verhindern können, wenn ich was gesagt hätte?« Hedis verzweifelter Blick wanderte von Lilly zu Fitzen und Benthien, doch die Frage war schwer zu beantworten.

»Haben Sie Eric Kantor in dieser Nacht noch gesehen oder gesprochen?«, wollte Fitzen wissen.

»Nein«, schluchzte Hedi, »ich habe ihn zuletzt bei seinem lächerlichen Auftritt in diesem albernen Nikolauskostüm gesehen. Der dumme Kerl!« Sie schnäuzte sich energisch die Nase.

»Hast *du* die Pralinenschachtel geklaut, weil du dachtest, Kantors Fingerabdrücke könnten darauf sein?«

Hedi nickte und kraulte den Hund so heftig, dass er leise jaulte.

Fitzen zeigte ihr den kleinen Karton mit Inhalt, den sie aus der Wohnung mitgenommen hatten. »Kantor hatte immer noch einen Plan B, nämlich die romantische Schiene. Warum er sich stattdessen für die harte Variante entschieden hat, wissen wir nicht. Können Sie es uns sagen?«

Der Anblick des Zopfes und des rührenden Granatanhängers brachte Hedi erneut aus der Fassung. Fitzen nahm ihr eiligst den Karton wieder weg. Wahrscheinlich, dachte Lilly, hat er Angst vor einem neuerlichen Tränenausbruch, wenn sie das Gedicht liest.

Hedi ließ den Kopf hängen. Sie hielt den Hund so in ihren Armen, dass seine flauschigen Ohren immer wieder ihr Gesicht streiften. Es schien sie zu beruhigen.

»Er war so wütend auf mich, so eifersüchtig. Vielleicht deshalb.«

»Eifersüchtig auf Armin Töpfert?«, fragte Lilly.

Hedi nickte.

»Und er ist nun die große Liebe?«, erkundigte sich Benthien.

Lilly beobachtete, wie Hedi rot wurde. »Er ist so anders als Eric, wild und ungestüm, und er macht Dinge, die mich überraschen; verrückte, aber ganz wunderbare Dinge.«

Lilly verzichtete darauf, Hedi zu fragen, was genau sie damit meinte. Stattdessen wollte sie wissen, wie lange Hedi und Kantor schon zusammen waren.

Hedi erzählte, dass sie Armin beim Umzug von Sonja und Julian kennengelernt hatte, bei dem sowohl sie als auch Armin und Wolfgang Runge geholfen hatten. Ihr war sofort klar gewesen, dass er der Mann ihres Lebens war, und so hatte sie sich von Eric getrennt. »Ich bin da konsequent, ich kann nicht mit zwei Männern gleichzeitig … Als Sonja ihre Party plante, ahnte sie von alldem natürlich noch nichts, deshalb war die Einladung an Eric und mich adressiert. Daher wusste er auch eure Namen.« Sie starrte traurig vor sich hin. »Er war eigentlich ein lieber Kerl, aber unsere Beziehung wurde auf die Dauer immer langweiliger. Der Arme. Er konnte ja nichts dafür. Trotzdem …«

»Und Armin war der strahlende Ritter, die Erfüllung all Ihrer Träume?«, bemerkte Fitzen spöttisch.

Hedi hörte auf zu heulen und warf ihm einen wütenden Blick zu, sagte aber nichts.

»Was glaubst du, warum hat sich Eric so verhalten?«, fragte Lilly. »Was sollte dieser Auftritt als Weihnachtsmann?«

»Eric war im Grunde ein gutmütiger Mensch, der keiner Fliege etwas zuleide tun konnte. Er war außerdem romantisch, aber leider auch sehr eifersüchtig. Seine Drohungen galten natürlich nur Armin und mir. Er wollte uns zeigen oder vielmehr mir, wie weh ich ihm getan hatte. Er wollte uns ängstigen, bestrafen, wenn man so will. Er war einfach außer sich.«

»Der Revolver, den wir im Schnee gefunden haben, gehörte ihm«, sagte Benthien. »Wussten Sie das?«

Hedi kraulte wie zwanghaft das Brustfell des Hundes. »Ja«, gestand sie. »Er hatte ihn wahrscheinlich dabei, weil er ihm Selbstvertrauen gab … einfach zu wissen, dass er eine Waffe in der Hosentasche hatte, auch wenn sie gar nicht funktionierte. Er hatte ja nicht mal Munition für das Ding. Wahrscheinlich wollte er einfach nur damit rumfuchteln, wie in einem Film, und uns erschrecken. Aber letztendlich hat er es nicht getan, nicht wahr?«

»Und trotzdem ist er jetzt tot«, sagte Benthien sanft.

»Armin hat sich mit ihm geprügelt«, gestand Hedi. »Er musste sich wehren, weil Eric sich auf ihn gestürzt hat. Aber er hat ihn nicht umgebracht! Ich glaube, dass es Julian war. Das würde zu ihm passen …«

»Wieso?«, fragte Lilly.

»Für mich war er ein Soziopath. Kalt, berechnend, und das alles unter einer Maske von Charme und Freundlichkeit. Und er war hinter jeder Frau her, die nicht bei drei auf den Bäumen war. Bei mir hat er es auch versucht … bevor ich mit Armin zusammenkam. Sonja hat mir wirklich leidgetan.«

»Aber selbst ein Soziopath tötet Menschen nicht wahllos, nicht ohne Grund«, beharrte Benthien.

Hedi zuckte mit den Schultern. »Hatte Julian denn irgendwelche Verletzungen, Hämatome oder so was am Körper? Das ist doch wohl der Grund, warum Sie auf die Idee kamen, er könnte Eric getötet haben. Oder nicht?« Sie blickte zu Lilly. »Und deshalb mussten wir uns doch gestern auch ausziehen, damit ihr nachschauen konntet, ob einer von uns nicht irgendwelche blauen Flecken hat.« Sie beugte sich nach vorn in Richtung Benthien. »*Oder etwa nicht?*«

»Es ist leicht und billig, den Verdacht auf einen Toten zu lenken!«, sagte Fitzen. Offensichtlich, dachte Lilly, wollte er Hedi provozieren.

Doch die ging nicht darauf ein.

»Was mir viel mehr Sorgen macht, ist Armin. Am liebsten würde er so schnell wie möglich abreisen. Ist es nicht seltsam, dass jetzt alle seine Freunde tot sind, sogar Matte Blum, der mit der Clique kaum zu tun hatte, sondern nur für Julian gearbeitet hat? Können Sie ihn nicht unter Polizeischutz stellen?«

Benthien gab einen skeptischen Laut von sich. »Wenn wir wüssten, was dahintersteckt, *wer* dahintersteckt, dann vielleicht. Herr Töpfert könnte uns sicherlich weiterhelfen, nehme ich an, wenn er nur wollte. Ich bin sicher, er hat eine Ahnung, wer dahinterstecken könnte.«

Hedi wollte empört auffahren, aber dann ließ sie es bleiben, offensichtlich fehlte ihr dazu die Kraft.

»Auf jeden Fall wird er hierbleiben müssen, bis wir ihm die Abreise erlauben«, bekräftigte Fitzen. »Sagen Sie ihm das, Frau Schuster! Ansonsten müssten wir ihn zur Fahndung ausschreiben!«

28. Dezember

»Zwei neue Nachrichten«, sagte Fitzen, als er an diesem frühen Morgen in Leck zu Benthien in den Wagen stieg. »Die KTU hat bestätigt, dass Eric Kantor bei seinem Auftritt als Weihnachtsmann den Revolver in der Tasche seines Kostüms mit sich trug. Es gibt Anhaftungen von Schmiere in der Tasche, die von der Waffe stammen. Damit ist jetzt zweifelsfrei bewiesen, dass die Waffe ihm gehörte. Was er damit wollte, werden wir wohl nie erfahren.«

»Vielleicht sollte sie tatsächlich nur sein Selbstbewusstsein stärken, wie Hedi Schuster schon anmerkte. Okay. Und was ist die zweite Nachricht?«, sagte Benthien, als Fitzen nicht weitersprach. »Sag mal, musst du eigentlich immer in meinem Wagen frühstücken?«

»Ich hatte zu Hause doch keine Zeit dazu«, protestierte Fitzen und biss in sein belegtes Brötchen. »Dann hätte ich ja um fünf aufstehen müssen! Und mein Sweatshirt musste ich auch noch bügeln. Es hat auf dem Boden gelegen und war total verknautscht. Glaubst du etwa, Katharina macht das für mich? – Also, der olle Radtke hat noch mal nachgelegt«, fuhr er eilig fort, als Benthien anfing zu schnauben. »Er glaubt, dass er die DNA des Mörders von Eric Kantor hat. Radtke hat bei dem Opfer Hautanhaftungen in Mund und Rachen gefunden, die er gerade untersucht, außerdem Erdpartikel und

Krümel von zerriebenen Eichenblättern. Jemand hat Kantor ins Gesicht getreten, wahrscheinlich auch ins Gesicht geboxt, denn einer der Schneidezähne befand sich in seinem Kehlkopfbereich. Zum Glück konnte das Wasser nicht alle Spuren verwischen. Wenn es die DNA von Julian Liebertz ist, haben wir den Täter.«

»Armer Teufel«, sagte Benthien mitfühlend. Er beobachtete, wie ein gewaltiger Schwarm von Wildgänsen den Himmel verdunkelte und kunstvoll hin und her wogte, bis sich die Tiere flügelrauschend neben einem flachen Gewässer niederließen. Unwillkürlich fuhr er langsamer. So etwas hatte auch er bisher nur selten gesehen.

»Wir müssen Julians Schuhe überprüfen«, klang Fitzens Stimme in seine Gedanken hinein. »Kann sein, dass wir zumindest diesen Fall dann gelöst haben.«

»Ich denke«, sagte Benthien und gab wieder Gas, »dass die Morde auf dem Hof zusammenhängen. Es wäre doch mehr als seltsam, wenn sie ganz und gar unabhängig voneinander geschehen wären.«

»Ich glaube, das waren zwei singuläre Verbrechen«, widersprach Fitzen, »solche Zufälle passieren, wie du weißt. Ich tippe auf Töpfert als zweiten Täter.«

»Und warum sollte er Liebertz, Runge und Blum töten?«

»Keine Ahnung. Aber vielleicht wollte er auch nur Julian umbringen und nahm den Tod der anderen in Kauf. Oder es war Hedi Schuster, die mitbekommen hat, dass Julian für den Tod ihres Eric verantwortlich war, und ihn rächen wollte. Vielleicht dachte sie, dass niemand außer Julian den teuren Whisky trinkt. Denkbar auch, dass das mit der Sauna nur ein dummer Zufall war; der Täter rechnete damit, dass allein die Kombination Fluni plus hochprozentiger Alkohol – und Julian trank ja nicht eben wenig – auch zu jedem anderen Zeitpunkt den Tod herbeiführen würde … Es könnte auch seine Frau gewesen sein«, fügte er hinzu, »weil sie seine ständigen Seitensprünge leid war. Fragt sich nur, warum sie ihn überhaupt geheiratet hat?«

»Oder die verlassene Geliebte Rose-Marie«, führte Benthien die Liste weiter aus, »oder Fredi Osterhage aus Eifersucht. Offensichtlich hängt er ja noch sehr an Sonja. So kommen wir nicht weiter, Tommy. Wir müssen Beweise finden, Indizien, ein zwingendes Tatmotiv. Auf jeden Fall wissen wir noch zu wenig über mögliche Hintergründe. Wenn die Morde an Kantor und den Männern in der Sauna zusammenhängen, dann hat das Motiv, Kantor zu töten, ganz sicher nichts mit seinem Auftritt als Weihnachtsmann zu tun. Es wird etwas anderes dahinterstecken, und das müssen wir herausfinden.«

Eine Stunde später, wieder im Elisenkoog, hielten sie Julians Winterstiefel in Händen, die ihnen Sonja herausgesucht hatte. »Ab zur KTU damit«, sagte Fitzen, »ich sehe jede Menge Erd- und Blattpartikel im Sohlenprofil. Würde mich nicht wundern, wenn wir den Täter gefunden haben. Tadellose Arbeit, die wir da geleistet haben, findest du nicht, Johnny-Boy?«

»Noch ist nichts bewiesen.« Benthien klatschte Fitzens High five mit verhaltenem Lächeln ab und tütete die Stiefel ein. »Lass uns noch die Sohlenprofile der anderen Schuhe hier im Haus ansehen.«

»Julian bringt Kantor um, und wenige Stunden später kommt er selbst ums Leben?«, überlegte Lilly.

»Und Armin Töpfert will nichts als weg von hier, er scheint ja richtig Angst zu haben. Warum wohl?« Fitzen schob sich einen Kaugummi in den Mund, was ihn nicht daran hinderte, einen Schluck aus seinem Kaffeebecher zu nehmen.

Sie standen in der Küche, wo Lilly ihre Kollegen mit Kaffee und einem Nusskuchen als zweitem Frühstück empfangen hatte, gebacken von Babette, aber diesmal ohne Salz. Aus dem Esszimmer drang Gemurmel zu ihnen herüber. Die Stimmung war, wie nicht anders zu erwarten, im Keller.

»Sie reden kaum noch miteinander, außer Hedi mit Armin. Alle schleichen misstrauisch durch die Gegend, beobachten die anderen und überlegen, wer wohl drei oder vier Morde auf dem Gewissen hat. Eine unhaltbare Situation«, sagte Lilly bedrückt. »Zumal keiner hier wegkommt. Apropos: Fredi hat mich gefragt, ob er nicht in seine Wohnung nach Niebüll zurückkehren kann. Er will die Kinder aus naheliegenden Gründen mit sich nehmen. Sonja ist damit einverstanden. Das sollte doch wohl kein Problem sein, John, oder?«

»Eigentlich hätte ich schon gern alle hier beisammen. Mal sehen, in Fredis Fall ... vielleicht.«

»Wir wissen immer noch nicht, wer das Messer aus der Küche geklaut und in Frau Heines Zimmer versteckt hat«, brummte Fitzen. »Und zu welchem Zweck. War das nur ein dummer Streich, oder hat es was mit den Mordfällen zu tun?«

»Letzteres wohl kaum«, erwiderte Lilly. »Die Kriminaltechniker haben außer den verwischten Fingerspuren keine verdächtigen Anhaftungen gefunden.«

»Vielleicht«, sagte Fitzen, »sollte es erst noch zum Einsatz kommen!«

Erstaunt sahen Benthien und Lilly ihn an. »Noch ein Mord?«, fragte Lilly. »Bist du verrückt? Das ist hier doch nicht die *Manson-Family*!«

Es klopfte, und Fredi betrat zögernd die Küche. Er wirkte unsicher und verlegen.

»Hallo, Fredi. Gibt's was Besonderes?«, fragte Lilly freundlich.

Fredi wusste anscheinend nicht wohin mit seinen Händen.

Ratlos steckte er sie in seine Hosentaschen und zog sie gleich wieder heraus. »Ich bin hier, um etwas zu beichten«, bekannte er dann.

»Dauert's länger?«, fragte Benthien jovial. »Dann setzen Sie sich besser hin.« Er deutete auf das Küchensofa, in dessen weichen Kissen Fredi förmlich versank.

Fitzen grinste ihn an. »Was wollen Sie denn beichten? Den Mord an Kantor oder den an Ihren Freunden? Oder etwa alle zusammen?«

Osterhage warf ihm einen ärgerlichen Blick zu. »Natürlich nicht! Aber ich habe gehört, was Sie eben gesagt haben, und damit Sie keine Zeit mit falschen Spuren vergeuden … na ja, also ich habe das Messer aus der Küche entwendet und in Rose-Maries Zimmer versteckt. Nicht, weil ich ihr was anhaben wollte, ich habe nichts gegen sie. Es erschien mir nur dort am sichersten zu sein. Mit dem, was hier geschehen ist, hat es jedenfalls nichts zu tun.«

»Und warum hast du das getan, Fredi?«, fragte Lilly verblüfft. Fredi wäre der Letzte gewesen, den sie in diesem Zusammenhang verdächtigt hätte.

Er warf ihr einen unbehaglichen Blick zu. Offenbar war er noch nicht fertig mit seiner Beichte. »Das mit dem versalzenen Kuchen war ich auch. Und das Öl habe ich auf dem Küchenboden verteilt. Und den Herd zu hoch aufgedreht …«

»Aber warum, um Himmels willen?«, wollte nun auch Benthien wissen.

»Ich dachte, du magst Babette«, sagte Lilly, noch immer völlig fassungslos.

Fredi kämpfte sich aus den Kissen und verlagerte sein Gewicht auf den Rand des Sofas. »Es ging nicht gegen Babette«, versicherte er. »Ich wollte nur Sonja vor Augen führen, was für ein erbärmlicher Idiot Julian ist. Dass er ein elender

Choleriker ist, ihrer Liebe und ihrer Loyalität nicht wert. Ich wollte …« Er brach ab und blickte beschämt auf seine Hände.

»Aber was hat das denn mit diesen … diesen kindischen Streichen zu tun?«, fragte Lilly.

»Du hast es doch selbst gesehen, Lilly, oben auf dem Flur, als Julian die Rotweinflecken abbekam. Er ist total ausgerastet. Ich wollte ihn einfach nur vorführen. Wollte Sonja zeigen, was für ein Flegel er ist, ganz schnell auf 180, ungeduldig, egozentrisch, ohne Rücksicht auf seine Umgebung, seine Gäste, selbst wenn er der Gastgeber ist.«

»Du hast ihn absichtlich mit Rotwein bekleckert? Nur, um Sonja zu zeigen, dass Julian schnell wütend wird? Meinst du nicht, das wusste sie schon? Sie hat ihn schließlich trotz allem geheiratet!«

»Ich wollte ihn vorführen«, wiederholte Fredi kläglich. »Sonja mochte an mir immer meine Ausgeglichenheit und dass ich auch unangenehme, unliebsame Dinge nicht so schnell tragisch nehme. Ich wollte ihr zeigen, dass sie bei mir besser dran ist.«

»Verstehe. Du wolltest Julian diskreditieren und dich gleichzeitig als Strahlemann präsentieren, als Fels in der Brandung«, sagte Lilly mit leisem Spott.

Und Benthien stellte nüchtern fest: »Sie lieben sie immer noch und wollen sie zurückhaben.«

Fitzen lachte. »Ist schon eine originelle Methode, die Sie sich da ausgedacht haben! Aber ich glaube, mein Freund, Sie müssen an Ihrer Strategie noch ein bisschen feilen, wenn Sie bei Ihrer Frau weiterkommen wollen.«

Fredi sah Lilly an. »Ich wollte Babette nicht ärgern, glaub mir das, Lilly.« Er kämpfte sich vom Sofa hoch. »So, jetzt fühle ich mich besser. Ich dachte, das sollten Sie wissen; nicht, dass das versteckte Messer Sie noch auf eine falsche Fährte bringt.« Wieder wandte er sich an Lilly. »Meinst du, dass … äh, dass Sonja unbedingt erfahren muss, dass ich hinter alldem stecke?«

»Wir können dir keine Geheimhaltung versprechen, Fredi. Am besten, du gehst in die Offensive und erzählst es ihr selbst. Dann wird Sonja zumindest deine Ehrlichkeit schätzen.«

»Kreativ, aber nicht besonders schlau«, kommentierte Fitzen, nachdem Fredi die Küche verlassen hatte.

»Da bin ich mir nicht so sicher«, meinte Benthien. »Vielleicht war diese Beichte bei uns sogar ein besonders raffinierter Schachzug von dem lieben Fredi.«

Die Sonne war inzwischen herausgekommen, der Schnee auf den Feldern und Wiesen leuchtete wie frisch gewaschen, und da Benthien im Haus inzwischen die Decke auf den Kopf fiel, schlug er vor, einen Spaziergang zu machen. »Sag deiner Freundin Sonja, sie soll uns doch bitte begleiten«, teilte er Lilly mit, die ihn daraufhin argwöhnisch ansah.

»Hast du Sonja etwa in Verdacht?«

»Du weißt doch selbst, dass man bei Giftmorden eher nach weiblichen Tätern sucht«, entgegnete er. »Und Sonja hätte durchaus ein Motiv, nämlich Julians ewige Seitensprünge. Nein, in erster Linie will ich mit ihr über Heidelberg reden. Vielleicht weiß sie etwas, das für uns nützlich ist oder einen Hinweis erbringt. Julian war erst wenige Monate hier oben. Das Motiv für die Tat könnte doch in seiner Vergangenheit liegen.«

Sonjas Haar leuchtete in der Sonne wie frisch poliertes Messing, und sie schien, wie Lilly erfreut bemerkte, den Anblick des weithin unberührten Schnees und die kühle, aber nicht eisige Luft zu genießen. Sie spazierten durch eine leere, flache Landschaft mit einem weiten Horizont, der nur von der fernen Deichlinie begrenzt wurde. Ab und zu kamen sie an bereiften Bäumen und Buschwerk vorbei, kleine Wasserläufe glitzerten in der Sonne, und ein paar Schafe, versehen mit ihrem dicken Winterfell, starrten sie an, als warteten sie nur darauf, ein geselliges Gespräch anzufangen. Doch als sich Sonja ihnen näherte, um sie zu streicheln, liefen sie davon.

Sie gingen zu zweit nebeneinanderher, Lilly mit Sonja voran, Fitzen und Benthien dahinter. Lilly hatte mit Benthien verabredet, dass hauptsächlich sie ihre Freundin vernehmen würde, damit sich Sonja nicht wie in einem Verhör fühlte.

Als die Freundin sie fragend ansah, weil sie sich natürlich denken konnte, dass dies kein gewöhnlicher Winterspaziergang war, begann Lilly das Gespräch mit der vorsichtigen Frage, ob nicht irgendein Ereignis aus Julians Vergangenheit der Auslöser für das Verbrechen sein könnte.

Sonja blieb stehen. »Du meinst doch diese Geschichte mit dem Vergewaltigungsvorwurf? Julian hat mir alles darüber erzählt. Es war eine Intrige. Diese Kollegin war überaus ehrgeizig, und als es darum ging, wer der neue Partner werden sollte, wollte sie Julian aus dem Rennen werfen. Und das ist ihr gelungen! Heute ist sie die Juniorpartnerin im Architekturbüro, das übrigens sehr erfolgreich ist. Warum sollte sie sich nach so langer Zeit an Julian rächen wollen? Und wie sollte sie das überhaupt bewerkstelligt haben?«

»Wahrscheinlich ist es zu weit hergeholt«, gab Lilly zu. »Aber irgendein Motiv muss es geben!«

»Wen habt ihr denn im Verdacht?«

»Es ist noch zu früh, darüber Spekulationen anzustellen. Wir haben bislang noch keine konkreten Verdachtsmomente«, entgegnete Lilly ausweichend. »Was ist eigentlich mit diesem Armin Töpfert? Er erzählte uns, dass du ihn nicht magst. Warum eigentlich nicht?«

»Als ich Julian und seine Freunde vor zwei Jahren kennenlernte, war Armin mit Caroline zusammen, mit der ich mich ein bisschen angefreundet habe. Nach dem Golf besuchten sie häufig unsere Pension, weil wir eine kleine, lauschige Terrasse mit einem einzigartigen Blick auf den Neckar haben. Aber Caroline wurden die Männergespräche oft zu langweilig, da kam sie dann eben zu uns in die Küche zum Klönen.«

»Wer ist ›uns‹?«, rief Fitzen von hinten.

Sonja drehte sich um. »Die Pensionsinhaberin und ich. Mehr Personal gab's auch nicht, es war alles ziemlich familiär. Mit der Zeit lernte ich Caro besser kennen, und wir haben hin und wieder etwas zusammen unternommen.«

»Und dann hat Armin mit ihr Schluss gemacht?«

»Ja, per SMS. Sie wollte natürlich mit ihm reden, aber das hat er ihr verweigert. Armin ist ein seltsamer Mensch. Er hat eine Tag- und eine Nachtseite.«

»Wie meinen Sie das?«, fragte Benthien.

»Er ist anders, als er sich gibt. Ganz anders. Tiefgründig, nicht offen, seine Gedanken behält er größtenteils für sich, er sagt nur, was opportun ist, und da auch nur die Hälfte. Er hat was Lauerndes, Hinterhältiges, so habe ich ihn jedenfalls immer empfunden. Und dann hat er ausgerechnet mit Caro Schluss gemacht, als es ihr so richtig dreckig ging, weil ihr Bruder ganz plötzlich mit 42 Jahren verstorben war.«

»War der Bruder dieser Carsten Schütz, der auch zur Clique gehörte?«, fragte Lilly.

»Ja!«, entgegnete Sonja verdutzt. »Woher kennst du seinen Namen?«

»Woran ist er gestorben?«, erkundigte sich Lilly, ohne auf die Frage einzugehen.

»Herzinfarkt«, sagte Sonja. »Er interessierte sich plötzlich fürs Marathonlaufen, und da hat er wohl ein bisschen übertrieben. Jedenfalls fiel er eines Tages bei der Gartenarbeit um und starb, ehe der Notarzt da war. Und Caro hat das alles mitbekommen.«

»Gab es eine Obduktion?«, fragte Benthien.

Sonja warf ihm über die Schulter einen erstaunten Blick zu. »Das weiß ich nicht.«

»Wie lange ist das her?«, fragte Lilly.

»Carsten starb im Sommer, im Juli. Abends sollten wir alle zum Grillen zu ihnen kommen. Endlich mal wieder …« Sonja zögerte. »Carsten hatte sich etwas rar gemacht in den Wochen zuvor. Er war nicht mehr so oft mit der Clique zusammen.«

»Gab es dafür einen Grund?«, wollte Benthien wissen.

»Was für ein Mensch war er?«, fragte Lilly gleichzeitig.

Sonja zuckte mit den Schultern. Ein Sonnenstrahl, der sie unvermittelt traf, ließ ihre Haare leuchten wie gesponnenes Gold. Ihre Augen blitzten, und die Sommersprossen verliehen ihrer Haut einen Farbton wie aus Alabaster. Auf ihre spezielle Art, dachte Lilly, sah sie schön aus, sehr vital und lebendig. Und so, als würde sie sich langsam von dem Schock der letzten Tage erholen.

»Er war ein völlig durchschnittlicher Typ«, sagte Sonja. »Nett, aber eigentlich belanglos, seit Kurzem geschieden, seitdem wohnte er wieder bei seiner Schwester Caro im Elternhaus. Die Eltern waren ein paar Jahre zuvor bei einem Unfall ums Leben gekommen. Carsten war einer, der immer den Weg des geringsten Widerstandes ging. Sich bei seiner Schwester einzunisten war einfach das Bequemste für ihn. Und welchen Grund es für ihn gab, sich rar zu machen … auch das weiß ich nicht. Vielleicht sollte man Caroline fragen.«

Offenbar, dachte Lilly, hatte Sonja auch Carsten Schütz nicht besonders gemocht.

»Zwei von uns werden nach Heidelberg fahren müssen«, verkündete Benthien.

»Und das werden natürlich du und Lilly sein?«, fragte Fitzen und kippelte mit seinem Stuhl. Sie hatten sich wieder in Lillys Zimmer versammelt. Benthien hatte kurz zuvor noch draußen im Hof telefoniert, dann hatte Babette zum Essen gerufen. Als sie wieder oben waren, erwartete Lilly eigentlich, dass Benthien sie und Tommy über das Gespräch informierte, aber ihm schien es wichtiger zu sein, erst einmal die nächsten Maßnahmen zu erläutern.

»Richtig, Fitzen! Und du hältst hier die Stellung. Befrage noch mal alle Hausbewohner, quetsch jede nur denkbare Information aus ihnen heraus, speziell über ihr Verhältnis zu Liebertz, Runge und Blum. Und vor allem befrage sie noch einmal ganz genau über die Stunden nach dem Auftritt des Weihnachtsmannes. Finde heraus, ob jemand irgendwelche Beobachtungen gemacht hat bezüglich der Whiskyflaschen. Irgendwann muss das Flunitrazepam in den Whisky gekommen sein. Frag Rose-Marie Heine, wo sie die Flasche nach ihrer Ankunft aufbewahrt hat. Und versuche herauszufinden, wer Zugang zu Flunitrazepam hatte, das ist ja nicht so leicht zu bekommen ...«

»Rose-Marie Heine arbeitete im Krankenhauslabor, und Eric Kantor war Sanitäter«, warf Lilly ein. »Aber ob der an Flunitrazepam herankam, weiß ich nicht.«

»Du vergisst Babette Neumeyer, die arbeitet auch im Krankenhaus«, sagte Benthien.

»Im psychosozialen Dienst!«

»Ja, und? Da hat sie auch Möglichkeiten! Aber ich wollte euch noch etwas anderes sagen.«

»Verrätst du uns endlich, mit wem du telefoniert hast?«

»Mit der Schwester von Carsten Schütz. Und sie hatte

eine nette kleine Überraschung für mich parat. Unter anderem deshalb habe ich beschlossen, dass wir persönlich mit ihr reden und die Ermittlungen nicht den Heidelberger Kollegen überlassen.«

Fitzen stöhnte. »Wie lange willst du uns noch auf die Folter spannen? Was hat sie dir denn nun gesagt?«

Benthien grinste und nippte erst einmal genüsslich an seinem Kaffee.

29. Dezember

»Mein Bruder hatte sich sehr verändert in der letzten Zeit vor seinem Tod«, sagte Caroline Schütz.

Lilly und Benthien saßen im Wohnzimmer eines kleinen, spitzgiebligen Häuschens in einer ruhigen Wohnstraße am Waldrand von Neckargemünd, einem Ort, der einige Kilometer von der Heidelberger Innenstadt entfernt lag.

Carsten Schütz' Schwester war eine attraktive Brünette mit langem Haar und einem sorgenvollen Gesicht. Sie servierte ihnen Kaffee und sprach ganz offen über ihren Bruder, viel schien sie jedoch nicht über ihn zu wissen.

»Inwiefern war er verändert?«, fragte Benthien.

»Er war in sich gekehrt, viel stiller als sonst, fast depressiv. Er unternahm nicht mehr viel, und mit seinen Freunden, mit der Golfclique, hatte er sich anscheinend überworfen, jedenfalls mied er sie.«

Lilly horchte auf. Sonderbar, das hatte ihnen Töpfert nicht erzählt!

»Aber Sie haben keine Ahnung, warum er so war?«

»Zuerst dachte ich, es wäre wegen seiner Scheidung, aber die hat er ganz gut verkraftet. Die Trennung war einvernehmlich. Merkwürdig fand ich, dass er sich plötzlich fürs Marathonlaufen interessierte. Carsten war eigentlich ein Sportmuffel gewesen, außer für Golf interessierte er sich nicht für Sport, oder höchstens passiv, für die Formel 1.« Sie rührte stumm in ihrem Kaffee herum. »Und dann musste er natürlich gleich wieder übertreiben. Entgegen meinem Rat ist er vorher auch nicht zum Arzt gegangen, um sich durchchecken zu lassen. Und eines Tages fiel er einfach um und war tot.«

Caroline Schütz trocknete dezent die Tränen in ihren Augen. »Und dann passierte auch noch die Sache auf dem Friedhof.«

Lilly warf einen Blick in den Garten, in dem hauptsächlich Nadelbäume standen und der dadurch etwas düster wirkte. Auf dem winterbraunen Rasen lief eine Amsel mit etwas Gelbem im Schnabel aufgeregt hin und her.

»Und dieser Vorfall ereignete sich vor drei Monaten? Hat die Polizei denn etwas herausgefunden?«, fragte Benthien.

Lilly wusste, dass dem nicht so war. Sie hatten sich ja erkundigt. Hinweise gab es kaum und Zeugen noch weniger, das hatten die Kollegen von der Heidelberger Polizei bestätigt.

Irgendjemand hatte, offenbar frühmorgens, an Carsten Schütz' Grab die Bepflanzung herausgerissen und die Inschrift auf dem Grabstein mit schwarzer Farbe übersprüht.

»Nein, die Polizei hat nichts herausgefunden«, sagte Caroline hart. »Grabschändung ist wohl ein zu geringfügiges Delikt, um gründliche Ermittlungen zu rechtfertigen!«

Als sie kurz darauf wieder im Auto saßen und am Neckar entlang in Richtung Innenstadt fuhren, wollte Benthien wissen, warum sie eigentlich nicht in der Villa Pauline wohnten. »War die denn ausgebucht?«

Lilly riss ihren Blick von den bewaldeten, jetzt im Winter grauen Berghängen los. »Nein, da hat sich niemand gemeldet. Es gab auch keinen AB.«

Jetzt wohnten sie in einem kleinen Hotel in der Altstadt, nahe der Alten Brücke. Die Fahrt gestern war lang gewesen, aber auch ganz erholsam. Lilly hatte mit ihrem Vater telefoniert, der noch immer auf Teneriffa wanderte, und Benthien hatte die Gelegenheit genutzt, ein langes, fast einstündiges Gespräch mit Ben zu führen, endlich einmal ganz entspannt und ohne Zeitdruck.

Der Schnee war immer weniger geworden, je südlicher sie kamen. Auch die Sonne hatte sich verzogen. Heidelberg sah aus wie ein graues Pastell, Ton in Ton, selbst die berühmte rote Schlossruine wirkte farblos vor den tristen Berghängen.

»Wohin jetzt? Zur Villa Pauline?«, fragte Lilly, die am Steuer saß.

»Ja, wir sollten mit der Besitzerin sprechen, dieser Leona Thiele.« Benthien tippte auf seinem Handy herum. »Leider erfährt man auf ihrer Website außer den – sehr moderaten – Preisen nicht viel über die Pension. Nur, dass sie ›under construction‹ ist. Also die Website, nicht das Haus. Verdammt!«

»Was?«

»Fitzen schickt mir gerade über WhatsApp die Nachricht, dass Armin Töpfert mit all seinen Sachen verschwunden ist.«

»Und Hedi Schuster?«

»Die ist noch da. Hoffentlich ist Töpfert nach Heidelberg gefahren.« Er tippte eine Nummer ein. »Ich benachrichtige die hiesige Polizei. Sie sollen ab und zu mal nach seiner Wohnung sehen, ob das Auto dasteht. Fitzen will ihn zur Fahndung ausschreiben. Es wusste doch niemand, dass wir nach Heidelberg fahren, oder? Du hast es nicht publik gemacht, Lilly?«

»Natürlich nicht. Ich bin schließlich keine Anfängerin! Übrigens wir sind da.«

Geschickt parkte sie den Wagen in eine Parklücke unter den Bäumen am Flussufer ein.

Die Villa Pauline lag am Hang eines Hügels am Neckar gegenüber der Altstadt und dem Schloss. Es war ein weiß gekalktes Gebäude aus der Gründerzeit, mit vielen Stuckverzierungen und einem Türmchen. Die Terrasse befand sich ein paar Meter über der Fahrbahn, darunter gab es drei Garagen. Man musste eine Treppe hinaufsteigen, um an die Eingangstüre zu gelangen. Hier oben sah alles ziemlich verwahrlost aus. Welkes Laub hatte sich in den Ecken gesammelt, und ein vergessener Sonnenschirm mit kaputtem Gestänge war an ein mit vergrauten Rollläden verschlossenes Fenster gelehnt.

»Das Haus sieht ziemlich renovierungsbedürftig aus. Farbe und Stuck blättern ab, und die Fensterrahmen bröckeln«, stellte Lilly fest. »Schade, im Grunde genommen hat es Charme, aber es fehlt wohl an den nötigen Mitteln.«

»Und es scheint auch niemand da zu sein.« Benthien klingelte, aber im Haus regte sich nichts.

»Seltsam, dass es hier vier Klingelknöpfe gibt.« Lilly trat einen Schritt zurück und blickte an der Fassade hoch. Dann nahm sie noch mal das Klingelbrett in Augenschein. Auf dem untersten Knopf stand »Villa Pauline«, der nächste war unbeschriftet, dann folgten die Namen Neumeyer und Osterhage.

Benthien sagte: »Ich verstehe nicht, dass die Namen noch immer dastehen. Deine Freundin ist doch bereits vor drei Monaten ausgezogen? Und wusstest du, dass auch ihre Mutter hier in der Pension gewohnt hat?«

»Ich wusste nur, dass sie mit Sonja nach Heidelberg gegangen ist.«

»Da können Sie lange klingeln, da ist niemand!«, drang plötzlich eine weibliche Stimme an ihr Ohr. »Die Pension ist schon seit Langem geschlossen.«

Eine junge Frau packte unten an der Straße Einkaufstüten aus dem Kofferraum ihres Wagens. Offenbar wohnte sie im

Haus nebenan. Lilly und Benthien stiegen die Treppe wieder hinunter.

»Das ist gar keine Pension mehr?«, fragte Lilly.

Die junge Frau zuckte mit den Schultern. »Frau Thiele ist krank, aber wenn Frau Osterhage und Frau Neumeyer wieder zurück sind, kann es sein, dass sie die Pension sozusagen stellvertretend für sie weiterführen. Aber wann das sein wird ... keine Ahnung.«

Der jungen Frau schienen auf einmal Bedenken zu kommen. »Warum interessieren Sie sich dafür?«, fragte sie mit einem Anflug von Misstrauen.

Daraufhin stellte Benthien sich und Lilly vor, zeigte die Polizeiausweise und erklärte, dass sie in einem Mordfall ermittelten.

»Ist denn Leona was passiert?«, fragte die junge Frau erschrocken. »Oder Sonja und Babette?«

»Sie kennen die drei offenbar gut?«

Die Frau zögerte kurz, dann lud sie Benthien und Lilly zu sich ins Haus ein und stellte sich selbst als Heike Danner vor. Im Haus bot sie ihnen Kaffee an, doch Lilly und Benthien winkten ab.

»Wir kannten uns, wie man sich als Nachbarn eben so kennt«, nahm Heike Danner das Gespräch wieder auf, als sie alle im Wohnzimmer Platz genommen hatten. »Das heißt, Leona kannte ich besser, wir sind hier zusammen aufgewachsen. Ihre Mutter hatte das Haus von ihren Eltern geerbt und eine Pension daraus gemacht. Als sie starb, führte Leona die Pension mit ihrem Vater weiter. Später pflegte sie ihn über Jahre hinweg, als er an Demenz erkrankte, und führte das Haus allein. Sie nannte es fortan Bed & Breakfast. Sie fand, das klänge moderner und hochwertiger. Eine Zeit lang habe ich ihr sogar dabei geholfen, habe das Frühstück für die Gäste gemacht.«

»Lohnte sich das denn? Ich meine, die Pension, das B&B, hatte es genug Gäste, um sich zu tragen?«, wollte Benthien wissen.

Lillys Blick schweifte zum Fenster. Sie sah den Neckar mit den vorbeifahrenden Schiffen, die Alte Brücke, den Heidelberger Marstall auf der gegenüberliegenden Seite des Flusses und das Schloss, das wie ein Wächter über der Stadt thronte. Schöner konnte man in Heidelberg sicherlich kaum wohnen.

Die junge Frau folgte ihrem Blick. »Anfangs schon, da konnten sie sich vor Anfragen kaum retten. Die Lage ist ja auch traumhaft, man hat die Altstadt mit allen ihren Sehenswürdigkeiten genau vor der Nase und ist fußläufig sehr schnell in der Stadt. Aber im letzten Jahr hatte Leona große Sorgen. Es gab keine Rücklagen für Investitionen, die Zimmer entsprachen nicht mehr den heutigen Standards. Es kamen immer weniger Gäste, und die Pension geriet in eine finanzielle Schieflage.«

»Und darum ist die Pension jetzt geschlossen?«, wollte Lilly wissen.

»Nein, nicht deshalb. Leona wurde krank und konnte allein nicht weitermachen, und Sonja und ihre Mutter waren ja nicht mehr da. Da blieb ihr nichts anderes übrig, als das B&B zu schließen.«

»Mich wundert, dass Sie auch Babette kennen und dass sie ebenfalls hier wohnte …«

»Ja, im Gartenhaus. Der Platz war da, und wenn sie Zeit hatte, half sie in der Pension aus.«

Lilly runzelte die Stirn. Das konnte man dann ja wohl als einen Glücksfall für Sonja und ihre Mutter bezeichnen. »Wissen Sie, warum ihre Namen noch immer an der Klingeltafel stehen?«

Heike Danner sah sie erstaunt an. »Warum nicht, sie leben doch hier! Soweit ich weiß, wollte Babette wegen ihrer Wohnung in Husum etwas regeln, einen Mieter suchen oder so. Und Sonjas Ex spielte verrückt wegen der Kinder. Sie ist mitgefahren, um ihn zu beruhigen und eine Regelung zu finden. Spätestens im Januar wollten sie aber zurück sein.«

Lilly hatte es die Sprache verschlagen, aber Benthien fragte ganz sachlich, ob Frau Danner Julian Liebertz kenne.

»Vom Sehen«, beantwortete sie seine Frage mit einiger Zurückhaltung. »Er und seine Freunde waren oft drüben. Ein großer Teil der Einnahmen stammte von ihnen. Warum fragen Sie?«

»Sie wissen nicht, dass Sonja ihn vor ein paar Wochen geheiratet hat?«

Die junge Frau wirkte wie vom Donner gerührt. Ihre Augen wurden immer größer, ihr Mund stand offen. Sie brachte kein Wort heraus.

»Aber … aber …«, stammelte sie schließlich, ohne den Satz zu Ende zu bringen.

Benthien tat, als bemerkte er ihre Bestürzung nicht. »Die beiden haben einen sehr schönen alten Hof an der Nordsee gekauft, und Julian hat ihn vorbildlich renoviert. Mit Sonjas Kindern versteht er sich gut. Und seine Schwiegermutter wohnt ebenfalls bei ihnen auf dem Hof. Ich würde sagen, Sonja hat das große Los gezogen, meinen Sie nicht?« Benthien sprach so beiläufig, als wäre das eine ganz alltägliche, fast banale Information, die er ihr da gab, und als sähe er nicht, wie sehr Heike Danner diese Neuigkeit verstörte.

Ein schlechter Schauspieler war er nicht, dachte Lilly anerkennend.

Dass die junge Frau völlig geschockt war, konnte man jedoch unschwer erkennen.

»Stimmt was nicht?« fragte Lilly voller Mitgefühl.

»Aber … aber Leona und Sonja waren doch zusammen«, brachte die junge Frau mühsam heraus, »ich meine, so richtig. Sie waren ein Paar. Und Sonja konnte Julian ums Verrecken nicht leiden!«

Jetzt stand Lilly und Benthien beinahe der Mund offen.

»Sie scheinen die beiden doch besser zu kennen, als Sie uns vorhin glauben ließen«, sagte Benthien schließlich.

»Wie gesagt, ich kenne Leona schon seit unserer Kindheit. Sie war immer ziemlich besonders. Still. In sich gekehrt. Extrem sensibel. Irgendwie unberührt und unberührbar. Verstehen Sie? Sie ließ niemanden so richtig an sich heran. Trotzdem war sie immer freundlich, liebevoll, mitfühlend. Aber es war, als lebte sie in einem Panzer, der sie umgab und von der Außenwelt abschnitt. Wahrscheinlich brauchte sie das, um sich zu schützen. Ich habe sie nie mit Freunden gesehen, oder mit einem Partner oder einer Partnerin. Sie war unendlich pflichtbewusst und gewissenhaft, hat sich immer nur um ihre Eltern und die Pension gekümmert. Bis Sonja kam. Ab diesem Zeitpunkt hat sie nur noch gestrahlt, als wenn für sie eine Sonne aufgegangen wäre.«

»Wissen Sie, wo sie sich jetzt aufhält?«

»Nicht wirklich, das ging alles so schnell …«

»Was ging schnell?«, fragte Lilly.

»Ich habe nur gehört, dass Leona einen Zusammenbruch hatte. Babette hat es mir erzählt. Für sie war Leona wie eine zweite Tochter, sie hat sich immer rührend um sie gekümmert. Jetzt sagen Sie mir nicht, dass Babette auch nicht zurückkommt? Ich verstehe sowieso nicht, wie Sonja und Babette Leona verlassen konnten, jetzt, wo sie die beiden so dringend braucht!«

»Julian lebt nicht mehr«, sagte Lilly, was bei Benthien, wie sie es vorhergesehen hatte, ein ärgerliches Stirnrunzeln hervorrief. Sie hatte natürlich gemerkt, dass er den Grund ihres Besuchs nicht nennen wollte. Aber Heike Danner tat ihr leid. Ihr Entsetzen war absolut echt gewesen, da wollte sie ihr wenigstens ein bisschen Hoffnung machen.

»Wir sind hier, weil er ermordet wurde«, fuhr sie fort. »Vielleicht wird Sonja jetzt zurückkommen. Wissen Sie, warum Leona den Zusammenbruch hatte?«

Die junge Frau war entsetzt. Sie stellte zahlreiche Fragen zu Julian – die ihr Lilly natürlich nicht beantworten konnte – und brauchte einige Zeit, bis sie sich beruhigt hatte. »Ich mochte Julian Liebertz und seine Clique nicht besonders, ich fand sie arrogant und selbstherrlich, aber das hat er sicher nicht verdient ... Und nein, ich weiß nicht, warum Leona den Zusammenbruch hatte. Vielleicht, weil Sonja sie verlassen hat? ... Aber nein, das war ja viel früher. Vielleicht hat sie gemerkt, dass Sonja und dieser Liebertz sich näherkamen?«

Die Frage blieb unbeantwortet. Benthien räusperte sich. »Sie sagten vorhin auf unsere Frage, wo Frau Thiele sich aufhalte, sie wüssten es *nicht wirklich*. War das eine leichte Einschränkung Ihrer Aussage? Haben Sie vielleicht eine Ahnung?«

Heike Danner zögerte. »Vor zwei Wochen fuhr ein Wagen vor, ein weißer Sprinter, und ein Mann und eine Frau gingen in die Villa Pauline. Sie kamen mit einem Koffer, Leonas altem Schlafhasen und einer Tüte voller Kissen wieder heraus. Ich dachte damals, sie würden für Leona Sachen abholen, die sie brauchte. Und ich fragte mich immer wieder, wo Sonja eigentlich steckte. Auf dem Sprinter war eine Aufschrift zu sehen: ›Haus Auguste‹. Und dann stand noch da: ›Neubeginn. Neue Wege, neues Leben‹ oder so ähnlich. Da dachte ich, das könnte vielleicht so eine Art Rehazentrum sein, wo sich Leona jetzt aufhält.«

Mehr war aus Heike Danner wohl nicht herauszubekommen, daher verabschiedeten sich Lilly und Benthien.

Wenig später nahmen sie im behaglich-warmen, weihnachtlich geschmückten Café Schafheutle im Wintergarten ihren Mittagsimbiss ein. Fitzen hatte inzwischen ein paar weitere Neuigkeiten geschickt. Er hatte einen Ordner mit Versicherungsunterlagen gefunden, aus denen hervorging, dass Sonja die Alleinerbin ihres Mannes war. Und da Julian einige Immobilien besaß, schien sie nicht gerade die sprichwörtlich arme Witwe zu sein.

Hedi Schuster hatte bei einer erneuten Vernehmung berichtet, dass ihr damaliger Lebensgefährte Eric Kantor wenige Tage vor ihrer Trennung aus »geschäftlichen Gründen« nach Heidelberg gefahren sei. Anmerkung von Fitzen: Um Julian zu treffen? Oder Armin? Was für »Geschäftsreisen« unternimmt wohl ein Sanitäter? All diese Fragen hatte die Schuster, so Fitzen weiter, nicht beantworten können. Kantor hatte ihr nie etwas Genaues von dieser Reise erzählt. Von Töpfert oder seinem Auto gab es noch immer keine Spur.

Lilly machte einen etwas geistesabwesenden Eindruck, während sie Benthiens Bericht lauschte.

»Haus Auguste ist nicht weit von hier, nördlich von Heidelberg, an der Bergstraße«, sagte sie endlich, nachdem sie eine Weile auf ihrem Smartphone herumgeklickt hatte. »Ich denke, wir sollten dringend mit Leona Thiele reden.«

Ein Anruf ergab, dass sich eine Frau Thiele tatsächlich im Haus Auguste aufhielt.

»Die Geschichte, die uns die Nachbarin erzählt hat, kommt mir ziemlich spanisch vor«, sagte Lilly unterwegs im

Auto. »Sonja ist nie auch nur die Spur lesbisch gewesen. Das ist doch Kokolores!«

»Menschen ändern sich, Lilly, entdecken im Lauf des Lebens manchmal ganz neue Seiten an sich. Außerdem muss man nicht unbedingt lesbisch sein, um eine Beziehung zu einer Frau zu haben. Vielleicht war Sonja einfach nur besonders liebebedürftig nach ihrer Scheidung.«

Lilly sah ihn groß von der Seite an. »Ist ja interessant, was du alles über Frauen weißt!«

»Meine Ex, Sandra, hatte auch mal kurz eine Beziehung zu einer Frau, vor unserer Zeit. Trotzdem sagt sie, sie stehe eigentlich mehr auf Männer.«

»Hast du eigentlich noch Kontakt zu ihr?«

»Kaum. Wir telefonieren alle paar Jahre mal. Sie ist wieder verheiratet und lebt im Allgäu. Manchmal merkt man eben nach ein paar Jahren, dass sich die Lebenswege trennen müssen, wenn man sich weiterentwickeln will.«

Das Haus Auguste entpuppte sich als psychiatrische Klinik, eine Mischung aus Villa und Krankenhaus. Von der Modernisierung des Altbaus zeugten hohe, moderne Glasfenster in der altehrwürdigen Fassade.

An der Pforte wurden Benthien und Lilly von einem unfreundlichen, maulfaulen älteren Mann in den zweiten Stock zu Zimmer 212 verwiesen. Oben gelangten sie in ein großes, modernes Foyer, ausgestattet mit kleinen Tischen, bequem gepolsterten Stühlen, reichlich Grünpflanzen und einer Fensterfront nach Süden, durch die an hellen Tagen freundliches Sonnenlicht hereinfluten konnte.

Mehrere Gänge führten vom Foyer in alle Richtungen. In einer halbrunden Empfangslounge standen drei Frauen in weinroten Kitteln, die sich herzhaft lachend unterhielten.

Da es eine offene Abteilung war, beachteten sie Benthien und Lilly nicht, die in den Gang einbogen, der sie laut Beschilderung zu Zimmer 212 führte. Der mit Teppichboden ausgelegte Flur war menschenleer bis auf eine Frau im grünen Bademantel, die ihnen mit ausdruckslosem Gesichtsausdruck entgegenkam. Lilly beobachtete, wie sie direkt auf Benthien zuging und vor ihm stehen blieb.

»Tot«, sagte sie tonlos. »Das kann bei PTBS vorkommen, wissen Sie? Ich muss jemanden benachrichtigen. Gehen Sie weiter, bleiben Sie nicht stehen. Polizei, nicht wahr? Sie sind ja sehr schnell hier gewesen. Tun Sie einfach Ihren Job!«

Mit diesen Worten umrundete sie Benthien und setzte ihren Weg fort.

Lilly lief es kalt über den Rücken. »Was war das denn?«

»Hast du gesehen, wo sie herkam, Lilly?«, fragte Benthien, während er weiter den Flur entlangeilte. »Ich hatte den Eindruck, sie kam von ganz hinten. Und Zimmer 212«, er blickte auf die Nummern an den Türen, »scheint mir ganz hinten zu sein, am Ende des Ganges.«

Das war es in der Tat, das letzte Zimmer. Lilly und Benthien tauschten einen Blick aus. Lilly war beklommen zumute, nicht zuletzt wegen der seltsamen Begegnung im Flur. Benthien klopfte sachte an die Tür von 212, doch es erfolgte keine Reaktion, auch nicht auf das zweite Klopfen. War das Zimmer leer? Behutsam öffnete er die Tür und blickte hinein. Lilly, die hinter ihm stand, konnte zunächst nur einen braunen Teppichboden und eine Kommode erkennen. Sie zuckte zusammen, als John plötzlich ins Zimmer stürmte, zum Bett neben dem Fenster rannte und sich über die dort liegende Gestalt beugte.

Beim Nähertreten erblickte Lilly eine Frau mit matten braunen Haaren, die wild in alle Richtungen standen; sie hatte die Augen aufgerissen, ihr Kleid war verdreht, Hände und Beine wirkten völlig verkrampft.

Aus Mund und Nase hingen weiße Mullbinden.

John fühlte an der Halsschlagader ihren Puls. Dann bemerkte Lilly, wie er nach ihrer Hand fasste. Er drehte sich um, und sein Gesicht war fahl. Er schüttelte nur leicht den Kopf.

Im Flur waren Stimmen und eilige Schritte zu hören.

»Was ist PTBS?«, fragte Lilly Benthien wenig später im Sprechzimmer der Ärztin, die Leona Thiele behandelt hatte. Im Augenblick waren sie alleine im Raum; aber die Ärztin und die Leiterin von Haus Auguste hatten versprochen, so bald wie möglich für ein Gespräch zur Verfügung zu stehen.

Inzwischen war es später Nachmittag geworden. Den Leichnam von Leona Thiele hatte man nach Heidelberg in die Gerichtsmedizin gebracht. Die hiesige Polizei hatte erste Ermittlungen aufgenommen, aber es bestand wenig Zweifel daran, dass Leona Thiele Selbstmord begangen hatte. Es gab offenbar einen Abschiedsbrief, der an Sonja gerichtet war. Gelesen hatte ihn allerdings niemand, da er in einem verschlossenen Umschlag steckte. Benthien und Lilly, die am nächsten Tag zurückfahren wollten, hatten vorgeschlagen, ihn Sonja persönlich zu überbringen – zusammen mit der Nachricht von Leonas Tod. Lilly hielt es nicht für ratsam, das telefonisch zu machen.

»PTBS ist eine posttraumatische Belastungsstörung«, erklärte Benthien Lilly, während er, am Fester stehend, in den dämmrigen Park hinaussah.

»Leona Thiele hat also demnach an den Folgen eines Traumas gelitten?«, fragte Lilly.

»Muss wohl so sein. Soldaten, die im Krieg Schreckliches erlebt haben, bekommen oft eine PTBS, oder Menschen nach schlimmen Unfällen, nach Katastrophen, Gewaltverbrechen, Flucht. Es ist eine verzögerte psychische Reaktion auf ein höchst traumatisches Erlebnis. Das kann sich in nächtlichen, quälenden Albträumen zeigen oder tagsüber in Flashbacks, Fantasien, zwanghaften Tagträumen. Oft stürzt es die Betroffenen in tiefste Verzweiflung. Es ist dann sehr schwer für sie, ihr alltägliches Leben mit all seinen Anforderungen fortzuführen.«

»Und es kann auch zum Suizid führen«, sagte Lilly nachdenklich. »Glaubst du, sie hat sich tatsächlich mit den Mullbinden selbst erstickt? Was für ein grauenhafter Tod!«

»Ja, solche Menschen sind in hohem Maße selbstmordgefährdet«, bestätigte Benthien. »Ich hoffe, die Klinikleitung wird uns mehr dazu sagen, aber ich bezweifle es. Sie werden sich wohl hinter ihrem Arztgeheimnis verschanzen.«

Benthien sollte recht behalten. Die behandelnde Psychiaterin, die zusammen mit der Klinikleiterin das Zimmer betrat, war umgänglich und freundlich, aber nicht sehr auskunftsfreudig. Sie bestätigte lediglich, dass Frau Thiele seit vier Monaten im Haus Auguste in Behandlung war, nach »einem Zusammenbruch«, was auch immer das heißen mochte.

Danach beantwortete sie nur noch die Frage nach den nächsten Angehörigen. »Das ist eine Sonja Osterhage«, sagte sie und strich sich eine blonde Haarsträhne hinters Ohr, »sonst gibt es keine Angehörigen. Frau Osterhage hat Frau Thiele bis vor einigen Wochen fast täglich besucht. Aber dann ist sie nach Norddeutschland gezogen und war seitdem nicht mehr hier.«

»Ist Frau Osterhage eine Angehörige?«, fragte Lilly ganz harmlos, in der Hoffnung, hier Genaueres über die Beziehung von Sonja zu Leona zu erfahren.

Doch die grauhaarige Anstaltsleiterin teilte ihr mit einem routinierten Lächeln mit, dass man aus Datenschutzgründen leider keine Auskunft geben könne. Höchstens bei einem Gerichtsbeschluss.

Benthien versuchte es noch einmal. »Galt Frau Thiele denn als selbstmordgefährdet?«

»Auch das kann ich Ihnen nicht sagen.« Nun hatte sie ihr Lächeln ausgeknipst, und Benthien und Lilly sahen keine andere Möglichkeit, als sich zu verabschieden.

Als sie abends im Hotel beim Essen saßen, bat Benthien Lilly, später noch mit in sein Zimmer zu kommen. »Wir müssen uns was ansehen«, sagte er zur Erklärung, als er ihr erstauntes Gesicht sah. »Das hier!«

»Wo hast du das her?«, fragte Lilly verblüfft, doch dann erinnerte sie sich, dass Benthien nach Leonas Hand gegriffen hatte, als er an ihrem Bett stand. Hatte sie den Gegenstand etwa in der Hand gehalten?

»Wie konntest du nur, John, das ist reine Unterschlagung!«, monierte sie, meinte es aber nicht wirklich ernst.

»Ich bin sicher, es wird der Wahrheitsfindung dienen. Außerdem«, er drehte das kleine Ding herum, »steht ein Name darauf.«

31. Dezember

Fitzen hatte Kaffee gemacht, Benthien gähnte. Auch Lilly hing müde auf ihrem Stuhl herum. Beide hatten wenig geschlafen. Die Fahrt von Heidelberg zurück nach Flensburg am Tag zuvor war lang gewesen, mit mehreren Staus, und gespickt mit endlosen Diskussionen über ihr weiteres Vorgehen. Benthien hatte Lilly zu ihrem Apartment gefahren und dann zu Karins Missvergnügen die Nacht in der Wohnung seines Vaters verbracht, statt zurück nach Leck zu kommen. Jetzt saßen sie in Benthiens und Fitzens gemeinsamem Büro in der Polizeidirektion Flensburg und hörten sich Fitzens Bericht an.

»Um es kurz zu machen, Leute: Armin Töpfert ist wieder bei uns, er sitzt zurzeit in unseren heiligen Hallen ein. Wir haben ihn geschnappt, als er in Hamburg einen Flieger nach Frankfurt nehmen wollte, um dort wiederum in einen Flieger nach Kapstadt umzusteigen. Randbemerkung: Hedi Schuster ist stinksauer, denn sie wusste von nichts.

Weiter: Die SpuSi hat Blut am Ziegenstall, sprich Babettes kleinem Häuschen, gefunden. Und Julians Stiefel waren definitiv an Kantors Ableben beteiligt.« Fitzen nahm einen Schluck von seinem Kaffee.

»Noch mal zu Hedi Schuster: als ich ein bisschen tiefer bohrte, hat sie mir erzählt, dass Eric Kantor Julian und Armin flüchtig kannte, und zwar schon bevor sie was mit Armin angefangen hatte. Als Sonja und ihr Mann hier einzogen, haben Töpfert und Runge beim Umzug geholfen, Hedi war auch da, und danach wurde gefeiert. Kantor stieß später zu ihnen, und wie das so ist, die Männer fingen ein Besäufnis an, während es bei den Frauen im Nebenzimmer gesitteter zuging. Jedenfalls, die Jungs feierten bis spät in die Nacht, und Kantor übernachtete auf dem Hof, weil Hedi schon längst alleine nach Hause gefahren war. Sie sagte, Kantor habe am nächsten Morgen irgendwas gefaselt von wegen, was für Rabauken das wären, und gefragt, ob Sonja überhaupt wisse, wen sie da geheiratet habe. Deutlicher wurde er nicht. Hedi hat das nicht ernst genommen, denn sie hatte da schon ein Auge auf Töpfert geworden. Kurz darauf haben sie und Kantor sich getrennt.«

»Die Blutspuren am Ziegenstall«, sagte Lilly, »waren die von Eric Kantor?«

»Ja, und Babette hat versucht, sie abzuwischen. Sie hat mir gestanden, dass es einen Kampf gegeben hat, zuerst zwischen Kantor und Armin Töpfert, wohl aus Eifersucht, dann kam Julian hinzu. Sie war natürlich nicht draußen und hat zugesehen, ist aber durch die Geräusche wach geworden und hat als unfreiwillige Zeugin einiges mitbekommen. Allerdings nicht, wie sie mir versicherte, dass Kantor zu Tode kam. Erst ein paar Tage später seien ihr die Blutspuren an ihrer Hauswand aufgefallen.«

»Dann hat Julian den armen Kerl wohl mit dem Kopf gegen die Wand geschlagen?«, fragte Benthien.

Fitzen nickte. »So sieht's aus.«

Lilly wunderte sich. »Aber warum hat Babette das verschwiegen?«

»Tja, frag sie. Vielleicht wollte sie ihren Schwiegersohn, auch wenn er schon tot war, nicht im Nachhinein als Mörder hinstellen. Vielleicht wollte sie Sonja schützen.« Fitzen musterte Benthien und Lilly. »Was ich noch nicht weiß, ist, wieso Julian ein Motiv hatte, Kantor umzubringen. Habt ihr eine Ahnung?«

»Ich habe so eine Idee«, antwortete Benthien und trank seinen Kaffee in einem Zug aus. »Vielleicht kann uns Töpfert die Frage beantworten. Wo ist der eigentlich?«

»Er hat die Nacht über als Staatsgast in einem Einzelzimmer logiert, wird aber nachher in den Elisenkoog gebracht.«

»Fitzen, du weißt genau, dass du mal wieder überreagiert hast. Aber dennoch, gute Arbeit, Tommy! Trotzdem, warum musste er denn eingekerkert werden?«

»Weil er abgehauen ist? Weil er uns was zu sagen hat? Ein paar Stunden Knasterfahrung werden dem nicht schaden. Und für vierundzwanzig Stunden kann er eingebuchtet werden, das weißt du auch, Johnny-Boy!« Fitzen stand auf. »Sollten wir nicht langsam mal in den Elisenkoog fahren? Es besteht dringender Handlungsbedarf, meine Lieben!«

* * *

Auf dem Gehöft im Elisenkoog war alles beim Alten. Babette stand in der Küche und reagierte sich ab, indem sie Quarkbällchen backte. Ihr Gesicht war aschfahl, und ihre Bewegungen glichen denen eines Roboters, stellte Lilly fest, als sie einen kurzen Blick in die Küche warf. Mit ihren Gedanken schien sie ganz weit weg zu sein, in einer anderen Dimension.

Fredi Osterhage und Hedi Schuster frühstückten ohne Appetit am großen Esszimmertisch, lasen stumm die Zeitung und ignorierten einander. Fredi, der die letzten Tage zusammen mit den Kindern in seiner Wohnung in Niebüll verbracht hatte, war heute Morgen ohne die Kinder zurückgekehrt. Er sah aus, als hätte er einen schlimmen Migräne-Anfall.

Rose-Marie Heine hatte sich auf ihr Zimmer zurückgezogen. Vermutlich lag sie auf dem Bett und starrte Löcher in die Luft. Armin Töpfert tigerte dagegen vernehmlich in seinem Zimmer auf und ab. Vor seiner Tür hatte man einen Beamten von der Bereitschaft postiert.

Als Lilly einen Blick ins Zimmer warf, fuhr er wütend auf und verlangte zu wissen, welchen Verbrechens man ihn eigentlich anklage.

»Seien Sie nicht albern, Sie sind nicht angeklagt«, antwortete Lilly kühl und zog sich zurück.

Töpfert riss die Tür wieder auf. »Und warum werde ich dann hier festgehalten?«

Der uniformierte Beamte schob ihn ins Zimmer zurück. »Mund halten, Tür zu!«

Lilly fand Sonja in ihrem Schlafzimmer; in Embryostellung lag sie auf dem Bett, mit geschwollenen Augen, dicken Tränensäcken vom Weinen und geröteter Nase. Apathisch lag sie da und reagierte auch nicht, als Lilly ins Zimmer trat.

»Was ist los?«, fragte Lilly erschrocken.

»Ich weiß es«, sagte Sonja mit tonloser Stimme. »Leona ist tot. Die Ärztin hat mich gestern angerufen. Sie ist ganz allein gestorben, und ich war nicht bei ihr!« Sie vergrub das Gesicht im Kissen.

Lilly wurde das Herz schwer. Was sollte sie tun? Einerseits drängte es sie, die Freundin in den Arm zu nehmen. Andererseits schien es ihr in diesem Moment nicht wirklich angebracht. Sie wurde aus dem Dilemma erlöst, als Benthien ziemlich formlos das Zimmer betrat. Er hielt den Brief und den USB-Stick, auf dem Sonjas Name stand, in der Hand.

»Wir müssen reden«, sagte er zu Sonja.

***

»Ich will einen Anwalt«, sagte Töpfert mürrisch.

Fitzen, der rittlings auf einem Stuhl saß, tauschte ein Grinsen mit dem Polizeibeamten aus, der an der Tür stand. »Heute, an Silvester? Da können Sie lange warten. Außerdem sind Sie ja nicht verhaftet. Ich will Ihnen nur etwas zeigen.«

Er stand auf und packte einen Laptop auf den Nachttisch, in dem ein USB-Stick steckte. Auf dem Monitor erschien das Bild einer Frau Ende dreißig. Sie wirkte unscheinbar, hatte aber fein geschnittene Züge und ausdrucksvolle graue Augen. Sie sah krank und mitgenommen aus.

Fitzen warf Töpfert einen Blick zu. »Kennen Sie diese Frau?«

Töpfert antwortete nicht.

»Ihr Schweigen wird Ihnen nicht viel nützen«, sagte Fitzen und startete das Video.

»Mein Name ist Leona Thiele«, sagte die Frau auf dem Monitor. »Ich wurde in der Nacht vom 24. auf den 25. Mai dieses Jahres, in der Zeit zwischen 22:40 und 10:45 Uhr, von vier Männern missbraucht: von Julian Liebertz, Armin Töpfert, Carsten Schütz und Wolfgang Runge. Erst haben mich die Genannten alle der Reihe nach vergewaltigt. Schütz und Runge ließen danach von mir ab, beide verließen die Pension irgendwann in der Nacht. Töpfert und Liebertz dagegen stachelten sich gegenseitig immer wieder an und ließen stundenlang nicht von mir ab. Sie knebelten mich, fesselten mich auf einen Tisch im Frühstückszimmer und ließen ihren kranken Fantasien freien Lauf ...«

Fitzen blendete die Stimme aus seinem Bewusstsein aus. Er hatte den gesamten, nur schwer erträglichen Bericht von Leonas Martyrium gestern schon von Benthien überspielt bekommen und angesehen. Leona berichtete darin detailgetreu und durchaus um Sachlichkeit bemüht von den schrecklichen Ereignissen in jener Nacht. An jenem Abend war sie allein in der Pension gewesen, weil Sonja und ihre Mutter mit den Kindern für ein paar Tage nach Husum gefahren waren. Die »Clique« hatte sich wieder mal in der Villa Pauline getroffen, wie so oft. Doch diesmal – vielleicht angestachelt durch die Tatsache, dass Leona allein war, und beflügelt von reichlich Alkohol – war alles in eine entsetzliche Katastrophe gemündet.

Leona berichtete, wie sie wochenlang versucht hatte, die Sache allein für sich zu verarbeiten, ohne jemandem davon zu erzählen. Unter anderem, weil sie sich schämte. Fitzen überlegte, dass es ein sonderbares Phänomen war, dass sich so viele Vergewaltigungsopfer schämten. Warum, wofür? Weil sie ein Opfer gewesen waren? Weil sie »diese Dinge« mit sich hatten machen lassen? Er wusste, dass auch seine Mutter einmal vergewaltigt worden war, aber niemals darüber gesprochen hatte. Machte man es ungeschehen dadurch? Wohl kaum. Es arbeitete weiter in ihnen, und wenn sie Pech hatten, vernichtete es jeden Lebenswillen.

Wie bei Leona. Sie war, wie sie in dem Video sagte, nie zur Polizei gegangen, unter anderem aus Rücksicht auf Sonja. Weil sie geglaubt hatte, Sonja würde unter dieser Last zerbrechen, und das wollte sie ihr nicht antun. Doch dabei fragte sie nicht, was sie sich selbst damit antat …

Carsten Schütz, überlegte Fitzen, hatte wohl noch am ehesten ein Gewissen gezeigt. Allerdings war er seinem Gewissen davongelaufen, im wahrsten Sinn des Wortes, indem er wie gehetzt für einen Marathon trainierte. Und dabei hatte ihn der tödliche Herzinfarkt ereilt. Ausgleichende Gerechtigkeit? Und dann, wenige Wochen nach der Beerdigung, hatte jemand sein Grab geschändet. War es Leona gewesen? Fitzen glaubte nicht daran. Wohl eher war es derjenige, der auch das Fluni in den Whisky geschüttet hatte.

Töpfert, der wie erstarrt dagesessen hatte, rührte sich plötzlich. »Hören Sie auf!«, sagte er mit erstickter Stimme. »Machen Sie das aus, verdammt noch mal, ich will das nicht hören!«

»Erst dann, wenn es fertig ist«, sagte Fitzen erbarmungslos und drehte den Ton lauter.

»Am nächsten Morgen zwangen sie mich, ihnen das Frühstück zu machen, mit Rühreiern, Würstchen, Speck und selbst gebackenen Brötchen«, fuhr Leonas Stimme seltsam unpersönlich fort.

* * *

»Machen Sie das aus«, sagte Sonja heftig. »Sofort!«

Sie weinte nicht mehr, wohl deshalb, weil sie keine Tränen mehr hatte. Benthien schaltete den Laptop aus, und Leonas Gesicht verschwand vom Bildschirm.

»Ich sehe, Sie kennen das Video bereits«, sagte er behutsam. »Seit wann?«

»Seit ein paar Monaten«, antwortete Sonja mit einer Stimme, die nur noch ein Hauch war. »Aber Leona wusste nichts davon, und ich habe ihr auch nicht gesagt, dass ich davon weiß.«

»Hast du damals beschlossen, sie zu rächen? Als du das Video gefunden hast?«, fragte Lilly.

»Ja. Mein Plan war, falls ich das irgendwie zuwege brächte, Julian zu heiraten.«

Lilly hätte beinahe ganz unpassenderweise gelacht, so absurd war diese Vorstellung.

Benthien schien ähnlich zu empfinden, er suchte nach einer Erklärung. »Haben Sie da schon entschieden, dass er sterben muss?«, fragte er.

Sonja überlegte. »Ich weiß es nicht«, sagte sie dann. »Wenn

ja, war es mir nicht bewusst.« Sie sah auf. »Doch, ich glaube schon. Schließlich hatte ich nicht vor, mit ihm verheiratet zu bleiben. Ich wollte Rache und sein Geld … und dazu musste er sterben, ist ja logisch. Er sollte für seine Tat büßen. Er hat Leonas Leben zerstört und damit auch meins. Das kann man doch nicht einfach so durchgehen lassen, oder?«

Lilly schluckte. »Und auf die Idee, ihn und seine Kumpanen anzuzeigen, seid ihr nicht gekommen?«

»Das hätte Leona nicht durchgestanden. Sie ist eines Tages, Wochen nach dem schrecklichen Ereignis, wie aus heiterem Himmel einfach zusammengebrochen. Sie hatte Panikattacken, bekam keine Luft mehr, sie dachte, sie müsste sterben, nachts wurde sie von Albträumen gequält. Bis dahin hatte sie mir noch gar nicht erzählt, was passiert war. Nein, einen Prozess hätte sie nicht durchgestanden. Womöglich hätte man ihre Geschichte auch noch angezweifelt. Du weißt doch selbst, Lilly, dass Liebertz auch schon vor zwölf Jahren freigesprochen wurde. Und Beweise gab es ja nicht, nur Leonas Aussage.« Leise fügte sie hinzu: »Es gibt keine Gerechtigkeit, jedenfalls nicht vor Gericht. Und auch niemals mehr für Leona.«

Nun liefen ihr doch wieder Tränen übers Gesicht.

»Hast du uns deshalb alle eingeladen? Sozusagen als Tarnung, als Camouflage? Damit der Sauna-Tod im Freundeskreis wie ein tragischer Unfall erscheint?«, fragte Lilly mit belegter Stimme.

In diesem Augenblick ging die Türe auf, und Babette kam herein. Ihre langen grauen Haare hingen in ihr erhitztes Gesicht, ihr langes, weites, wallendes Gewand umspielte ihre Knöchel. Lilly fühlte sich bei ihrem Anblick beinahe an eine der Erinnyen, eine der griechischen Rachegöttinnen, erinnert. Sie setzte sich zu ihrer Tochter aufs Bett.

»Ich war von Anfang an dabei, und jetzt will ich's auch sein«, sagte sie und erwiderte unerschrocken Lillys Blick.

»Mutter, geh raus!« Sonja legte alle Energie in ihre Stimme, deren sie fähig war, doch Babette winkte ab.

Benthien und Lilly wechselten einen Blick.

»Wer von Ihnen hat diesen Plan ausgetüftelt?«, wollte Benthien wissen. »Und wer hat das Flunitrazepam in die Whiskyflasche gefüllt?«

»Ich«, sagte Babette. Mit einer müden Geste fuhr sie sich übers Gesicht. »Das Flunitrazepam habe ich bei einem Besuch bei Leona in der Klinik mitgehen lassen. Sie bekam es aufgrund ihrer extremen Schlafstörungen. Hätte das nicht funktioniert, hatte ich schon eine der Schwestern im Visier, die ich bestechen wollte. Die armen Dinger verdienen ja nicht viel. Für meinen Eigenbedarf hätte sie mir schon ein paar Ampullen verkauft.«

»Aber wir haben ihnen eine Chance gegeben«, schaltete sich Sonja ein. »Sie hatten den ganzen Tag gesoffen, sie hätten ja wenigstens in der Sauna damit aufhören können. So viel Verstand sollte man haben. Niemand hat sie zum Trinken gezwungen.«

»Wir haben ihnen die Flasche nur hingestellt«, bestätigte Babette. »Hätten sie nicht daraus getrunken, wären sie jetzt noch am Leben.«

»Aber wohl nicht mehr lange«, sagte Benthien trocken.

»Um Matte Blum tut es mir leid«, fuhr Babette fort, als hätte sie ihn nicht gehört. »Dass er mit in der Sauna sein würde, war nicht vorherzusehen.«

»Und Armin Töpfert?«, fragte Lilly, »hätte es ihn auch noch erwischt?«

»Natürlich«, sagte Sonja. »dieses Dreckschwein. Ursprünglich sollte er ja mitkommen in die Sauna. Schade, dass statt seiner der arme Matte Blum dran glauben musste.«

Sie stand auf, ging mit unsicheren Schritten in das benachbarte Ankleidezimmer und holte einen Koffer heraus. »Er ist schon gepackt. Ich nehme an, ihr nehmt uns gleich mit?«

»Was passiert mit deinen Kindern?«, fragte Lilly beklommen.

»Sie werden bei Fredi leben, bis ich wieder zurück bin. Ich habe schon mit ihm darüber gesprochen.«

»Bis du zurück bist, wird es aber wohl ein Weilchen dauern!«

Draußen waren Böller zu hören. Mit Erstaunen erinnerte sich Lilly daran, dass heute das Jahr zu Ende ging. Ein Jahr, das ein fürchterliches Ende genommen hatte.

»War es das wirklich wert, Sonja, Babette?«, fragte sie, an die beiden Frauen gerichtet. »Diese ganze Katastrophe, die ihr angerichtet habt?«

»Warum fragst du das nicht die Vergewaltiger?«, entgegnete Sonja heftig. »Oder vielmehr den, der noch übrig ist? Diese Männer haben ein Leben ausgelöscht, das mit Sicherheit wertvoller war als das jedes Einzelnen von ihnen! Und warum? Um ihre kranken Fantasien zu befriedigen, um für ein paar Stunden einen kleinen Nervenkitzel zu haben! Nein, sie haben es nicht verdient, weiterzuleben, die Sonne zu sehen, das Meer, das erste Frühlingsgrün, einen Golfball über den Rasen zu schlagen und guten Whisky zu genießen. Sie haben Leona mutwillig in den Tod getrieben. Ich werde es mir nie verzeihen, dass ich nicht bei ihr war. Im entscheidenden, im schlimmsten Augenblick ihres Lebens, als sie Hilfe brauchte, konnte ich nicht bei ihr sein!« Sie schlug die Hände vors Gesicht.

»Wir wollten Julians Immobilien verkaufen, um mit dem Geld die Villa Pauline wieder auf die Beine zu stellen«, sagte Babette mit spröder Stimme. »Wir wollten das Leben für Leona wieder lebenswert machen. Das ist unsere Vorstellung von Gerechtigkeit. Ich habe sie geliebt wie eine zweite Tochter.«

»Ich verstehe«, sagte Benthien. »Ich muss Sie nun beide bitten, uns aufs Präsidium zu begleiten.«

»Der dumme Kerl ist selbst schuld«, sagte Armin Töpfert zu Fitzen. »Er wollte mich erpressen, uns alle eigentlich. Hat uns damit gedroht, die Sache mit der Vergewaltigung publik zu machen, falls ich Hedi nicht in Ruhe lasse. Beim Umtrunk nach dem Umzug damals hatten wir wohl darüber gesprochen, wir waren so angetüdert, dass wir gar nicht richtig mitbekamen, dass Kantor immer noch bei uns war. Und dieses Wissen wollte der krumme Hund jetzt ausnutzen! Wir haben uns geprügelt, und Kantor hat Julian in die Hand gebissen. Da ist Julian ausgerastet; er hat Kantors Kopf gegen die Hauswand gedonnert, und als er am Boden lag, hat er auf ihn eingetreten. Irgendwann haben wir gemerkt, dass er tot war. Julian hat dann vorgeschlagen, ihn ins Wasser zu werfen. Er meinte, er würde ein ganzes Stück abtreiben und nicht mit diesem Hof in Verbindung gebracht werden können.«

»Demnach ist Julian der eigentliche Übeltäter«, kommentierte Fitzen mit beißendem Spott. »Ein Glück für Sie, dass er tot ist. Ein Toter lässt sich leicht zum Sündenbock erklären!«

»Es ist aber wahr!«, schrie Töpfert außer sich. »Was werden Sie jetzt mit mir machen?«

»Mitnehmen natürlich. So bald werden Sie nicht mehr nach Hause kommen!«

Stumm gingen Sonja und Babette die Treppe hinunter, passierten unten in der Diele Hedi und Rose-Marie, die beide so verstört wirkten wie kleine Kinder. Fredi, der neben ihnen stand, hatte Tränen in den Augen. Er stürzte auf Sonja zu und nahm sie in den Arm. Benthien gab den beiden etwas Zeit, bevor er sie voneinander trennte. Lilly hörte, wie Armin Töpfert, der an der Seite von Fitzen und dem uniformierten Polizisten die Treppe hinunterstieg, etwas von »Heulsusen« murmelte. Er bedachte Hedi mit einem langen Blick, in dem so etwas wie eine Bitte lag, doch Hedi schlug die Hände vors Gesicht und wandte sich ab.

Den ganzen Nachmittag saßen Lilly, Benthien und Fitzen in der Bezirksdirektion Flensburg zusammen, um die Fälle Liebertz/Runge/Blum sowie Eric Kantor für die Staatsanwaltschaft aufzubereiten, die sich ab dem 2. Januar damit befassen würde. Protokolle mussten geschrieben, Zeugenbefragungen gelesen und ergänzt, Beweise hieb- und stichfest gemacht werden.

»Weiß man eigentlich, wie Sonja und ihre Mutter an das Flunitrazepam gekommen sind? Und wie es in den Whisky praktiziert wurde?«, fragte Fitzen.

»Julian hatte die Flasche schon spät am Abend geöffnet und daraus getrunken«, sagte Lilly, »Rose-Marie hat sie ihm ja als ein ganz besonderes Geschenk gegeben. Daher stand der Scotch also für jeden zugänglich herum, Babette musste das Fluni nur noch hineingeben. Danach hat sie die Flasche erst einmal weggeräumt, damit kein anderer daraus trinkt.«

»Zum Glück hat sie es zugegeben«, warf Benthien ein, »sonst hätte man ihr das wohl schwer nachweisen können.«

»Leona Thiele bekam Flunitrazepam wegen ihrer Schlafstörungen«, setzte Lilly ihren Bericht fort. »Vorhin habe ich mit Leonas Ärztin telefoniert, die fiel förmlich aus allen Wolken. Es war nämlich durchaus bekannt, dass aus der Klinik Flunitrazepam verschwunden ist, aber man dachte bisher, dass es von einer bestimmten Suchtpatientin beziehungsweise deren Freund gestohlen wurde.«

»Und das hat man schön unter der Decke gehalten?«, wunderte sich Fitzen.

Benthien zog eine Augenbraue hoch. »Wird so was nicht meistens vertuscht? Übrigens, sie haben sich für das Fluni entschieden, weil es einige Stunden nach der Einnahme im Blut und Gewebe nicht mehr nachzuweisen ist. Sie dachten, weil Weihnachten ist, würden die Leichen – wenn überhaupt – erst nach den Feiertagen obduziert werden. Und dann wäre normalerweise nichts mehr zu finden gewesen.«

»Außer im Urin«, sagte Fitzen nickend. »Den konnten die Männer ja nicht mehr wegpinkeln, weil sie vorher gestorben sind. Daran haben die beiden wohl nicht gedacht, was?«

Für eine Weile arbeiteten sie stumm vor sich hin.

»Ich frage mich, mit welchen Strafen Sonja und Babette rechnen müssen«, sagte Lilly endlich. »Sie haben den Männern den vergifteten Whisky ja nicht direkt gegeben. Wegen Mordes kann man sie dann wohl nicht anklagen, oder?«

»Das Merkmal der Heimtücke ist gegeben«, meinte Benthien. »Und ihre Absicht war es zweifellos, diese drei Männer zu töten. Das kann durchaus als Mordmerkmal gewertet werden.«

Fitzen hackte auf seiner Tastatur herum. »Wikipedia sagt: Wer Gegenstände, die zum öffentlichen Verkauf oder Gebrauch bestimmt sind, vergiftet oder ihnen gesundheitsschädliche Stoffe beimischt oder vergiftete oder mit gesundheitsschädlichen Stoffen vermischte Gegenstände verkauft, feilhält oder sonst in den Verkehr bringt, wird mit einer Freiheitsstrafe von einem Jahr bis zu zehn Jahren bestraft.«

»Vielleicht wirkt es sich strafmindernd aus, dass das Flunitrazepam allein im Whisky weder zum Tod noch zu einer ernsthaften Gesundheitsschädigung geführt hätte«, wandte Benthien ein, der gerade den Obduktionsbericht in der Hand hielt. »Dazu hätte man eine höhere Dosis nehmen müssen. Nur in Verbindung mit dem hohen Alkoholpegel, der Übermüdung der Männer und der Hitze in der Sauna führte es zum Herz-Kreislauf-Versagen.«

»In minderschweren Fällen gibt's eine Freiheitsstrafe von sechs Monaten bis zu fünf Jahren«, verkündete Fitzen, das Wiki-Orakel.

»Dann wird es wohl Ermessenssache sein«, meinte Lilly. »Wenn die beiden Glück haben, sitzen sie nur ein paar Jahre im Gefängnis.«

»Hast du etwa Mitleid mit ihnen, Lilly?«, fragte Fitzen.

Lilly überlegte nur kurz. »Ja, ein bisschen schon. Was sie getan haben, war natürlich eindeutig falsch. Und heimtückisch, wie John schon sagte. Sie hätten die drei Männer anzeigen müssen. Aber ich kann auch ein bisschen ihre Verzweiflung verstehen.«

»Ich bin sicher, Töpfert hätte auch noch dran glauben müssen, früher oder später«, vermutete Fitzen. Er klappte den Laptop zu.

»Leute, es ist Silvester, und ich habe noch was vor. Wollen wir für heute nicht Schluss machen?«

Sie räumten ihre Sachen zusammen.

Benthien betrachtete Fitzen aufmerksam. »Soweit ich weiß, hat Katharina heute Dienst und deine Tochter ist bei den Großeltern. Warum hast du es dann so eilig?«

»Ich bin auf eine Party eingeladen!«

»Eine Party zu zweit? Mit dieser Ulli?«, riet Benthien scharfsichtig. »Spielst du nicht ein bisschen zu sehr mit dem Feuer, Tommy?«

Fitzen schulterte seinen Rucksack und drängte sich an seinem Freund vorbei. »Das lass mal meine Sorge sein, Johnny-Boy. Ich wünsche euch allen einen guten Rutsch!« Er warf einen Blick aus dem Fenster auf die Autos, die behutsam über eine gefrorene Schneedecke krochen. »Was man sogar wörtlich nehmen kann. Draußen ist es arschglatt!«

»Du machst dir Sorgen wegen Tommy?«, fragte Lilly, nachdem dieser pfeifend den Raum verlassen hatte.

»Ich würde ihm wünschen, dass er endlich mal eine stabile Beziehung findet und eine Familie hat. Tommy braucht so etwas. Mit Katharina ist er jetzt einige Jahre zusammen, das ist für ihn schon ein Rekord. Und die beiden haben eine reizende Tochter. Wäre schade, wenn das zu Ende ginge. Aber ich muss jetzt auch los. Will gleich meinen Vater abholen, er übernachtet heute bei uns.« Er warf Lilly einen Blick zu. »Was hast du vor? Ich hoffe, du *hast* etwas vor?«

Lilly lächelte. »Nein, gar nichts, und das ist auch gut so. Ich muss ein paar Dinge verarbeiten …«

»Lilly, du kannst gerne …«

»Nein, John, aber vielen Dank! Ich möchte wirklich allein sein.«

Ein paar Stunden später stand sie am Fenster ihrer Wohnung in Jürgensby, von dem aus sie durch die entlaubten Bäume einen guten Blick auf die Hafenspitze hatte. Das Feuerwerk stieg in den Himmel, die Böller knallten. Sonja und Babette würden sie in ihren Zellen ebenfalls hören. Dachten sie jetzt darüber nach, wie viel Zukunft sie sich selbst genommen hatten, wie viele Leben zerstört worden waren? Hatten sie wirklich geglaubt, ihr Anschlag auf die Männer ginge als Unfall durch? Dann waren sie jedenfalls einem tragischen Irrtum erlegen.

Lilly holte ihre alten Fotoalben hervor und setzte sich ans

Fenster. Sie hatte nur ein kleines Windlicht brennen, aber zusammen mit dem Feuerwerk reichte es aus, um die Fotos zu betrachten – Schnappschüsse aus einer Zeit, als sie alle noch sehr jung und unschuldig waren: Sonja, mit einem unwilligen Huhn auf dem Arm, Sonja, ihre Geburtstagskerzen ausblasend, Sonja und Babette, beide als Pippi Langstrumpf verkleidet und fröhlich Faxen machend, Sonja, wie sie einen Hund umarmte.

Lilly griff nach ihrem Weinglas, das auf der Fensterbank stand.

»Happy New Year to me!«, sagte sie leise zu ihrem geisterhaften Gesicht, das sich im Fenster spiegelte, wobei sie versuchte, weder an Sonja noch an ihren Freund Simon zu denken, der wieder mal an den Kriegsschauplätzen dieser Welt unterwegs war. Erst im Februar würde er bei ihr sein.

Sie hob das Glas. »Alles Gute für dich!«

Lesejury